悦来
川剧文丛

世事如戏

SHISHIRUXI

刘少匆剧作选

成都市川剧研究院　主编

刘少匆　著

四川人民出版社

图书在版编目（CIP）数据

世事如戏：刘少匆剧作选 / 成都市川剧研究院主编；
刘少匆著. —成都：四川人民出版社，2023.1
ISBN 978-7-220-10551-7

Ⅰ. ①世… Ⅱ. ①成…②刘… Ⅲ. ①剧本-作品综
合集-中国-当代 Ⅳ. ①I230

中国版本图书馆 CIP 数据核字（2017）第 278045 号

世事如戏
刘少匆剧作选

SHISHI RUXI
LIUSHAOCONG JUZUO XUAN

成都市川剧研究院 主编

刘少匆 著

责任编辑	谢 雪　邓泽玲
封面设计	李跃武　张迪茗
版式设计	戴雨虹
责任校对	袁晓红
责任印制	李 剑

出版发行	四川人民出版社（成都三色路 238 号）
网　址	http://www.scpph.com
E-mail	scrmcbs@sina.com
新浪微博	@四川人民出版社
微信公众号	四川人民出版社
发行部业务电话	（028）86361653　86361656
防盗版举报电话	（028）86361653
照　排	四川胜翔数码印务设计有限公司
印　刷	成都蜀通印务有限责任公司
成品尺寸	170mm×240mm
印　张	22.5
字　数	350 千
版　次	2023 年 1 月第 1 版
印　次	2023 年 1 月第 1 次印刷
书　号	ISBN 978-7-220-10551-7
定　价	98.00 元

刘少匆

工作中的刘少匆

20 世纪 50 年代刘少匆在北大荒

20 世纪 70 年代，刘少匆与家人

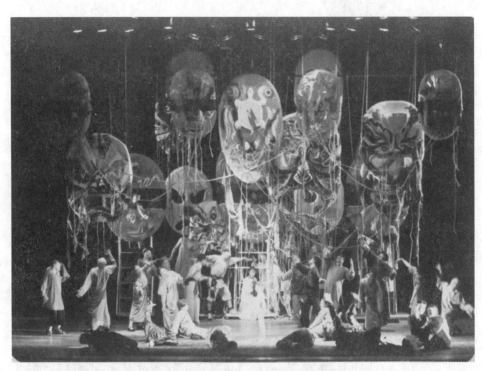

1989年《四川好人》参加西柏林地平线艺术节

2013 年，阿根廷《当代》杂志刊载了关于刘少匆的报道

2018 年冬，刘少匆（右）与《悦来川剧文丛》总编辑李跃武（左）

2018 年冬，《悦来川剧文丛》总编辑李跃武（左一）、副总编辑李远强（右二）与作者刘少匆（中）等合影

C O N T E N T S 目 录

◎雷　音

序

　　2017 年，是中共四川省委、四川省人民政府号召"振兴川剧"三十五周年，为此，我们编撰出版了《悦来川剧文丛》之《存而不论——戏曲院团管理学活态案例文存》和《新风徐来——徐棻剧作新选》。之后，我们又陆续编撰了《悦来川剧文丛》之《蜀音泱泱——川剧传统音乐的科学剖析》《艺事回眸——杨淑英川剧表演艺术》《世事如戏——刘少匆剧作选》三卷。今天，这三部著作终于在大家共同努力下即将付梓，此时，我真是感慨万端。

　　早在 2014 年 12 月，院班子就讨论并论证采纳了我院李跃武同志提出的出版《悦来川剧文丛》大型川剧丛书项目的建议。我们不仅上门拜访专家学者，广泛听取意见，还专门在蓉城宾馆召开座谈会，邀请的专家学者包括省川剧艺术研究院杜建华院长、《四川戏剧》执行主编李远强同志、川剧剧作家徐棻老师、剧评家张羽军老师等，与他们充分商议、讨论方案，此项目得到大家的一致肯定。2015 年，我们向"成都市川剧发展促进工作组"提交了立项报告，并得到批复。之后，我院设立了编委会，由我担任主编，院班子加上离退休支部书记冯代芬同志及特邀的省川研院李远强同志、中国剧协张小果同志任编委；同时组建编辑部，由李跃武同志任总编辑，负责项目的组织实施。后续三部著作的编撰工作一如既往的繁复、艰辛，尤其是《蜀音泱泱——川剧传统音乐的科学剖析》卷，我们所选稿本系作者家人据作者手稿录入，因多种原因造成的错谬较多，而作者沙梅先生过世多年，不可能经本人校核，故校勘工作耗时费力，特别是其中的川剧音乐及川剧锣鼓部分颇费功夫。更始料未及的是丛书编撰过程中还遭遇了突如其来的新冠肺炎疫情，使大家相当长一段时间宅在家中，间或中断了工作，所以这三部著作的出版迁延至今。

我特别抱憾的是我们剧院的老艺术家杨淑英先生没能看到她新书的出版，她已于 2017 年 9 月离开了我们。但所幸她还在世时，我们请李跃武同志将该书立项出版事宜和具体工作程序都完整清晰地告诉了她，老人家那时是欣慰、高兴的。从《蜀音泱泱——川剧传统音乐的科学剖析》的跋语中可知，沙梅先生的这部著作历经半个多世纪的坎坷曲折能得以问世，不仅仅是我们剧院，更是川剧人、家乡人与先生在上海的子女们一起合作的成果，其间通力合作的过程更是告慰先生的一曲动人故事，先生的在天之灵一定是能感知到的。刘少匆先生一生坎坷，20 世纪 50 年代下放北大荒，但他并未就此消沉，平反后调到剧院更是笔耕不辍。20 世纪 80 年代以《四川好人》贡献剧院，演出于北京和欧洲舞台，为川剧争得荣誉；晚年又以此剧作选为剧院、为川剧贡献储备剧目，令人感慨、感佩、感动、感激！

这套《悦来川剧文丛》的出版，是我们剧院的宝贵财富，其除了存史的价值和意义外，我以为它还将在全国戏曲文化交流中，为新时代党和政府就办好社会主义体制下的戏曲院团问题，从管理、认识、方法、剧目资源建设以及从川剧音乐迭代传承探讨适应新时代新环境下的川剧音乐改革等多方面提供有益资讯和借鉴。对川剧艺术的尊重，应该包括对川剧艺术家的尊重，对他们艺术作品、艺术成果的尊重。希望丛书的出版能够对大家的认识有所补益和帮助，我想我们所有的辛劳付出也就是值得的、没有白费的，是有意义的、有价值的！

2020 年 3 月 20 日

（作者：成都市川剧研究院院长）

世事如戏
SHI SHI RU XI

剧　本

秀 才 判 案

（原创）

时　间

腊月三十

人　物

穷姑娘、赵秀才、苟管家、傅员外、胡知县、衙役

〔穷姑娘怀抱雄鸡，赵秀才手捧春联，从左右同上。

穷姑娘　买雄鸡！

赵秀才　买春联！

穷姑娘
赵秀才　唉！（各走小圆场）

穷姑娘　（唱）数九寒天北风冷，

赵秀才　（唱）年关在即愁煞人。

穷姑娘　（唱）寒窑破榻老娘病，

赵秀才　（唱）冻饿怕闻爆竹声。

穷姑娘　（唱）缚雄鸡，上市井，

赵秀才　（唱）捧春联，求路人。

穷姑娘　（唱）卖鸡换药把病省，

赵秀才　（唱）卖字换米度光阴。

穷姑娘	（唱）哪管他楼台新粉，
赵秀才	（唱）不羡那屠苏香醇。
穷姑娘	（唱）但愿得药除娘病，
赵秀才	（唱）只盼箪食与素羹。
穷姑娘	（唱）母女相依捱苦命，
赵秀才	（唱）杏坛设馆待来春。

〔穷姑娘从赵秀才面前走过，撞落秀才手中春联。

赵秀才 小女子，转来！

穷姑娘 （转身）呵，先生，你买鸡？（踩着春联）

赵秀才 唉呀，一字值千金……

穷姑娘 呵哟，鸡哪值千金？二十个钱我就卖给你！

赵秀才 唉呀，愚哉！什么一鸡值千金？我说的是一字值千金！你踩着字了！

穷姑娘 （提脚）踩着刺？咋个一点都不痛喃？

赵秀才 唉，什么刺哦！（比画）我说的是我的手书！

穷姑娘 （恍然大悟）哦，小女子失礼了！（拾起春联，掸灰。还赵秀才。欲走）

赵秀才 你转来！

穷姑娘 唉呀，先生，我母亲病卧寒窑，等我卖鸡换药。我已赔了不是，让小女子走吧！

赵秀才 哦，要卖鸡换药？咳，想我赵春山的翰墨，谁敢践踏？姑念是位孝女，不与计较。去吧！

穷姑娘 谢先生！（欲走）

赵秀才 你转来！

穷姑娘 （转身）呵，要买这只鸡？

赵秀才 这个——嘿，这只金鸡，重而且肥，鲜而且嫩，奠祖上席，均为上品。只是囊中匮乏，不敢妄想……

穷姑娘 （不悦）唉呀，你不买鸡就不要耽搁人家嘛！

赵秀才 误会呀误会！我看天色近午，担心集散。劝你往大户门前走走，早些脱手，免得你母悬念。

穷姑娘 呵，你倒是一片好心呢！那我也愿你早些卖完春联，换点年货过节！

赵秀才 惭愧！惭愧！

	（唱）我卖春联，
穷姑娘	（唱）我卖鸡。
赵秀才	（唱）我走东来，
穷姑娘	（唱）我去西。
赵秀才 穷姑娘	（同）但愿一同逢吉利， 　　　　卖完春联卖掉鸡！

〔二人高兴地分下。

〔员外府外。

〔苟管家悠悠晃晃地上。他精瘦、尖脑，喜爱伸舌咂嘴。

苟管家　嘻嘻！

（唱）世人道我会吹捧，
　　　我是员外的蛔食虫！
　　　员外说冷我添炭，
　　　员外嫌热我扇风；
　　　员外若说鸡是凤，
　　　我点头哈腰忙赞同。
　　　人说吹拍是丑事，
　　　岂知此道利无穷！

在下姓苟名退之，傅员外的大管家是也！皆因生来喜欢吹吹、捧捧、拍拍，世人送我一个雅号，名曰"烤红苕"。适才员外在堂上吩咐：明日就是新春佳节，要我把过节事宜检点检点。府内各事，我已安排停当。这阵，倒该出府看看那地，扫干净没有；那墙，刷白净没有；石狮子抹洁净没有；红对子贴端正没有……（四周张望）噫，那个叫花女子在粉墙下做啥？莫非想偷？想盗？那个女子，你过来，你过来，过来！

〔穷姑娘怀抱雄鸡上。

苟管家　嘿，这员外府附近，来往的都是些官宦之人、风雅之士。你插个草标站在这里叫卖，成什么体统！（推穷姑娘）快走！

穷姑娘　不准卖就算了嘛！那么歪做啥子！（抱鸡欲离去）

苟管家　嗯。（思索）喂，小女子，你转来，转来！

穷姑娘　（转身）你叫啥子？

苟管家　嘿，其实，这门口也能卖鸡。

穷姑娘　呵，能卖？

苟管家　能卖。

穷姑娘　哦，你刚才是哄我的？我说嘛，有位先生早就喊我拿到这些地方来卖。

苟管家　（伸手）那就拿来！

穷姑娘　啥子？

苟管家　地皮钱。

穷姑娘　站站，也要收钱？

苟管家　不收钱，都来站，我还经佑得过来？

穷姑娘　我连一个铜钱都没有。

苟管家　那还是拿起走。

穷姑娘　苟……大人，等我站一会儿，卖了鸡，我给你……

苟管家　平半分成？

穷姑娘　一泡溏鸡屎！（欲跑）

苟管家　（一把拉住穷姑娘）哼，你敢骂苟、苟大人！（夺鸡扔进幕内，鸡啼叫）

穷姑娘　（挣脱）你……你这吃屎的疯狗！（转身）呵，我的鸡、我的鸡！（冲入内）

苟管家　（幸灾乐祸）哼，背时，背时！你敢骂我，哈哈……

　　　　〔傅员外上。他肥胖、贪婪。

傅员外　（念）钱到用时总恨少，

　　　　　　　春到人间我自知。

　　　　　　　老夫正做黄金梦，

　　　　　　　为何过午有鸡啼？

　　　　　　老苟！

苟管家　奴才在。

傅员外　我在花厅数银子，为何门外有鸡啼？

苟管家　老爷容禀：奴才奉命检视庭院。出得府来，见一叫花女子，竟敢在员外府门口卖鸡！奴才一想，此时此刻，老爷正在花厅饮酒赏梅，要是鸡粪的臭气熏着老爷，那还了得！要是鸡毛飞进来，卡着老爷，那还了得！要是这院子周围留下一堆溏鸡屎，老爷不幸踩着，闪了腰杆、脚杆，那……那还了得！是我一时气起，把她那只雄鸡摔到街那边去了。嘿，幸喜我把鸡摔了。不然，老爷出来，那鸡粪会臭着你老人家，鸡毛会卡着你老人家，鸡屎会滑着你老人家……

傅员外　嗯，难得你这片忠心，今晚打发压岁钱，我一定要多赏你……（举起一根指头）

苟管家　一两银子？

傅员外　不。

苟管家　一钱银子？

傅员外　不，一枚小钱。

苟管家　（白眼）多谢老爷。

傅员外　不消。快派人把宫灯挂起，门神巴起！

苟管家　是。（欲入内）

〔穷姑娘内喊："站倒！"随即抱鸡上。

穷姑娘　可气呀，可恨！

（唱）可恨豪门，

　　　　无端欺我卖鸡人，

　　　　不畏权势，

　　　　提鸡找他把理评！

哼，你这老狗，真是可恶，可恨！

傅员外　嗨，你这女子，大年三十，怎么敢骂我是老狗？

穷姑娘　（指苟管家）我是喊他！

苟管家　哼，只有老爷才能喊我"老苟"，你胆敢乱吼！（欲打）

穷姑娘　就是要喊：老狗，老狗！

苟管家　（追逐）你敢，你敢！

傅员外　算了，算了。到底是咋回事？

穷姑娘　他把我这么好一只鸡摔得半死不活的，这一下，我咋个拿去卖嘛？

傅员外　（瞪大眼睛）哦，是仔鸡哩！快拿来我看看。（穷姑娘迟疑）只要合我的心意，老爷愿出大价钱！（穷姑娘半信半疑地把鸡交给傅员外，傅员外贪婪地瞧着）呵，多肥多嫩的仔鸡呀！老苟，幸好你没有把它摔死，不然，就没得吃头了。

苟管家　是，是。老爷连瘟鸡都不尝，还说死鸡……

傅员外　嗯。快拿去交给厨子，晚上比去年多上一个菜。

苟管家　嘿，老爷是比奴才高明。（提鸡欲下）

穷姑娘　（阻拦）员外，钱嘞？

傅员外　（脸色一变）啥子钱？

穷姑娘　（指鸡）鸡钱！

傅员外　胆大！这只雄鸡分明是从院内飞出来的，你捉住不退，已形同盗贼，还敢问老爷要钱？

穷姑娘　你……（与苟管家争夺）

苟管家　（先向员外会意一笑，然后紧抱雄鸡，怒视穷姑娘）你——你这个小偷鸡贼。赃物都被我捉到了，还敢来抢？硬是肉皮子发痒了嘞……

穷姑娘　（气极）天哪，你们真是死不要脸！死不要脸！

傅员外　哼，你偷了鸡，还敢辱骂我傅老爷？老苟，快与我打！

苟管家　（动武）看打！

　　　　（唱）为讨老爷喜，

　　　　　　　拳打又脚踢。

　　　　〔穷姑娘奋起抵抗。

苟管家　（唱）良心淡如水，

　　　　　　　势利甜如蜜。

　　　　　　　我这粘粘草，

　　　　　　　只巴有钱的！

　　　　（打穷姑娘）你还偷不偷？

穷姑娘　（一面还击一面呼喊）唉哟！救命哟，救命！（趁势把员外冲倒在地，台上乱成一团）

　　　　〔赵秀才手执春联上。

赵秀才　哪里？哪里？

　　　　（唱）春联未售尽，

　　　　　　　忽闻呼救声。

若是豪绅欺贫困，

我就打他个抱不平。

呵哟，啥子事？

穷姑娘　呵，是你呀，先生！你喊我把鸡拿到绅粮门口来卖。看，他们抢了我的鸡，还动手打我。（含怨地）你，你……

赵秀才　小姑娘莫急。我赵春山倒要看看哪来的牲畜，这等无理！（往前趋视。见傅员外翻身爬起）呵，原来是傅啃铜，你去年子赊我的春联不给钱，今天又来欺负小姑娘，真是恶不容赦！快把雄鸡还了！若其不然，我要你认得我姓赵的！

傅员外　呵，我默倒是哪个，才是赵酸酸。知趣，就自己走开，要不然，我脾气一来，断了你的衣食，不要说我姓傅的不为人！

赵秀才　哈哈，你把我赵某人啃了？

苟管家　（拉着傅员外旁白）老爷，这酸秀才是城里有名的怪物，他连县太爷都不怕，还怕你……

傅员外　这些，老爷晓得，只是眼下，咋个下台嘛？

苟管家　我看（与员外耳语，员外点头。苟管家走到赵秀才面前）嘿，赵秀才，春联还没有卖完呀？

赵秀才　少废话，快把鸡还给小姑娘！

苟管家　嘿嘿，这雄鸡原本就是员外府的。你两耳不闻窗外事，不知原委，我们员外不怪你。只要你不管闲事，二天府上要写文书地契，有你的生意……

赵秀才　呸！你少多嘴。傅啃铜，你到底退还是不退？

傅员外　退了怎说，不退怎讲？

赵秀才　要是退了，我劝小姑娘饶你一回。要是不退，我就领小姑娘与你打——官——司！

穷姑娘　先生，你快帮我写状纸！

傅员外　哼！你早把县太爷得罪了，和我打官司么……

苟管家　定把你们抓去丢监！

穷姑娘　先生，那咋个办嘛？

赵秀才　小姑娘，不用担心。听说过了初一，知府大人便要来县巡视，要是……

苟管家　呵哟，县太爷过来了。肃静，肃静！

　　　　〔胡知县，白鼻梁、红鼻尖，昏庸貌，摇摇摆摆随衙役上。

衙　役　让开！胡大人过来了！

胡知县　（唱）一日三台酒，

　　　　　　　飘然望四街。

　　　　　　　醉耳听民意，

　　　　　　　醉眼看裙钗。

　　　　　　　恍哉，昏哉，

　　　　　　　乐哉，快哉！

　　　　　　　哪管积案如山岱，

　　　　　　　醉笔一挥天地开！

　　　　唉，只说早点赶回县衙，与夫人共饮除夕美酒，谁知有人堵道喧哗。本想看个明白，怎奈醉眼朦胧，视若无见。来人！

衙　役　喳！

胡知县　快问他们为何堵道喧哗。

衙　役　是。胡大人口谕：年关在即，你等为何堵道喧哗？赶快禀个明白。

苟管家　老爷，恶人先告状，你老人家快喊冤！

傅员外　禀大人，生员傅更冬有冤！

胡知县　遇倒鬼啰！腊月三十还喊冤？给我先打二十。

衙　役　是。（拉傅员外欲下）

傅员外　唉哟，老苟，快来帮我乘几板子。

苟管家　禀员外，我光骨头，乘不起……

傅员外　你呀！（衙役拉傅下，责打声，复上）

赵秀才　小姑娘，这下你去喊冤。

穷姑娘　我怕挨板子。

赵秀才　不怕，有我，他不敢打你。

穷姑娘　当真？

赵秀才　当真。

穷姑娘　好。（胆怯地）大老爷，小女子有冤。

衙　役　禀大人，又有一女子喊冤！

胡知县　我硬是遇得倒吗哪个？火把场都散了，我的生意还这么好！哼，给我重责三十再问！

衙　役　是。（欲打）

穷姑娘　喂呀，先生，这……

赵秀才　（把春联插入衣领）慢。胡大人！这女子人小体弱，三十大板，学生愿挨！

胡知县　你，你，你是哪个？

赵秀才　学生赵春山。

胡知县　（又惊又气）怎么又是你赵酸酸呀！你咋个专门与本县作对喃？

赵秀才　大人说哪里话来！想我赵春山不过是给大人写了几张揭帖，就被责为毁谤官府，辱骂县台。命学生一不准著文，二不准设馆。学生无奈，只得流落长街，卖字度日。今日路过此地，见弱女有冤，甘愿代挨大板，以求大人明断，怎是与大人作对呢？班头，请用刑吧！

衙　役　打就打。（举板）

胡知县　慢！想我胡又图上任以来，赵秀才等几个酸儒，屡在粉墙之上，贴些揭帖，骂我是个糊涂官。是我恼羞成怒，给了他一点厉害。他就总想寻机报复，加害于我。大约知府大人要巡视本县的消息，被他探得。故意设此圈套，让我打他，以便在知府台前，告我凶残。哼，我胡又图，并非糊涂混蛋，岂中你呆秀才的奸计？

赵秀才　大人，快打呀！打完了，学生好听你审案！

胡知县　哼，你想本县打你，本县偏不打你。你要看我审案——好，本县今天就来个临街断案，让你看看我这清如水、明如镜的父母官！

赵秀才　学生正想见识见识。

胡知县　嗯。来人！

衙　役　喳！

胡知县　快去准备公案一张，朱笔一支，笺纸数页。

衙　役　是。（下）

　　〔衙役搬桌凳、捧笔砚上。

衙　役	禀大人，诸事已毕，请大人升堂。
胡知县	（坐下）乡民靠后，原告被告上堂。
衙　役	下面听着：原告、被告朝前跪，乡民百姓靠后站……
赵秀才	（端一凳）我赵秀才告坐一旁听。
衙　役	（阻拦）你……
胡知县	赵秀才，三十大板与你免了，你怎么又来扰乱公堂？
赵秀才	大人过疑矣！学生闻路人云，知府大人即将临县巡视，好些乡民，要告县台昏庸无能！今日学生侧坐堂前，欲将大人断案之情倾听明白。若大人断若明镜，学生不仅要上书知府以正视听，还要将揭帖底稿当众烧毁。大人，此举岂为捣乱乎？冤哉呀，冤哉了！
胡知县	当真？
赵秀才	当真。
胡知县	那你就好好坐着，细细听着，眍起眼睛盯着。（整冠拂衣）升堂！
衙　役	吼啊？
胡知县	呀！且慢。我听夫人言说，三国时候，有一才子，名叫凤雏先生，长相与我一般美貌，才学却比我逊色许多。听说他断起案来，眼观十行字，耳听百人言。众人诉毕，他就发落，赏罚丝毫不差，乡民万分仰服。今天，我也来风雅一番，一面饮酒，一面审案，让这个酸秀才也长长见识。嗯，就是这个主意。来人！
衙　役	喳！
胡知县	快把竹叶青、状元红给老爷斟上，老爷要一面饮酒，一面审案！ ［衙役斟酒。胡饮酒。
胡知县	嗯，好酒。谁是原告？这边跪下。
穷姑娘 傅员外	（同声）禀老爷大人，我是原告！
胡知县	啊？
穷姑娘	禀老爷，小女子才是原告！
傅员外	禀大人，小生员才是原告！

胡知县　呸！你们都是原告，哪个又是被告？（注视苟管家）呵，原来你是被告，躲在后头藏着！狗东西，滚到那边去。

苟管家　禀老爷，我不是被告……

胡知县　那你是干啥的？

苟管家　是傅员外的管家苟退之。

胡知县　呵，管家？（低声向衙役）这管家又该往哪站？

衙　役　（摇头不知）……

赵秀才　哼，这奴仆从主嘛！苟退之，快站到你员外屁股后头去。

胡知县　这……这……（低声唤衙役）你来，来呀！这案子被告都没得，又咋个审喃？

衙　役　（摇头不知）……

穷姑娘　（讥笑地念）嘿，有原告，无被告，审案的官儿憋得跳；有原告，无被告，审案的官儿要倒灶！

赵秀才　（拍手）妙语气他，妙语怄他！好，好！

胡知县　（焦急）这……这……（生气地将酒洒泼到衙役的脸上）你——你倒是说话呀！

衙　役　（惊恐无奈）老爷，你、你就定一个嘛！

胡知县　对，对，定一个。这又喃个定法呢？（搔头、捋须）呵，有了。嘿，我胡某不愧才思敏捷！哈……（向下）你二人听着，老爷要在你们中间，先定一个原告。（向傅员外）你是……

傅员外　生员傅更冬。

胡知县　呵，对。他是生员，这生员就有一个员字，你该是原告。

傅员外　大人明察。小生员本来就是原告。

苟管家　大人慧眼，我们员外本来就是原告。

胡知县　（扬扬自得）我本来有慧眼，焉能不明察？

穷姑娘　唉呀，糟了！

赵秀才　小姑娘休惊（转向胡知县）胡大人，请容学生插话。

胡知县　你又要说啥呵？

赵秀才　大人，这小姑娘，就占了一个姑字。姑从古，古，先也。看来原告该小姑娘先当才对呵！

胡知县　你的话也有道理。唉，这个……那个……那个……这个。那、那谁又是被告呢？管他原告被告，你们给老爷一起讲，说出来老爷再断！

衙　役　快讲。

穷姑娘
傅员外　（同时）禀大人！小女子乃清贫苦寒之人……
　　　　　　　　　　　　小生员乃官宦书香门第……

胡知县　唉呀！且住！（悄悄问衙役）喂，你听清楚没有？

衙　役　（摇头）……

胡知县　（叹气）看来这一手，你我两个学不倒！

赵秀才　（讥笑）哼，为啥不打盆清水照照尊容……

胡知县　（把酒杯一掀）算了，还是一个一个地说。

穷姑娘
傅员外　（同时）禀大人……

胡知县　走！休要喧嚷，待老爷来点将！（点人头）王子点兵，点到五更，五更鸡叫，放饼大炮、大炮……唉，记不倒了。不是你说，就是你说！嗨，小女子，该你说，该你说！

穷姑娘　老爷呀！

　　　　（唱）小女子有冤容跪禀，
　　　　　　　尊声老爷听分明。
　　　　　　　我父戍边无音讯，
　　　　　　　慈母病重愁煞人。
　　　　　　　家无鼠耗粮，
　　　　　　　卖鸡换药羹。
　　　　　　　谁料他为富心狠，抢了鸡出手打人。
　　　　　　　老爷呀，小女苦情深似海，
　　　　　　　乞求老爷把冤申！

赵秀才　讲得好，讲得好！

胡知县　知道了。傅更冬，你说。

傅员外　禀大人，

　　　　（唱）生员乃本城世家，
　　　　　　　尚仁义谁个不夸。
　　　　　　　除夕日庭除扫洒，

备三牲捉杀鸡鸭。

这小鸡惊飞墙下，

这女子伸手捉它；

苟退之叫她搁倒，

她反诬我们抢她！

想傅某家财万贯，

哪稀罕这眼屎巴巴？

望大人维护风化，

严惩这红口白牙！

苟管家　是呀，大老爷！

（唱）鸡越墙是我打岔，

这小偷是我捉拿，

想员外百倍身价。

岂容她诬蔑糟蹋？

老爷，我们员外良田千顷，街房万间，哪里瞧得起这只小雄鸡？

胡知县　（点头）有理呀，有理！

苟管家　只是怕她学坏，才轻言细语说了她几句。谁知她又歪又泼，又不听说，还要出手出脚！大人，为淳乡风，正教化，像这等刁民，该丢监治罪、掌嘴拔牙才对呵！

穷姑娘　（气极）你、你、你……

赵秀才　哼，好一条恶狗！

胡知县　嗯……哈哈，（猛饮一杯）我默倒是啥子离奇的公案，原来如此明白。好！不管你们谁是原告，如今听我判来：（摇头晃脑）除夕之日，员外府前，有生员傅某与一乞女争为鸡主，大伤风雅。乡民聚议，莫衷一是，经本县审讯，泾渭立清，乃下判曰：

（唱）不用哭来不用喊，

听我老爷把判宣：

员外家财满万贯，

岂贪小鸡吊把钱？

分明是，

你饥寒交迫生歹念。

想偷雄鸡解解馋！

为正法纪我宣判；

先打大板五十三，

（飞句）再收监！

衙　役　喳！

［穷姑娘、傅员外、苟管家三人立起。

穷姑娘　唉呀！

（唱）一听知县胡乱判，

熊熊怒火燃心田！

傅员外　（唱）一听大人这么判，

吃鸡我又不花钱！

苟管家　（唱）一听老爷这么判，

我能多得压岁钱！

赵秀才　（唱）一听昏官胡乱判，

我恨死这种糊涂官！

胡大人，学生告退！

穷姑娘　先生，县官如此乱判，你咋个丢下我不管了？

赵秀才　小姑娘，我这阵有急事要办，你谢过大人的恩典。

胡知县　是该谢嘛！

穷姑娘　该谢？

赵秀才　该谢，要重谢他的责打监禁！

胡知县　对，我这罚，是为教而施呀！

穷姑娘　哼！

赵秀才　唉，你年幼无知，哪知县台的一片好心！

胡知县　嗯。

赵秀才　你到监中要好好住着。我身上还有几吊小钱，再当掉这件烂衫，保你生活有着。单等知府大人一到，我就告他一个恍恍惚惚，庸庸昏昏，糊糊涂涂，错断民情，其害非轻之罪。知府见你一身伤痕，满腔冤屈，定罚他一年俸禄，并将那些银两全赏与你。你得县台偌大恩典，能不谢么？（向穷姑娘示意，随即解衫欲离去）

穷姑娘 （会意）小女子深谢大人天大恩泽。大人，你就快打吧!

胡知县 （慌张）呵，赵秀才，请留步! 赵先生，据你看来，难道本官判得不实?

赵秀才 县台呀!

（唱）为官者秉公执正，

　　　　动国法必有所循。

　　　　她偷鸡有何凭证?

　　　　他被盗谁是证人?

胡知县 （唱）为国事我忘餐废寝，

　　　　　动国法我意正心平。

　　　　　她贫寒必生歹念，

苟管家 （接唱）我就是眼见的证人!

赵秀才 唗，岂不闻子不能为父证，奴不能为主证吗? 荀子曰: 君子贫穷而志广，故嗟来之食，行者弗受; 蹴而之食，乞者不屑。穷则思盗，想当然尔! 昔司徒王戎，田园遍天下，仍日夜散筹算计。富则不贪，乃妄言也!

穷姑娘 赵先生，你讲得好呵!

傅员外 这个酸秀才厉害喃!

苟管家 往天喊你把他为倒，你又怕花银子!

赵秀才 县台，害怕当铺关门，学生告辞了。（欲走）

胡知县 （慌张地）赵先生，请留步，请留步! 下官判得不实，重新判过就对了嘛，何必一定要告到知府大人那里! 赵先生，快坐，快坐!

赵秀才 好。（落座）我又暂坐片刻，看你咋个复判嘛!

胡知县 先生高见呢?

赵秀才 还是大人自思自想自断吧!

胡知县 这个，这个，唉!

（唱）想平日老爷审案多方便，

　　　　为什么今日断案这么难?

　　　　本来想不再复审保原判，

傅员外 **苟管家**	对，维持原判！
胡知县	（唱）呀，又怕那知府听了说是冤。

怎么判？咋个判？（询问衙役，衙役木然）

我面前好似糨糊一大坛！

怎么判？咋个判？

唉，我只好不顾明天顾眼前！

叫衙役暂将小女子来看管，

让夫人先把雄鸡喂几天，

查寒窑是否有妇把病患？

问一问是否卖鸡换药钱？

再把那雄鸡的记号来检验，

等初五公堂复审把判宣。

赵先生，你看如何？

赵秀才	这个……
傅员外	唉呀，不好！
苟管家	没来头，通关节费点钱钞！
穷姑娘	娘呀，你把小女空望了！
赵秀才	哈哈，好笑呀好笑！
胡知县	先生为何发笑？
赵秀才	大人呀，若小女子所言是实，按县台所示，则卖不了鸡，购不到药，就治不了其母之疾。今夜除夕，明日新春，富家歌馆楼台，纸醉金迷，她母亲则空困寒窑，吞愁饮恨。且病魔缠身，经久难治，挨至初五开庭，恐早飘赴泉台，化为厉鬼矣。到那时，小女子在阳世告你，其亲娘在阴曹告你，大人则危哉呀哀哉了！
胡知县	唉呀！（揭去纱帽，置于几上，下座拉赵秀才）赵秀才！
赵秀才	干什么？
胡知县	（拉赵秀才坐上座）你看我，颗子汗都憋出来了，脑壳皮都整痛了，还是要不得。吔！你硬是说风凉话不嫌牙齿痛喃！这下你来，我倒要看你的本事。要是审得清楚，就凭你发落，要是你

	也审不清楚……
赵秀才	你要怎样?
胡知县	我就要打你一百大板,赶出本县,送去充军,免得在县上嚼牙巴!
赵秀才	当真?
胡知县	当真。
穷姑娘	要得,先生,你快审。
傅员外 苟管家	要不得,大老爷,叫他滚!
胡知县	不准吵,肃静,听他问!
赵秀才	这个,这个,好,我审,我就审!唉!

(唱)我只是见她受屈心不忍,

　　　谁料到坐上公堂审案情。

　　　虽知道姑娘本是卖鸡女,

　　　眼目下哪里去找证明人?

(把地上雄鸡置于桌上)呵,雄鸡呀雄鸡,你要能开腔就对了!

(雄鸡啼叫。赵秀才惊叹)

(唱)呀,雄鸡啼叫声声紧,

　　　怎奈我不识鸟兽声!

唉,赵春山呀赵春山,可惜你满腹经纶,却无公冶长之智。在这公堂之上,不懂鸡鸣狗吠,又有何用?唉!

(唱)这个案,怎么审?

　　　难坏了我春山读书人!

穷姑娘	先生,快问嘛,我早晨只吃了一碗糠菜。
傅员外	赵酸酸,要审你就审嘛,我早晨才吃了一碗燕窝……
赵秀才	慌啥子,我只喝了一杯清茶都乘得住。这……(思索)
胡知县	赵秀才,你到底拿得下来不?吃不梭就下来受罚!
穷姑娘	先生,你要救我呵!(哭)
赵秀才	唉呀,我此时方寸已乱,不要再哭了嘛!
胡知县	(冷笑)赵秀才,咋样?你也是志大才疏呀!快下来挨板子,老爷也要回衙饮酒去了!

赵秀才　唉呀，我和小女子腹中只有糠菜清茶，还要挨打；他们肚内银耳燕窝，倒要饮酒作乐，这鸡……呵，哈哈……

胡知县　你疯了！

赵秀才　啥子疯了！我要审案！来人！

衙　役　喳！

赵秀才　带傅啃铜。

傅员外　我在这里得嘛。

赵秀才　这鸡果真是你的？

傅员外　哄你我是龟儿子。

赵秀才　那你用啥作为鸡食？

傅员外　这个……禀大人，呵，禀秀才（旁白：呸）养鸭喂鸡乃下人之事，我员外哪里得知（向苟管家示意）。

苟管家　赵秀才，这事我经管，我晓得。

赵秀才　那你讲。

苟管家　（背白）我给他来个漫天撒网。喂的是粮食。

赵秀才　什么粮食？

苟管家　谷子、白菜、麦子、糠皮……嘿，啥子都喂。（背白）总有一样跑不脱。

赵秀才　好。小姑娘，你又用啥子喂它呢？

穷姑娘　禀先生，我家贫穷如洗，哪有粮食喂鸡！全是小女子捉些虫子、蛐蟮养它，今日为了上市叫卖，邻居张二婶才给了几颗苞谷。唉！连它的命也苦呵！

赵秀才　好，来人！

衙　役　喳！

赵秀才　开膛验明。

衙　役　是。（将鸡开膛）

赵秀才　肚内何物？

衙　役　禀大人，除了虫子沙石，只有几粒苞谷！

傅员外
苟管家　唉呀，不好！

赵秀才　咳，胆大傅啃铜，竟敢为富不仁，仗势欺人，凌辱幼女，哄骗官府！

胡知县	唉呀，我这回又糊涂了！
赵秀才	你呀！（对穷姑娘比画示意）
穷姑娘	赵先生，我好苦啊！险些被这昏官断送了，快帮我写张状纸。我要到知府大人面前告他！
胡知县	赵先生，快搭个手。我这个官是花银子买来的，告垮就惨了！
赵秀才	这个……（示意穷姑娘）
穷姑娘	要告。硬要告啊！
胡知县	赵年兄，你要设个法呵！
赵秀才	你若愿改，这个人情我就试一下嘛！（向穷姑娘）小姑娘，这事既然知县大人认了错，我叫他送你二十两纹银回家过年，你就不要再告了吧！
穷姑娘	要告，要告！
胡知县	呵，价钱好高！
赵秀才	你们都不愿，我就不管了！（示意穷姑娘）
穷姑娘	好。
	（唱）饶他这一遭！
胡知县	唉！（拿出银子交赵秀才）
	（唱）请你快转交。
赵秀才	（唱）有钱二十两， 　　　　过手不心焦。
	小姑娘，这二十两银子，快拿去办点年货，购服汤药，与你母亲团聚吧！
穷姑娘	谢过先生。
赵秀才	不，该谢大人。
穷姑娘	我才不谢他呢！
胡知县	唉，不谢算了。赵先生，这鸡呢？
穷姑娘	我要送给赵先生。（抱鸡交赵秀才）
赵秀才	（谢绝）呀，要不得！我若受了，就大有得贿之嫌，还是带回去，熬碗鸡汤给你体弱多病的母亲。小姑娘，我乃一介寒儒，无物馈赠，这里还有一副春联，拿去聊以补壁，讨个喜庆吧！
穷姑娘	（喜悦地）再谢先生。先生，这两个恶贼不知如何处置？

胡知县	待我判来。
赵秀才	大人请。
胡知县	傅更冬!
傅员外	小人在。
胡知县	你家财万贯,竟贪小利,为区区一鸡,不惜诬良为盗,瞒哄官府,差点使老爷中你奸计,实属可恶可恨,罚你纹银百两立即交付县衙。
傅员外	(痛心地)是,唉!
苟管家	老爷,这才是偷鸡不着倒蚀一把米……
傅员外	狗杂种,才一把米呀?
胡知县	赵先生,你看下官判得如何?
赵秀才	判得有理,学生还要加判。
傅员外	咇,还脱不到手呀!
赵秀才	来人!
衙　役	喳!
赵秀才	揭去他的头巾!
傅员外	唉,这下功名完了!
赵秀才	扒去他的绣袄。
傅员外	噫,定要受寒发烧!
赵秀才	脱去他的彩裤。
衙　役	(为难地)这……
傅员外	秀才大……人,当众脱裤,不是要我出丑吗?
赵秀才	你为富不仁,还怕伤脸不成?
傅员外	这个……
苟管家	(自语)嘿,这回幸好我是胁从……
赵秀才	苟退之
苟管家	小人在!(旁白)唉呀!还是跑不脱!
赵秀才	你知罪否?
苟管家	小人有罪,罪该万死。
赵秀才	死罪可免,活罪难逃!跪下!
苟管家	是(跪下)!

赵秀才	张开臭嘴！
苟管家	唉，要掌嘴了。怪我多话。
赵秀才	伸长舌头。
苟管家	要夹舌了，怪我嘴碎！
赵秀才	你一味吹、捧、舔、贴，一贯助纣为虐，实属可恶至极，罚你当众舔其臀部！
傅员外 苟管家	（惊恐）呀！
胡知县	（啼笑皆非）嘿……
赵秀才 穷姑娘	（欢畅地）哈哈……嘻嘻……

〔落幕。

蜀 王 杜 宇

（原创）

时　间

距今约两千七百年前

地　点

都广之野，瞿上古城一带，即今四川省广汉市三星堆古遗址及其附近

人　物

杜　宇　蜀国国君，称望帝

开　明　蜀国丞相，继位后称丛帝

梁　利　王后，原梁国国王的小女儿

梁　玉　开明妻，原梁国国王的大女儿

山　海　护宫都督

石　丑　宫中校令

陆　勒　大巫祝

汶　阳　蜀中老农

汶　尚　汶阳的儿子

小　娟　汶阳的儿媳

文武官员、部落首领、武士、民众

［幕启，舞台正面是一座三层台阶的祭坛。坛上立着铜铸的通天神树建木。两旁列着巨大的石璧和石璋。二层的两侧，是各级文武官员。三层左右是手执各种乐器的乐师。祭坛正面排列着一行雪白的象牙。两旁，各有一口大铜锅。锅下烈火熊熊，锅上热气腾腾。

［天幕上是一尊巨大的青铜突目人面即伏羲之像。

［幕后合唱：锦瑟无端五十弦，

　　　　　　一弦一柱思华年。

　　　　　　庄生晓梦迷蝴蝶，

　　　　　　望帝春心托杜鹃。

　　　　　　沧海月明珠有泪，

　　　　　　蓝田日暖玉生烟。

　　　　　　此情可待成追忆，

　　　　　　只是当时已惘然。

［巫师陆勒，身穿奇特的祭袍，一手执牛尾，一手执乌木八卦上。

陆　勒　（唱）北斗斗纲指戊方，

　　　　　　　暑气散，收藏毕，立秋时节谢上苍。

　　　　　　　神圣社祭备停当，

　　　　　　　仪礼隆重，颂歌高扬……

［武士抬出女娲、伏羲、神农、嫘祖、大禹等圣像。君、臣、民大礼膜拜并唱赞歌。武士们舞动吉祥之人身形铜牌，歌舞进入高潮。

［众臣民涌上，老农汶阳在人群中。

众　　　（边舞边唱）

　　　　　　巍巍蜀国，肇于人皇，

　　　　　　蚕丛鱼凫，两度沦亡。

　　　　　　天赐我主，从天而降。

　　　　　　光复蜀地，德被四方。

　　　　　　风调雨顺，人丁兴旺。

　　　　　　行礼如仪，敬天敬地敬我王！

［石丑及两名武士，牵赤黄色牛犊上。

石　丑　（唱）遵祭礼牵牸犊献上，

　　　　　　　天神地祇，为何将血腥当作芳香？

陆　勒　（唱）红日高照，金风送爽，

　　　　　　　时辰已到，恭请大王。

［陆勒躬身，臣民跪地，乐声高奏。手执金杖的杜宇偕王后梁利上，后面是手执仪仗的侍从。丞相开明与妻梁玉紧随其后，山海跟上。在鼓乐铜号声中，杜宇独自走上神坛，陆勒和山海随后，开明及梁利、梁玉站在坛旁。

［杜宇围着神树转了一圈，做了一个登梯下梯的姿势，然后高举权杖。

陆　勒　王上有旨，杀牲祭神！

石　丑　遵旨。（牵出牛犊，举剑就刺）

　　　　（唱）小牛犊，请你不要把我骂，

　　　　　　　要骂就该去骂他。（指陆勒）

　　　　　　　说什么血腥气才能迎来神驾，

　　　　　　　全都是想吃嫩肉嚼牙巴！

　　　　　　　剖肚腹取牛肺拿去算卦，（将牛肺呈与陆勒）

　　　　　　　说好说坏全由他！

［陆勒随杜宇走到祭坛第一层处，接过牛肺，注视有顷。

陆　勒　（高兴地）启奏王上，牸犊之肺，纹脉清晰，皮色白净，大吉大利。

［众人欢呼。

杜　宇　好。肢解牸犊，歌舞庆祝！

陆　勒　遵旨。

汶　阳　（出列）慢！王上，老农汶阳，有下情禀奏。

杜　宇　（略微诧异）哦？讲。

汶　阳　（唱）多少年这里是一片沼泽无人影，

　　　　　　　是王上教我们排水种稻五谷生。

　　　　　　　放眼看，谷垛似繁星，良田超千顷，

　　　　　　　都是大王苦经营。

敬神敬祖还该向大王致敬，

雕塑圣像表民心。

〔众人抬杜宇的玉石全身塑像，放在祭坛的第二层上。

众臣民　蜀王万岁，万万岁！

杜　宇　（感动地）太感谢大家了，我当尽力把国家的事办好。（掉头对众乐师）快奏起乐曲，大家同乐吧！

〔乐声大作，少女们跳起优美的人面鸟身的《青鸾舞》。

〔梁利与梁玉小声叙谈着，开明走入官员中。

汶　阳　（手执陶豆）王上，老农敬一杯，就告退了。

杜　宇　为什么？

汶　阳　新婚的儿媳，重病在家（先饮）。

杜　宇　好。日后定去看望。（干杯）

汶　阳　不敢当，不敢当。（行礼下）

〔众歌舞，饮酒，从锅里取牛肉吃。

〔一只乌鸦飞过舞台，落在神树顶上，站在那里，"呱呱"地直叫。

〔众人窃窃低语，神色惶恐。

陆　勒　（挥舞牛尾）滚开，滚开！

〔众人也用土块石头等物轰赶，但它仍旧啼叫着，不肯飞走。

石　丑　（气愤地大骂）你这个丑东西！（他冲上祭坛）

陆　勒　（阻拦）石丑，你要干啥？

石　丑　抓住它，扭下它的脑袋。

陆　勒　下去！小小校令，怎么可以攀登神树？

众　　大巫祝，快让他把不祥的乌鸦赶走！

杜　宇　陆勒，让他上去。

〔陆勒不敢言语，石丑抓起武士手中长矛跑上祭坛，攀上神树座，轰赶乌鸦。乌鸦"呱"的一声，飞走了。

〔大家舒了一口气，石丑大声惊叫。

石　丑　（两眼平视，结结巴巴）不好了！

（唱）风吼水啸，

浊浪滔滔！

无情的洪水，

夹着泥沙冲来了！

看，粮垛被毁，房塌树倒，

滚滚恶浪，山一般高！

陆　勒　（生气地）你胡说些啥？

石　丑　（唱）不信，你转身看，到处是漂浮的稻草，

不信，你侧耳听，洪水咆哮声声高！

　　　　［他惊慌地从坛上滚下。

众　　　（惊叫，唱）呵，洪水真的来了！

快逃，快逃……

　　　　［雷起风来，一片混乱。

杜　宇　（焦急万分）大家不要慌张。山海，组织卫队，保护老幼撤到
　　　　瞿上！

　　　　［雷声伴着雨点，飘过舞台，山海等组织群众下。

开　明　王上、王后，我们走！

杜　宇　你快回到瞿上，与太尉一起，组织军民护城，不得有误！

开　明　遵旨！（急下）

梁　玉　王后，我们走！

梁　利　我与王上一起，姐姐，你快走。

　　　　［梁玉急下。众逃散，洪水漫过。

杜　宇　噫，陆勒呢？

梁　利　唉，跑了！王上，我们走！（与杜宇蹚水而行）王上，你怎么站
　　　　住了？

杜　宇　那边竹林里，还住着一家人。他们待在屋里，恐怕啥也不知道。
　　　　我们去看看。

梁　利　（迟疑地）这……

杜　宇　耽误不了我们返城！

　　　　［梁利点头。

　　　　［暗转。汶阳屋外。汶阳、汶尚正在捆制滑竿。

　　　　［风雨飘摇，水浸田野。

汶　阳　（唱）本地三尺浪，

满眼水茫茫。

汶　尚　（唱）快把滑竿绑，

　　　　　　　　抬走我新娘！

　　　　［蹚水声，出现杜宇和梁利。

汶　阳　（震惊）哟，王上，王后，你……们怎么来了？

梁　利　王上怕你们不知道涨水，特地来看看。

汶　阳　这……折煞小民了！尚儿，快给王上、王后叩头。

汶　尚　（跪地）王上、王后圣安。

杜　宇　免礼免礼，收拾好没有？（父子点头）那就快些把病人抬走。

　　　　［小娟病恹恹地出现在门边。

小　娟　不！

　　　　（唱）洪水无情王有情，

　　　　　　　　魔爪之下救庶民。

　　　　　　　　蜀国有你好君主，

　　　　　　　　天灾人祸难逞能！

　　　　　　　　小女子性命如草芥，

　　　　　　　　祝王上王后永安宁！

杜　宇　（慈祥地）你错了！

　　　　（唱）君王怎能忘百姓？

　　　　　　　　危急之时应保黎民。（指汶阳父子）

　　　　　　　　快抬她水中行进，

　　　　　　　　我和王后随后跟。

　　　　　　　　心连心岂怕这浊浪滚滚？

　　　　　　　　穿波涛，定能回到瞿上城！

　　　　［梁利搀起小娟，扶上滑竿。

　　　　［五人在风雨中行进。

　　　　［巨浪涌起，杜宇夫妇与汶阳一家被恶浪分开，汶阳等呼喊：
　　　　"王上！"被洪水冲走。

杜　宇　（挽着梁利，向汶阳高喊）老大爷，你们自己小心！

梁　利　（一棵大树直冲而来，被她推开）王上，我们也得小心。

　　　　［天色昏暗，浪高水急，他们在水中挣扎过场。

　　　　［暗转。

〔风雨稍停，天空露出一弯新月。

〔杜宇被梁利托着，在水中漂浮。

〔乐声变轻，似乎只有浪涛在响。

杜　宇　王后，我……们在哪里？

梁　利　我也不知……道。

杜　宇　我……周身发冷。

梁　利　我也快游不动了。

杜　宇　（伤感地）我来自高原，不会游水，太为难你了。

梁　利　快不要说这些。臣民们一定在寻找我们，我们会得救的。（张
　　　　望）那边有棵没有冲倒的大树，我们游过去靠一靠。

〔暗转。

〔水中出现一棵大树。梁利拉着杜宇游到树前。

梁　利　快把树干抱住！

〔杜宇抱着树干，巨浪袭来，差点被冲走。

梁　利　王上，把树干抱紧些。

杜　宇　（凄然地）我已经没有力量了。王后，你……游走吧，再这样下
　　　　去，你也……

〔梁利望着杜宇，毅然脱下外衫。

杜　宇　（惊）洪水这么凉，你这是干啥？

梁　利　我要把你绑在树上，免得被水冲走。

杜　宇　（任梁利捆绑，潸然泪下）王后！

　　　　（唱）回想起多年前，

　　　　　　　你曾为我松绑。

　　　　　　　那是我从朱提返蜀地，

　　　　　　　路过梁国不慎被俘见父王。

　　　　　　　到后来你我成婚，

　　　　　　　父王又让我回瞿上，

　　　　　　　再建蜀国情义长！

　　　　　　　今晚你又将我绑……

梁　利　（唱）放你绑你我都是心潮激荡泪盈眶。

　　　　　　　君王呀，恩爱能将洪水挡，

　　　　　　迎来东方新曙光……

杜　宇　（感动地）王后……

　　　　　［大树在风浪中摇曳。

杜　宇　王后，你在颤抖！再这样下去，你的体力也会在等待中消耗
　　　　尽……

梁　利　那我们就死在一起！

杜　宇　不，我不想死，你更不能死！趁现在还有点力气，快去寻求救
　　　　援，这是我们唯一的生路。

梁　利　王上……

杜　宇　王后，也许，这是我最后一次恳求你，快……走！

梁　利　（悲痛欲绝）王上，我……去！

　　　　（唱）我知道这也是唯一希望，

　　　　　　　为王上我愿与洪水比高强！

杜　宇　（唱）我……千万个祝福为你献上。

梁　利　（唱）我……斩波劈浪为救王……（离开大树，游向远方。）

　　　　　　　巨浪中，回头再把王上望，

　　　　　　　生离死别永难忘……（游泳下）

杜　宇　（呵）王后，天哪……

　　　　　［暗转。

　　　　　［天色微明。开明、山海等举火把驾舟上。杜宇低垂着头，命在
　　　　　旦夕。

开　明　哎呀，王上，快快上船。

　　　　　［山海下水，与之松绑。

杜　宇　（用尽全身力气）快……找……王后……

　　　　　［暗转。

　　　　　［晨曦照着瞿上城楼。这里挤着许多灾民，汶阳一家也在其中。

　　　　　［杜宇手握金杖，望着城外滚滚洪水，心情沉重，愁锁双眉。梁
　　　　　玉站在他身旁。其余大臣依次而立，陆勒躲在远处。

　　　　　［山海上。

山　海　王上，洪水还在上涨……

杜　宇　（以杖杵地）大家跪下，快为王后祈祷，为丞相祝福。

〔众跪地，杜宇叩拜行礼。

梁　玉　（唱）洪水滔滔，铺天盖地，

　　　　　　千尺浪峰掀开我心中奥秘！

　　　　　　我……

〔帮腔：暗恋王上，更爱权力！

　　　　　　多年来我屡把后位觊觎，

　　　　　　这该是天赐良机？

　　　　　　我既愿妹妹她平安无恙，

　　　　　　又暗想她与我夫成鱼食！

　　　　　　我也向苍天祈祷，

　　　　　　却不敢说出真祷辞……

〔开明、石丑等一身水湿跑上。

杜　宇　（急促站起）王后呢？

开　明　（沉痛地）咳！……

杜　宇　呵——（昏了过去）

众　臣　（齐呼）君王，君王！

汶阳家　（齐上，痛哭）王上，这都是我们的错啊！

〔杜宇苏醒，强忍悲痛地站起。

杜　宇　（唱）无情祸水害王后，

　　　　　　我当永远把你咒！

　　　　　　无情祸水害社稷，

　　　　　　满眼疮痍我泪双流。

　　　　　　臣民啊，谁能把洪魔降就，

　　　　　　我对他拜将封侯！

〔众臣默然无语。

杜　宇　（不悦地）我来自高原，不懂治水。你们生在江边，难道也望水
　　　　生畏？

太　尉　（嗫嚅地）王上，老臣真愿为国君解忧。只因不是天神，无法让
　　　　洪水消退。

杜　宇　（高声）不，神只对坏人降罪，魔鬼才这样恣意妄为！你、你、
　　　　你们怎么都不说话？

[众臣都低头不语。

石　丑　（小声对山海）有官做，我都想去治水。可自己一窍不通，只能
　　　　瞎吹……

山　海　（制止他）你少废话！

[洪水漫过舞台，人们惊恐万分。

[武士甲上。

武士甲　启奏君王，北城墙溃决，都城进水。

杜　宇　太尉，快率领军民，死保城垣！

太　尉　遵旨。（与武士下，山海同下）

杜　宇　唉！

　　　　（唱）浊浪滔滔，

　　　　　　　蜀国将毁。

　　　　　　　面对洪魔，

　　　　　　　我……毫无作为！

　　　　　　　举权杖发大誓绝不反悔，

　　　　　　　谁能治水，我

　　　　　　　就将王位让与谁！

[众臣小声议论，仍无人上前。

杜　宇　（万分失望）怎么，蜀中真的无人吗？

[开明走出。

开　明　王上！

　　　　（唱）这洪魔并非无法管，

　　　　　　　怕只怕王上不准也枉然。

杜　宇　丞相请讲。

开　明　（唱）这都广遭水患历史久远，

　　　　　　　瞿上城几兴废也与洪水有关联。

　　　　　　　考其因金堂峡又窄又险，

　　　　　　　要泄洪必须将峡口凿宽。

　　　　　　　工程浩大需巨款，

　　　　　　　王上迟疑竣工难。

　　　　　　　君王若有移山胆，

微臣愿舍命治水，

不降洪水誓不还！

杜　宇　爱卿，为了蜀国民众的安全，即使耗尽国库资财，也要永除水
　　　　患。就请丞相全权负责这项工程。石丑，你去伺候丞相。

石　丑　遵旨。（背白）哼，净是苦差事！

杜　宇　（庄严地）杀牲祭神，为丞相送行！

　　　　〔激越的乐声高奏。

　　　　〔梁玉走到开明跟前，亲密地与他说话。

　　　　〔暗转。

　　　　〔夜，星光闪闪。

　　　　〔杜宇在瞿上官中，忧心忡忡地踱步。

杜　宇　（唱）深邃夜空，银河如练。

　　　　　　　望天河怨洪害寝食难安。

　　　　　　　金堂峡山高水险，

　　　　　　　丞相他音讯杳然。

　　　　　　　盼不到报信的木板，

　　　　　　　我心有如油锅煎……

　　　　〔梁玉端浆果上。

　　　　〔帮腔：难，难，难！

梁　玉　（唱）花丛中纺织娘正把情歌唱，

　　　　　　　撩人呀，这幽幽的月光！

　　　　　　　此刻呵，我并非春心荡漾，

　　　　　　　多少事涌动在心房！

　　　　　　　为治水杜宇求贤许禅让，

　　　　　　　王后梦又让我欢欣喜若狂。

　　　　　　　适才间开明派人报情况，

　　　　　　　金堂峡如虎口，

　　　　　　　治水者死的死来亡的亡。

　　　　　　　他说他正挣扎在死亡线上，

　　　　　　　叮嘱我他万一牺牲莫悲伤……

　　　　　　　看起来这哪是效古禅让，

分明是除政敌一剂毒方。

我岂能随开明将自己送葬，

寻新主，我得将网罗巧张……

[走向杜宇。

君王呀，皓月当空风送爽，

为国也莫太忧伤。

杜　宇　（唱）金堂峡环生险象，

我怎么能不忧伤？

梁　玉　（唱）我丈夫水边生来水边长，

君王呀，不必担心他安康。

国家大事王执掌，

为臣民请放宽心用酒浆……

杜　宇　夫人呀！

（唱）令妹的诀别声时刻回响，

醇香美酒，难暖心房！

梁　玉　君王呀！

（唱）那花谢了，这花又会开放，

星星隐退，又现温柔月光。

黑夜逝去，朝霞万丈，

你该是永远快活的君王！

杜　宇　（唱）我的欢乐已被那洪水埋葬，

我的心有如这秋夜般凄凉！

梁　玉　（唱）不，秋之梦绚丽光亮，

秋之夜，花果芳香。

为君王臣妾愿身心奉上，

与君王同享这绚丽时光。

杜　宇　（惊）你?！

（唱）你丈夫此刻正斩波斗浪，

梁　玉　（唱）他无权让君王孤独彷徨！

杜　宇　（唱）令妹身影刻心上。

梁　玉　（唱）我正是代妹伴君王！

杜　宇　（感动地）你真好！

梁　玉　（唱）莫让良宵空流淌……

　　　　　　　陪君去到温柔乡。

　　　〔两人在月光下翩翩起舞。

　　　〔高处，一束强光照射着岩上的开明和陆勒。陆勒手往下指，开
　　　　明见梁玉与杜宇偷情，十分愤怒，但接着又冷笑起来。

　　　〔暗转。

　　　〔还是夜晚，还是官中，杜宇与梁玉拥在一起，在榻上小憩。

　　　〔平民打扮的梁利兴冲冲地上。

梁　利　（四处张望）终于回来了！

　　　　（唱）急匆匆回瞿上，

　　　　　　　欢乐泪水满眼眶。

　　　　　　　想那晚死神引我漫游荡，

　　　　　　　冲到了三江口处彭家庄。

　　　　　　　乡亲要我把身世讲，

　　　　　　　过去事我却全遗忘。

　　　　　　　农家父母待我如亲养，

　　　　　　　不记往事也常彷徨。

　　　　　　　昨夜晚天色蔚蓝月明亮，

　　　　　　　有杜鹃声声啼，好似惊雷击胸膛！

　　　　　　　历历往事涌心上，

　　　　　　　我我我哭哭笑笑似癫狂！

　　　　　　　不敢把真相对乡亲讲！

　　　　　　　谎说寻亲进殿堂。

　　　　　　　兴冲冲到宫门不准卫士禀王上，

　　　　　　　想让他惊喜过望，生死之爱无限长……

　　　　　　　喜滋滋猛抬头向寝官张望，

　　　　　　　他他他勤国事困卧龙床。（走近）

　　　　　　　呀，还有官女陪王上，

　　　　　　　细看是谁伴君王……

　　　　王上请起！

〔杜宇、梁玉惊醒，站了起来。

梁　利　呀，姐姐，你怎么……

梁　玉　（又惊又吓又失望）你……是鬼？

梁　利　（镇定地）不，姐姐，我是人！

杜　宇　（又惊又喜又惭愧）王后，你从哪回来？

梁　利　（难过地）因为思念王上，我……从鬼门关逃回……

杜　宇　王后，请原谅，我……以为……

梁　利　王上，你不知道我还活着，不必计较。（悲愤之极）姐姐，姐夫
　　　　在金堂峡用生命和洪水、顽石搏斗，你……怎么能背叛他？

梁　玉　（镇静下来，冷笑）因为他不会成功，我却想得到王后的位置。
　　　　你回来迟了，请快些离开！

梁　利　（惊愕）我离开？（望着杜宇）是吗？

杜　宇　不，该离开的是她！（指梁玉）

梁　玉　我?!

杜　宇　对不起，梁玉。我在你身上，只能看到王后的影子，而影子怎
　　　　么能和真人相比？

梁　玉　（恶狠狠地）你……竟这样对待我？

杜　宇　是的，我不能一错再错，你走吧。

梁　玉　哼，我恨死你们！（急下）

杜　宇　（跪地）王后，我……（唏嘘不已）

梁　利　（搀起他）王上，快忘掉这件事，我知道姐姐……

杜　宇　你真的原谅了我？

梁　利　（泪流满面，点头）

　　　　〔两人拥在一起。

　　　　〔暗转。

　　　　〔丞相府外，石丑拦住梁玉。

梁　玉　（凶恶地）为什么不让我回府？

石　丑　夫人，连我都知道，你能不知道？我劝你自己走开，免得再出
　　　　丑！（关门下）

梁　玉　（气得有如受伤的野兽）哼！
　　　　（唱）两个君与臣，

一对臭男人。

心中羞又恨，

恶从胆边生。

此仇若不报，

枉活一世人！（变脸，凶相毕露）

［暗转。

［初冬时节，社祭之日。天幕上是用三星堆出土文物的原型构成的奇特图案。社坛上下摆放着各种酒食，各种头饰服饰的首领和男女群众在歌舞着、吃喝着。人群在舞台上游走。开明、陆勒显得十分兴奋，频频接受众人敬酒。而紧握权杖的杜宇由梁利陪着，静静坐在一旁，山海侍立在侧。

［汶阳一家人握着酒豆，走到杜宇跟前。

汶　阳　王上、王后，我们全家敬祝王上、王后圣安。

梁　利　谢谢。今天是庆祝金堂峡开凿成功的大喜日子，你们该去给丞相敬酒。

汶　阳　会去的，但得先向王上和王后致敬。

杜　宇　（微笑）为什么？

汶　尚　不是王上恩准，那金堂峡怎么能开凿成功！

［杜宇、梁利饮酒。汶阳一家下。

梁　利　总有人还记得我们，走，到处看看。

［梁利与杜宇、山海下。石丑握着陶豆，醉醺醺地从人群中钻出。

石　丑　（唱）成功时往往是鼓乐齐奏，

这荣誉到底该谁来领受？

看，人们总是拥着新星行走，

旧的偶像很快就被丢在脑后。

新的成功总伴着新的争斗。

小百姓休担心，喝酒喝酒！

［重新钻入人群。

［人们在狂欢，梁利陪杜宇上。

梁　利　（迟疑地）王上，今天真的要把权杖交给丞相？

杜　宇　（心情复杂地）我还没有想好。王后，你对权力如何看待？

梁　利　你知道，我从来就把它看得很淡。无论你是君王，还是囚犯，我都同样敬重你。

杜　宇　（微笑）那我就放心了。

　　　　〔开明手执铜爵，领着一位盛装的年轻女子上。

开　明　王上，微臣四处寻找，要向王上敬酒。

杜　宇　今天应该我给你敬酒。

开　明　不，如果没有王上英明决策，关心过问，哪有今日？请王上、王后，接受微臣和贱内深深的敬意。（饮酒）

　　　　〔新夫人献酒，杜宇、梁利饮过。

开　明　贱内想陪王后歌舞，不知肯不肯赏光？

杜　宇　（见梁利注视着他）去吧！

　　　　〔梁利点头。

新夫人　多谢王后。（陪梁利下）

开　明　王上，今天是大喜的日子，请与民同乐，欢悦与共。

杜　宇　我身子不爽，参加典礼，全是为了与你庆功。

开　明　君王的恩德，微臣万分感动。

杜　宇　那就继续辅佐我，共振蜀国雄风！

开　明　哦?！（冷冷地）谢君王对小臣器重，祝愿君王效古帝圣德，言重苍穹。

杜　宇　（生硬地）你这话是什么意思，要我让位给你？

开　明　这是你的诺言。

杜　宇　你为什么想要我手中的权杖？

开　明　因为我要实现自己的理想。

杜　宇　什么理想？

开　明　治理了渝水，还要开发岷江。管好了都广，还要把疆域扩张，让巴楚滇秦，都成我的属国。千邦万国，都拥戴我为王……

杜　宇　正为这个，我不想交出权杖！丞相，你好大喜功，必定会民劳财伤；穷兵黩武，会成为众矢之的，蜀国就会亡在你的手上！

开　明　一切取决于王上自己。

　　　　（唱）践许诺臣对王仍旧敬重，

还留下这瞿上巍峨帝宫。

杜　宇　要是我改变主意呢?

开　明　(唱)错上错民心失权杖无用,

其后果只会是人神不容。

[杜宇的内心在激烈斗争。

[陆勒上。

开　明　(接唱)大巫祝,请你将神旨传送。

陆　勒　(会意地)是。

(唱)神旨早已示苍穹。

大禹出,洪水不敢再汹涌,

若食言,又将是满目浪峰……

[杜宇见状,知大势已去,无可奈何。

杜　宇　(唱)这权杖望你慎用。

开　明　(唱)谢教诲,王永是臣的父兄!

陆　勒　(高声)歌停舞歇,大家快来!(众涌上)遵照神的旨意的王上

的誓愿,蜀国的大权,将交给圣明的丞相。

众　　　(欢呼)新主万岁,万万岁!

陆　勒　明天正午,正是吉日良辰,请大家来参加最隆重的庆典!

[众欢呼雀跃,开明恭敬地搀扶着杜宇。梁利过来,要想推开开

明,开明微笑地死死拉着杜宇下。

[梁利与众人随下,场上只剩下山海和醉意十足的石丑。

山　海　(讥讽地)石丑,你满意了吧? 新主人当上了君王……

石　丑　(摇头)我最倒霉,我要逃走……

山　海　(不解地)为什么?

石　丑　新旧君王我都伺候过,我知道他们。旧君王是一位仁者,闪光

的是他的坦诚;新君主像精明的商人,好事坏事都会变成他的

资本……

山　海　这和你有啥关系?

石　丑　精明的人和许多伟人一样,最恨知道他过去缺点和错误的人。

我恰恰晓得他的一些不光彩的事,他怎么能放过我?

山　海　丞相恐怕不会这样。

石　丑　当了君王，大都会这样。他们必须有灿烂的外表，即使谬误百出，也会有堂皇的借口。而我们这些贱民，只能在黑暗中发扬美德。

山　海　那你打算怎么办？

石　丑　趁他没有想到我，赶快溜掉。（欲下又停）山海哥，麻烦你为我报个假丧，说我喝酒过量，掉进鸭子河了……

　　　　〔暗转。

　　　　〔瞿上古城西北，鸭子河上游旁之西山。向远处眺望，隐约可看废弃的故都瞿上和东南面兴建的新都。

　　　　〔竹木扶疏，小院整洁，野花烂漫，雀鸟啾啾。略显老态的杜宇手执藤杖上。

杜　宇　（唱）冬去春来，

　　　　　　　几年间霜染鬓发，庭生绿苔。

　　　　　　　权杖早已换藤杖，

　　　　　　　不闻钟鼓声，旦看云天开。

　　　　　　　采花东篱下，

　　　　　　　耕耘西山台。

　　　　　　　荣华富贵如风逝，

　　　　　　　夫妻俩平静安闲把岁月挨……

　　　　〔梁利背竹笼上。

梁　利　（唱）几年之间容颜改，

　　　　　　　似村妇忙忙碌碌把庄稼栽。

　　　　　　　往昔荣华如梦逝，

　　　　　　　今日是陋室为家，采桑拾柴。

　　　　　　　百姓也有欢心事，

　　　　　　　洗却烦恼，乐哉快哉！

　　　　（抬头）哟，你在这里干啥？

杜　宇　（微笑）等你呀！

梁　利　看，桑叶采够了，我们回去吧！

杜　宇　哦，我想和你商量一件事。

梁　利　什么事？

杜　宇　听人说，开明的新都宏伟气派，他开凿了蒲阳河，让岷江水东流沱江，减轻了都广水患，还开垦了许多新的土地。他又带兵攻打秦巴和楚国，占了许多新的城邑。蜀国国威大振，都城每天都有朝贡的。我们去看看好吗？

梁　利　你不怕引起不快？

杜　宇　有什么不快的！果真民富国强，我还要向他祝贺呢！

梁　利　（想了想）我去采些果子，路上好吃。（倒桑叶下）

杜　宇　快去快回。（用桑叶喂蚕）

　　　　〔山海与几位衣着破旧的旧臣上。

山海等　君王！

杜　宇　（喜出望外）呵，是你们！什么君王，无用的老朽了！见到你们，我真是太高兴了！

山　海　王上，这些年你过得好吧？王后呢？

杜　宇　坐，坐。她到林子里采果子去了。我们过得很平静，正打算到新都看望你们呢！

山　海　王上，你们千万不要去。那开明心毒手狠，唯我独尊。你的旧臣，死的死亡的亡。我们还真幸运，仅仅被免职流放……

杜　宇　那怎么到处都流传着赞扬他的颂歌呢？

首领甲　那是有人花钱让歌手教百姓唱的。

众　　　（唱）开明开明，唯我独尊。

　　　　　　　　好大喜功，苦了黎民。

　　　　　　　　阻塞言路，重处谏臣。

　　　　　　　　年年征战，到处死人。

　　　　　　　　怨声载道，民不聊生。

　　　　　　　　歌功颂德，虚假繁荣。

　　　　　　　　看得见的洪水消退了，

　　　　　　　　无形的祸水越来越深。

　　　　　　　　请君王把民众率领，

　　　　　　　　举义旗反对暴君！

杜　宇　（唱）气愤，吃惊！

　　　　　　　　这晴天霹雳般的恶讯，

真令我五内俱焚！

我我我决心下山看究竟。

山海等　（唱）王上不可贸然行！

那暴君心歹手狠，

只能以刀剑相拼。

杜　宇　（沉思片刻）

（唱）请让我慎思后再作决定。

山海等　（唱）小臣等在山下恭候圣君。

就此暂时告退（下）

杜　宇　（目送众下，心情沉重而复杂）这……到底是怎么回事？

〔暗转。

〔西山，汶阳家门前。

〔梁玉身着男装，一副王者打扮，带一队"蜀军"上。

梁　玉　（唱）为雪耻我历尽艰险，

多少次心灰意残。

近几年情况有变，

捐税重民怨冲天。

我趁机把开明假扮，

到处去烧杀掠奸。

搅得他天昏地暗，

我才好乱中夺权！

快，抢了东西，放火烧房！

〔假蜀军进屋抢劫，汶阳、汶尚追出。

汶　阳　你们为啥抢我们的东西？

头目甲　你抗税不交，王上下旨以物抵税！

汶　尚　王上？你们搞错了，我们完了税的！

梁　玉　大胆，敢说本王有错！来呀，把这家刁民的茅屋给我放火烧了！

汶　阳　（拉住放火者）你们……怎么残害守法的百姓？

梁　玉　哟，你这老不死的，竟敢谩骂本王！快给我把他做了！

〔假蜀军杀汶阳，点燃茅屋。

〔汶尚要与"蜀军"拼命，被冲出屋外的小娟紧紧抱住。

〔梁玉奸笑。

〔暗转。

〔梁玉率领假蜀军在山间行进。

梁　玉　（唱）为雪耻我不择手段，

要掀起更大的波澜；

看前面有人影闪现，

挽竹筼的，是我那倒霉的妹妹，

一筐鲜果背在肩。

哼，我不如借她的性命制造大混乱，

两虎相斗，我才好收拾残局得江山！

妹妹呀！休怪姐姐心不善。

我的苦，你们谁又曾可怜？

（命令喽啰）听着，前面那个女人过来，就把她杀了！

喽啰甲　为什么？

梁　玉　（咬牙）不准多问！（隐入树丛）

〔梁利背竹筼过来，几个"蜀军"举剑欲刺。

梁　利　（惊叫）你们要干什么？

喽啰甲　王上口谕：你阴谋叛国，罪大恶极，必须处死！（一剑刺向梁
利，鲜血喷在他的软甲上）

〔梁利倒下，鲜果撒在地上。最后，她在挣扎中死去。

梁　玉　（从树丛后走出，悲哀地低头片刻）我们走吧。（回头，命令喽
啰甲）把你的软甲留下！（甲掷软甲于地）妹妹，我若成功，就
给你修座辉煌的陵墓……

〔暗转。

〔路上。

〔杜宇紧皱眉头，听汶尚夫妇哭诉。

杜　宇　快，先找着他们，要回被抢的东西，再料理你爹的后事！

〔他们在路上疾走。

杜　宇　（唱）看来他真是在施行暴政，

捐税如毛还乱杀人！

当年担心竟然变成真情景，

又该怎样救黎民？

汶　尚　（唱）呀，这里也有鲜血浸，

　　　　　　　许多鲜果沾血腥……

　　　　〔杜宇惊骇。

小　娟　（唱）呵，是王后……遭杀已殒命，

　　　　　　　蜀军的软甲血淋淋！

　　　　（抚尸痛哭）王后、王后……

　　　　〔杜宇跪地，悲愤的眼泪夺眶而出。

杜　宇　（号啕大哭）夫人，爱妻，这……这一切都怪我，都怪我呀！开
　　　　明！我们哪里对不起你，你……为什么要杀她？我要带着她的
　　　　灵魂，向你讨还血债！

　　　　〔暗转。

　　　　〔夕阳西下，寂静的平原，有些昏暗。

　　　　〔杜宇率领众武士上，汶尚在队伍中。

山　海　王上，前面已是清白江。

杜　宇　江对岸有没有啥情况？

山　海　斥候报告，没有发现官兵。

杜　宇　那就暂时在江边安营，明日一早渡江。

山　海　是。（向大家）原地休息待命。

　　　　〔夕阳照着江水，波光闪闪。

　　　　〔幕后唱：夕阳照清江，

　　　　　　　　　心中何惶惶！

　　　　　　　　　早是西山曳，

　　　　　　　　　何又着戎装？

　　　　　　　　　是为金权杖？

　　　　　　　　　是为爱妻亡？

　　　　　　　　　心似江中水，

　　　　　　　　　愁波万里长。

武士甲　（飞跑而上）启奏君王，有情况！

杜　宇　讲。

武士甲　对岸划来小船一只。

杜　宇　什么人?

武士甲　当今暴君和四名随从。

杜　宇　来干什么?

武士甲　说是拜见君王。

山　海　哼,想来送死,好呀!

　　　　［众首领议论纷纷。

杜　宇　(思忖片刻)大家严阵以待,去请。

　　　　［一队武士下。

山　海　王上,开明诡计多端,谨防有什么阴谋呵!

杜　宇　此时此刻,只好随机应变了。

　　　　［开明与随从上。随从被留远处。

开　明　君王在上,请受开明一拜。(行礼)

杜　宇　我已高举义旗,疆场对垒,你还来干什么?

开　明　为王后吊孝致哀,向君王表示慰问。并发誓缉拿凶手,严加
　　　　惩治。

杜　宇　(摇头)你呀,为什么还在花言巧语?你自己就是元凶!真的要
　　　　祭奠她,就在这里自刎吧!

开　明　君王,我不是凶手,否则我不会来见你。我不会做这种事,更
　　　　没有到过西山。

杜　宇　(气极)你……身为国君,当面撒谎,还有分毫廉耻之心吗?

开　明　我没有撒谎,我说的全是真话。

杜　宇　真话?汶尚,你来看,他是不是率领官兵抢你财物,杀你父亲
　　　　的人?

汶　尚　(打量开明,最后摇头)不,不是,那个人要矮小些,清瘦
　　　　些……

　　　　［众人惶然。

开　明　哦,我知道了。那是我的前妻梁玉,她正网罗歹徒,假扮我四
　　　　处作乱!

杜　宇　她能狠心杀死她的亲妹妹?

开　明　君王,她恨死我们了。为了让我们互相残杀,她是什么事情也
　　　　做得出来的。

杜　宇　（松了一口气）呵，是我错怪你了！

开　明　不，你击我猛醒，所以，我冒死过江，要向君王致谢。

杜　宇　哦？

开　明　（唱）君王怒似霹雳将我击醒，

　　　　　　　为什么你振臂万人随行？

　　　　　　　都怨我好大功民情少问，

　　　　　　　兴百事强征敛国强民贫。

　　　　　　　图国威常兴兵万人废命，

　　　　　　　得到的不过是几声虚名。

　　　　　　　信谗言伤旧臣失去公正，

　　　　　　　亲宵小堵言路庸庸昏昏。

　　　　　　　你举旗才促我深深悔恨，

　　　　　　　为蜀国为自己请罪求君。

　　　　　　　请帮我走出这自掘的陷阱，

　　　　　　　为兴国请王上督君教民。

杜　宇　（毫无思想准备）哦……

开　明　（唱）君王若是不相信。

　　　　　　　开明我破指洒血把誓盟！

　　　　　　（咬破手指，弹血向天）

杜　宇　不必这样，我相信你。（拉着他）他们也会相信你，（对山海）
　　　　快，点亮灯火，取些酒来，共庆蜀国的中兴！
　　　　〔岸边火光通明，照着梁玉和她的部下。

梁　玉　哈哈，你们高兴得太早了！你们虽然识破我的妙计，却被我重
　　　　重包围，你们完了！

开　明　梁玉，你太卑鄙了！

梁　玉　（鄙夷地）你又有多么高尚？

杜　宇　（痛心地）你……怎么能杀死自己的妹妹？你……

梁　玉　哼，为了争权，弑父杀兄的事多得很，何必大惊小怪！只要开
　　　　明交出权杖，我也会像他对你一样，把新都送给他养老，
　　　　哈……

开　明　你休想！

梁　玉　（冷笑）那你的前妻就得罪了！（呼喊）娃娃们，冲过去，杀死
　　　　两个昏君，我大大有赏！

　　　　〔双方打斗。

开　明　山海，快掩护君王撤走，我来指挥你们的将士，与叛贼决一
　　　　死战！

杜　宇　（思忖地）你是当朝国君，蜀国更需要你。山海，分一部分兵力
　　　　与他，让他突围，我们为他断后！

开　明　不，君王，你走！

杜　宇　（坚决地）不，你走！（望着厮杀的场面）呵，再不走，都会被
　　　　杀的！快！

开　明　（万分难过）君王，是我造成这种局面，我……

杜　宇　（推他）你走吧。记住，君王心中最该牢记的是民众，民众呵！

开　明　我记住了，我会火速带兵救援的。山海，请保护好君王，开明
　　　　拜托了！

　　　　〔急下。

　　　　〔梁玉等冲过来，杜宇与山海率众与之交锋。

　　　　〔天昏地暗，杀声震天。

　　　　〔山海身中数箭，挽扶着负伤的杜宇，冲出重围。

　　　　〔暗转。

　　　　〔森林中。追杀声渐渐远去。一轮明月，照着受伤的杜宇和
　　　　山海。

山　海　（急促地喘息着）君王，我……实在走不动了……

杜　宇　那就歇一会儿。（扶他坐下）

山　海　（坐不稳，伏在杜宇脚边，悲哀地）君王！

　　　　（唱）我的灵魂，

　　　　　　　快挣脱这破碎躯体，

　　　　　　　匍匐在地，

　　　　　　　向王上作最后告别！

　　　　　　　我是你的奴仆，

　　　　　　　可你从来把我当成兄弟。

　　　　　　　我欣慰，

          临死与你在一起。

杜　宇　（悲痛欲绝）山海，山海！

　　　　［梁玉满身血迹，从昏暗中走出。

梁　玉　（狞笑）你这个无情寡义的东西！你不喊叫，我还找不到你……

杜　宇　（掷剑于地）回心转意吧，梁玉！

梁　玉　（面目狰狞）不，你坏了我的大事，我要杀死你！（一剑刺向杜
　　　　宇。这时，山海一跃而起，用剑刺向梁玉。梁玉与山海各自倒
　　　　地身亡。

杜　宇　（大恸）山海，山海，我的兄弟！（蒙面而泣）

　　　　［林影婆娑。在朦胧的月光下，有鸟叫声。杜宇抬头，神情迷惘
　　　　而悲哀。

　　　　［古老的歌声，徐缓舒展。

　　　　［幕后唱：咕咕鸟鸣，栖于乔桑，

　　　　　　　　勇士战死，何其凄凉。

　　　　　　　　咕咕鸟鸣，栖于乔桑，

　　　　　　　　天地有数，祸福无常。

　　　　［歌声中，石丑身穿黑衣，头戴红帽，从远处走来。

杜　宇　（吃惊地）石丑，你不是死了吗？

石　丑　正因说我死了，我才能活着。

杜　宇　你来干什么？

石　丑　山海哥对我好，我来为他收尸，把他送到天国去。（向山海致
　　　　哀）君王，让我们把他抬走。

杜　宇　我……全身是伤，一点力气也没有了。只有请你把他背走。

石　丑　那君王你……

杜　宇　（平静地）我愿死在这树林里。你看，快天亮了。你听，鸟声多
　　　　么动听……

　　　　［天边微明，雀鸟噪林。

石　丑　君王，你听得懂鸟叫吗？

杜　宇　好像听懂了，（鸟声“布谷”）它们布谷布谷地叫着，是说春天
　　　　来了，征战少了，该撒种了！（鸟声“民贵”）呵，它们又民贵
　　　　呀民贵呀地叫着，是说民心最珍贵，要君主牢记……

石　丑　君王，这是杜鹃在啼叫。

杜　宇　呵，石丑，我多么希望变成一只杜鹃，永远向人们啼叫：播种
　　　　呀，民贵呀！哪怕叫得满嘴鲜血……

石　丑　你的愿望会实现的，我的君王！

〔鸟声中，杜宇含笑死去。

〔舞台转暗。

〔天幕上渐渐出现曙光和朝霞。

〔百鸟朝阳，飞舞鸣叫。

〔"民贵""民贵"之声响彻天地。

〔全剧终。

附记：

　　本剧取材于汉代扬雄的《蜀王本纪》和清代《四川通志》的有关故事，更受三星堆出土文物的震撼，才萌发创作的欲望。我追求的，不是故事的曲折，而是希望展现我心目中的古蜀人的风貌，体验古人那种天人交合的清澈与混沌的不可名状的美感。弗朗兹·博厄斯在《原始艺术》一书中说："在原始社会中，所有人都和我们当今社会的男女老少一样，他们有着与我们同样的思想感情和行为。"所以，本剧的情节，只是对历史的模拟，希望能让我们融入一种浩大的反思与品味中，以发扬我们民族生存的精神力量。

　　本剧从1990年开始创作，1994年成都市文化局和成都市歌舞剧院领导一起到广汉协商此事，得到广汉市委、市政府的支持，但剧院阵容不齐，难以完成。后来，四川省川剧院愿意排演这一剧目，我又改成川剧，并由剧院领导亲自将剧本送往北京，请中国戏剧家协会副主席郭汉城等几位著名专家审阅。专家们认为本剧很有特色，希望早日呈现于戏剧舞台。尔后，省文化厅剧目工作室还专门为拙作开过一次座谈会，以求把剧本改得更好。剧本改出，却因种种原因再次搁置。二十多年过去了，虽是个"难产的孩子"，我仍希望它能呈现于舞台，并得到观众的喜爱。

潘 金 莲

（故事新编）

时　间

宋代

地　点

清河县与阳谷县

人　物

潘金莲，武大，武松，西门庆，王婆，郓哥，张夫人，男仆张禄，邻居
赵老板、胡老板、姚老板、小贩张三，差役数人，群众等

场　次

第一场　逼　嫁　　第二次　生　隙　　第三场　初　遇
第四场　探　叔　　第五场　挑　帘　　第六场　捉　奸
第七场　药　毒　　第八场　遗　恨

第一场　逼　嫁

〔张家花厅。

〔张夫人内呼："死丫头，你往哪里走！"

〔潘金莲气愤奔上，躲藏。仪态粗俗的张夫人手执竹鞭追上。

张夫人　（唱）潘金莲，你好大胆，

　　　　　　　暗把老爷来纠缠！（打潘）

潘金莲　（半跪在地，倔强地）你……冤枉人！

张夫人　冤枉你？哼！

　　　　（唱）你媚眼儿引得老爷千肠转，

　　　　　　　你嫩脸搅得老爷心不安。

　　　　　　　到而今，

　　　　　　　我陪他饮酒他不愿，

　　　　　　　伴他安寝他要独自眠。

　　　　　　　都是你生性放荡不要脸，

　　　　　　　弄得老娘独对孤灯数更残！

　　　　（醋火猛升）我……打死你这个妖精！

潘金莲　（护肩，委屈地）夫人！

　　　　（唱）你夫妻不和怎么把奴家怨？

张夫人　（唱）只因你迷惑老爷色胆包天！

潘金莲　（唱）老爷放荡你亲眼见，

　　　　　　　怎诬金莲礼不端？

张夫人　哼，你是个好东西？（打潘金莲）

潘金莲　（抓住竹鞭）我就是好东西！

　　　　（唱）金莲我雄鸡未啼做早膳，

　　　　　　　更漏已深还洗衣衫。

　　　　　　　盼只盼抵还债务一百贯，

　　　　　　　归家后，要选的夫婿是少年！

　　　　（折断竹鞭，起身冲下）

张夫人　哼，少年？老娘给你找好了！（呼唤）张禄！

　　　　〔男仆张禄上。

张　禄　侍候夫人。

张夫人　（气呼呼地）我叫你去找的那个三寸钉嗬？

张　禄　现在二门等候。

张夫人　快快唤他进来！

张　禄　是。（内向）武大郎快来。

　　　　〔武大内应："来了！"上。

武　大　（跪）见过夫人。呼唤小的，不知有何吩咐？

张夫人　（冷笑）武大，你年庚几何？有无妻房？

武　大　（尴尬地）回禀夫人，小的蠢长三十二岁。嘿，先天带"字"，哪还敢想婆娘哦！

张夫人　那好。张禄，叫潘金莲！

　　　　　〔张禄拉潘金莲上，武大莫名其妙。

潘金莲　（怨恨地）又有啥事？

张夫人　（轻蔑地嘲笑）你不是想男人吗？我叫人找来了！（指武大）快跟他去！

武　大　（惊诧）她跟我去？

潘金莲　我跟他去？！

张夫人　（对武大）我把她打发给你，不收半文聘礼，你看如何？

武　大　（偷看眩晕的潘，后退）呵，夫人，你不要逗我了，我还得去卖锅盔！（欲下）

张夫人　站住！老娘说话算数！

潘金莲　（气愤地叫）我……不答应！

张夫人　（站起，狞笑伸手）那就还钱来！

潘金莲　（气极）你……丧尽天良！

张夫人　（怒目圆睁）你敢骂老娘？！（一巴掌打了过去）

　　　　　〔潘金莲抚颊，怒视夫人，向她撞去……

　　　　　〔武大惊慌失措。

　　　　　〔张禄拉住潘金莲。

张夫人　（咬牙切齿地）快把这贱货送给武矮子！

武　大　（胆怯地）呵，要不得，小的不敢……

张夫人　（残酷地冷笑）哦，连你也嫌她不干净？

武　大　不，我……怕没这种福分……

张夫人　你这没用的东西，白送给你，你都不要呀！

　　　　　〔武大不知所措。潘金莲心乱如麻。

潘金莲　（唱）仇恨涌，悲泪淌，

　　　　　　　满眼昏黑天无光。

　　　　　　　这里是豺狼广张无情网，

那里是侏儒家无鼠耗粮。

两边都是崖千丈，

潘金莲何去何从怎主张？

细思量：

死，黄泉茫茫无归路，

活，留得青山待春光……

对，非是我屈从来忍让，

趁机躲避豺与狼！

（向张夫人）好，我跟他！

武　大　啊?!（又惊又喜又担心）

张　禄　（不解地搔头）哟！

张夫人　（仍不解气）你……把老娘赏的花衣裳脱下！

潘金莲　我……脱！（蔑视地脱下衣衫，甩在张夫人脚边）

〔幕闭。

第二场　生　隙

〔数月后，武大家门外。

〔幕启，武大端竹簸上。

武　大　（不安地）咳！

（唱）人穷貌丑已难过，

　　　天赐娇妻愁更多。

唉，我武大真是命浅福薄！娶得金莲只说美美满满过个好日子，谁知那老不胎孩的张大富囚皮耷脸，常来纠缠。那些泼皮无赖，也趁机起哄，想来揩油。我人矮体弱，自身难保。二弟英武，却又出门在外，亲友中没得一人能为我们分忧解愁的。弄得我们夫妻俩提心吊胆，惶惶不可终日。万般无奈，只好搬了个月亮家——

（接唱）避骚扰悄悄跑到阳谷躲，

　　　　只求平安少风波。

　　　　设酒宴已将这街邻请过，

但愿得发利市生意红火。（开门，顶簸欲出）

[潘金莲内喊："大郎等等。"执新衣及罗帕上。

武　大　娘子何事相唤？

潘金莲　来，穿上这件新衣，人前好看些。（为之穿衣，无限惋惜）

武　大　（抚潘手腕，兴奋地）娘子，你真贤惠！嘿，人是桩桩，全靠衣裳，你把我这一打扮，只怕也有两分人才了？

潘金莲　（触到痛处，勃然作色）你……有人才？

武　大　（赔罪地）嘿，取笑了。娘子，你歇息去吧！

潘金莲　（和缓下来），呵，这里还有两张罗帕，你也拿去卖掉。（交罗帕）

武　大　（不接）娘子，只要烧饼好卖，何劳你再做女红！

潘金莲　我咋能让你白白养着？

武　大　（感激地）你太劳累了。

潘金莲　少说这些，快拿去。

武　大　（迟疑地）这……罗帕过些日子再卖吧！

潘金莲　为什么？

武　大　你我初来乍到，人地生疏，这么精致的手工，要是引出事来，咋个下台？

潘金莲　卖张罗帕，能引出啥事？

武　大　你不晓得，看到这么好的罗帕，有人就要来找。要是碰到个又歪又恶，又不正经的人，咋得了？

潘金莲　（讥笑）你呀，枉为男人，落匹树叶都吓得心慌。凭手艺卖钱，怕啥？走，我陪你去……

武　大　哎呀，万万使不得！这罗帕，我……卖就是。娘子，你千万不要出门呐！（接过罗帕）

潘金莲　（倚门）那就快些吆喝嘛！

武　大　（点头，出门）好！（高声）买黄米煎饼、红糖麻饼、白糖酥饼、椒盐锅盔……（回头望潘，小声地）还有绣花香罗帕……

[邻居姚老板、胡老板、赵老板及手拿竹簸的小贩张三上。

张　三　矮子，你站倒！

　　　　（唱）你为何把我的生意抢？

潘
金
莲

055

我一簸饼，两天还剩半箩筐！

武　大　哦，张三哥，我咋敢哦！

　　　　（唱）你我同行当礼让，

　　　　　　　你走好口岸，我尽穿小巷巷。

潘金莲　（走出来）大郎！

　　　　（唱）路朝天各走各，谁把谁让？

姚老板　（与胡老板耳语）

　　　　（唱）哟，这野花有点不认黄！

张　三　（唱）哼，撒泡尿照照你的丑模样。

胡老板　（唱）丑男人偏偏娶个乖婆娘！（众笑）

姚老板　（从武大手中拿过罗帕）噫！

　　　　（唱）这罗帕好花样，（斜视潘金莲）

　　　　　　　多少钱？买一张！

潘金莲　（唱）要买听我把价讲，

　　　　　　　十个铜钱买一张！

姚老板　（唱）这个价钱很便当。

　　　　（夹白）嘻嘻，我不单买罗帕，还想解罗……（伸手摸潘金莲的
　　　　腿裙）

　　　　〔潘金莲怒不可遏，给姚老板一耳光。

　　　　〔众惊，胡老板站出来。

胡老板　（唱）哟，你竟打姚掌柜一耳光！

姚老板　你这野物！（扑向潘）

张　三　（幸灾乐祸）对，弄痛，整憨！

武　大　（掩潘，放下簸簸，向姚求饶）姚大爷息怒，你老人家瞧得起罗
　　　　帕，小人孝敬就是。（将帕举起）

潘金莲　（抢回罗帕）大郎，你……

武　大　哎呀，你快进去！（推潘金莲入内，反扣门环。向姚老板）姚大
　　　　爷，小的给你作揖，（姚老板不理）再给你磕头！（姚老板仍不
　　　　理）那……请你老人家打我几下，好好出口气……

姚老板　哼！

张　三　（火上浇油）姚大爷，不要把你的手打脏，喊这丑鬼钻裆！

| 武 大 | (惊)呀! |
| 潘金莲 | |

| 胡老板 | (附和地)对，快钻，快钻! |

| 潘金莲 | (又气又急)大郎，开门! |

| 胡老板 | 矮子，快钻呀! |
| 张 三 | |

| 武 大 | (无可奈何地)姚大爷，只要你老人家肯饶恕我家娘子，这……裆…… |

| 潘金莲 | (大吼)你……你这个没出息的东西! |

| 张 三 | 姚大爷，莫理那个臭婆娘，这丑鬼不钻，就给他取起! |

| 胡老板 | 矮子，让你钻就钻嘛! |

| 武 大 | (恳求地)众位大爷，我…… |

| 潘金莲 | (猛敲门)开门，快开门，老娘和他们拼了! |

| 姚老板 | 来嘛，老子还怕你这个烂舍物!(要冲过去) |
| | 〔王婆上，一旁观望。 |

| 武 大 | (捣蒜般磕头)大爷息怒，大爷开恩，我…… |

| 众 | 你今天钻不钻? |

| 武 大 | 我…… |

| 潘金莲 | 武——大! |

| 武 大 | 我……钻!(匍匐在地) |

| 潘金莲 | (捶门板)天哪! |

| 姚老板 | 呸!你也配在阳谷县混!(踢翻簸箕) |

| 王 婆 | (冷冷地)姚掌柜、张老三，你们不要过分欺生哦! |

| 姚老板 | (一愣)这…… |

| 赵老板 | (忙打圆场)嘿，姚掌柜，既然王干娘出面讲情，你就饶他们一回吧! |
| | 〔潘金莲倾听。 |

| 姚老板 | (不满。又不便发作)难道我白挨一耳光? |

| 王 婆 | 算了，大家都积点德。大郎，快再给姚掌柜磕几个响头，就算代妻赔礼! |

| 武 大 | 是。姚大爷，适才多有冒犯，小的给你磕头了!(磕头) |

姚老板　哼！（下）

　　　　〔众悄悄议论着下。

　　　　〔武大爬起来，拾饼放入簸内。

　　　　〔郓哥挎一篮鲜桃上。见地上有饼，边拾边吃。

　　　　〔王婆去开门，潘出。

潘金莲　（向郓哥）放下！

王　婆　郓哥儿，不准胡闹！

郓　哥　（恭敬地）是，王干娘。

武　大　小哥哥，不打紧，想吃就拿几个去。

郓　哥　矮哥，你还够朋友喃！走，我带你到有生意的地方去。

武　大　谢谢小哥哥，（向王婆）多谢人妈关照。（将罗帕交给潘，顶起簸簸）娘子，我卖饼去了。（随郓哥下）

潘金莲　（瞧着武的背影，向王）大娘，今天要不是你老人家，只怕他……（拭泪）

王　婆　他们就是欺负大郎老实。有老身在，你们不用怕！

潘金莲　嗯。呵，大妈，你怎么这么多干儿子？

王　婆　（笑）本县的千户提刑官西门庆，是个大富豪，小时曾拜寄给我做干儿子，这些鬼东西就跟着乱喊起来。

潘金莲　哦，西门官人是你的干儿子？难怪他们不敢惹你！

王　婆　嘿，你要是我的干女儿，这阳谷县就没人敢欺负你们夫妇了！

潘金莲　（乖觉地）女儿拜见我的干娘！（磕头）

王　婆　（大喜）呵，乖女儿，免礼，免礼，哈哈……

　　　　〔幕闭。

第三场　初　遇

　　　　〔武大家门外。

　　　　〔幕启，场上无人，远处有锣鼓声。

　　　　〔郓哥匆匆跑上。

郓　哥　武大哥！（推门进，下，旋将正在劳作的武大拉出）到街口看打虎英雄游街！

武　大　算了，我的锅盔还没有做完呢！

郓　哥　走啊！

　　　　［武大出。

　　　　［邻居姚老板、胡老板、赵老板、张三等上。

武　大　（回头）娘子，我出去了哈！

　　　　［锣鼓声愈来愈响。

郓　哥　（兴高采烈）武大哥，快看，来了，来了！

　　　　［众人后退，挡住武大视线。武大着急，挤不进去。

　　　　［四兵卒抬"为民除害"的匾额上。

　　　　［披红挂彩的武松骑马上。

武　松　（唱）景阳冈打虎除害，

　　　　　　　承盛意骑马游街。

　　　　　　　谢乡亲如此厚爱，

　　　　　　　做都头锄暴灭灾！

　　　　（不断向人群拱手致意）

郓　哥　武大哥，看到没有？（武大摇头）来，我背你！

　　　　［武大扶在郓哥背上。武松回头招手下。众人追下。

武　大　（惊叫）哎呀！（从郓哥背上落下）

郓　哥　你……咋个啰？

武　大　（结巴地）那……英雄……像是我家老二……（不顾一切地跑下）

　　　　［郓哥跟下。

　　　　［锣鼓声渐远，王婆兴冲冲上。

王　婆　金莲！（推门入内，潘执女红上）你去看打马游街的没有？（坐
　　　　下）

潘金莲　没有。（也坐下来）

王　婆　（爱怜地）咋个不去？你这样会闷出病的！刚才呀，街上硬是挤
　　　　得水泄不通。我搭了根板凳，才看清楚的！

　　　　（唱）那都头似天神英雄气概，

　　　　　　　穿锦衣系彩绸一表人才。

　　　　　　　看得那年轻姑娘会把相思害，

　　　　　　　看得我呀！（笑视潘）

也神荡目眩心发呆……

潘金莲　干娘，你硬爱说笑话！（做起女红）

王　婆　笑话？要是你看了呀，三魂七魄也会被他勾去的。哈……

潘金莲　（微笑）我才不信咧！

王　婆　你不信？

潘金莲　嗯。

王　婆　为啥子？

潘金莲　（羞涩地）再好还是人家的男人呀！（低头做活）

王　婆　（诡谲地大笑）你呀，你呀，也阴倒在想……（向潘耳语。潘似
　　　　真似假地笑着摇头）

　　　　〔武大欢天喜地地与武松上。

武　大　（进门）娘子，你看哪个来了？

武　松　（向潘）小弟见过嫂嫂！

　　　　〔潘金莲一惊，失落手中女红。

潘金莲　（仓皇拾起）为嫂还礼了。你……

王　婆　哟，这不是刚才打马游街的都头大人吗？大郎……

武　大　嘿嘿，呵，这是王干娘！

　　　　〔武松拱手致礼。

王　婆　呵，不敢当，不敢当。大郎，显客来了，还不快些备办酒菜呀！

武　大　（乐滋滋地）就是就是。娘子，快给兄弟沏茶。（潘点头下）我
　　　　打酒割肉去！

王　婆　我们一路。（与武大下）

　　　　〔武松坐下，张目四望。

　　　　〔潘金莲捧茶碗上，俄而站住，取出香帕擦拭碗边水渍。

潘金莲　叔叔，请用茶！

武　松　有劳嫂嫂。（品茶）

潘金莲　（注视武松）

　　　　（唱）似曾相见，

　　　　　　　在通衢闹市，萦萦梦间！

　　　　　　　那英姿刺痛奴一双杏眼，

　　　　　　　那风采搅动起死水波澜。

　　　　　　　人间事真难推断，

　　　　　　　　谁料到他的兄弟是伟男？

　　　　　呵，叔叔，茶叶太孬……

武　松　不，好，好！

　　　　　（背唱）喜兄长今朝时运转，

　　　　　　　　好嫂嫂不把哥哥相貌弃嫌。（向潘金莲）

　　　　　　　　谢新嫂忧患中将兄照看，

　　　　　　　　小弟我行大礼感激再三。（半跪）

潘金莲　（慌乱地）叔叔快起！奴家年轻，怎敢受此大礼？

　　　　　〔武大提篮进门。

武　大　（扬扬自得）该受，该受！（提酒菜下）

潘金莲　莫听他说，快些坐下喝茶。

武　松　谢嫂嫂。（喝茶）

潘金莲　（停顿片刻）叔叔到此几日了？

武　松　将近半月。

潘金莲　哪里安歇？

武　松　暂在县衙。

　　　　　〔武大内呼：“娘子！”

　　　　　〔武大乐呵呵地复上。

武　大　娘子快去做菜。

潘金莲　晓得。大郎，叔叔回家了，还住县衙吗？怕不便当吧？

武　大　就是就是。

武　松　自有士兵服侍，倒还方便。

潘金莲　那等人怎能管得周到？何不搬来与我们一起，早晚要些汤水，
　　　　　更加方便省事。

武　大　你嫂嫂贤惠得很呢！

武　松　这个……

潘金莲　（热情地）叔叔，亲兄弟不住一起，别人定道不是，你哥哥的脸
　　　　　往哪搁？

武　大　兄弟，你嫂嫂所言极是。

武　松　兄嫂既然如此关照，小弟遵命就是。

潘金莲

061

潘金莲　这就对了。你们叙谈片刻，我备办酒菜去。嘿……

　　　　（念）喜武家一位英雄从天降，

　　　　　　　潘金莲欢天喜地下厨房！（下）

武　松　（念）报大恩小弟还得拜兄长。

武　大　（念）庆团圆我俩一起敬上苍！

　　　　〔两人朝空跪拜。

　　　　〔幕闭。

第四场　探　叔

　　　　〔数月后，武大家。

　　　　〔幕启，潘金莲边系围腰边上。她取帕擦拭案板，开始做打饼的各种准备。

潘金莲　（思绪万千地）呵！

　　　　（唱）自从叔叔把家进，

　　　　　　　春光一派暖人心。

　　　　　　　有了他三餐丰盛酒不冷，

　　　　　　　有了他寒门飞出笑语声。

　　　　　　　有了他大郎扬眉去卖饼，

　　　　　　　有了他我几多话儿自出唇。

　　　　　　　我有如冻土忽被春雨润，

　　　　　　　半焦枯苗逢甘霖。

　　　　　　　曾梦见与他相偕江边行。

　　　　　　　醒来南柯一梦境，

　　　　　　　他是叔叔非夫君！

　　　　　　　唉，红颜本应配英俊，

　　　　　　　奴情愿不当嫂嫂当夫人。

　　　　　　　那无限恩爱多有兴，

　　　　　　　呀，想得奴意马心猿动春心……（控制自己，拭锅拭炉）

　　　　〔武松提酒食上。

武　松　奉命上京城，回家去辞行。哥哥，开门！

潘金莲　（惊喜不安）哟！

　　　　　（唱）盼他回怕他回心神不定，

　　　　　　　　听呼唤不由我脸飞红云。（武松再呼）

　　　　　（稳神，开门）呵，叔叔回来了！

武　松　回来了。兄长呢？（进门置酒食于桌上）

潘金莲　上街卖饼，少时便归。叔叔怎么有假回家？

武　松　（念）今奉县台命，

　　　　　　　　公干赴帝京。

　　　　　　　　一壶辞行酒，

　　　　　　　　明朝便起程。（潘惊）

　　　　　小弟这就去收拾行装。（下）

潘金莲　（望着武松背影）他要走了！

　　　　　［帮腔：呵……

　　　　　（唱）他明朝匆匆离县境，

　　　　　　　　关山重重影难寻。

　　　　　　　　良机一失成永恨，

　　　　　　　　我必须半露春意度他心……

　　　　　［武松执包袱复上。

潘金莲　叔叔收拾停当了？

武　松　停当了。（坐下）

潘金莲　（捧茶）叔叔用茶。（寻找话头）

武　松　多谢嫂嫂。

潘金莲　（犹豫）叔叔到京都，该穿件新衣才是。不是为嫂多嘴，你该成
　　　　　个家了。

武　松　（诧异地）嫂嫂为何提起此事？

潘金莲　（支吾地）呵，你常常外出公干，我怕你只顾差事，误了婚事。

武　松　（爽笑）多谢嫂嫂关照。小弟是个粗人，性情又暴躁，只怕很难
　　　　　找到妻室。

潘金莲　叔叔是有名的英雄，还怕没有女子喜欢？

武　松　嫂嫂见笑了。（喝茶）

　　　　　［静场片刻。

潘金莲　叔叔明日要走，待为嫂给你做几个又酥又脆、又香又甜的烧饼，好在路上充饥。（走向案板）

武　松　（阻拦）呵，驿道上，食宿方便，不劳嫂嫂费心。

潘金莲　哎呀，出在手上的活路，费啥心！叔叔稍坐，片刻就好。（挽袖扎腰，取帕擦手，抹案，挂帕取秤，撮面粉，称面粉，提秤，掁秤。抬头，见武松只顾喝茶）叔叔，你看我在称灰面……

武　松　（不在意地）哦，哦！

潘金莲　（故意地）叔叔，我这杆秤呐，是一星（心）管二两的哟！你晓得吗？

武　松　（认真地）不晓得，不晓得。

潘金莲　（叹了一口气，倒面粉上案，舀水，和面，剔手指上的面泥，无话找话地）叔叔你这些年没有成家，是不是没见到称心如意的？

武　松　（诚挚地）那倒也是。

潘金莲　（急促地）那你看我……

武　松　（吃惊）什么?!

潘金莲　（忙转话头）你看我揉的面要得不？

武　松　（松了口气，看）呵，小弟不懂。

潘金莲　（背白）这个不懂，那个不懂，真是根梦虫……

武　松　嫂嫂，你说啥？

潘金莲　我说……你是个英雄，咋晓得称面做饼的事，对吧？（向武松飞眼微笑）

　　　　〔武松一怔，低头喝茶，换座。

　　　　〔潘金莲将面揉成条状，成团，压饼，用面杖敲案擀饼。从钵里取馅置饼上，斜视武松。武松触目即避。

潘金莲　（挑逗地）叔叔！（闪着眼睛）你说我这心（指胸）子（指面饼）是啥子味道？

武　松　我晓得是甜……的。

潘金莲　你晓得我这心子是甜的呀，你晓得就好，晓得就好……

武　松　嘶……（悟出话音，急忙正襟危坐，脸色肃穆）

　　　　〔潘金莲包心成饼后，取錾子，捅炉子，不慎炭灰飞入眼内。

潘金莲　（故意撒娇）哎呀，叔叔，我的眼睛掉倒渣渣头了！呵，不不

不，渣渣掉倒眼睛头了。帮忙吹一下嘛。（将脸蛋伸过去）

武　松　（不假思索地靠近潘，努嘴欲吹，顿觉不妥，后退，恭敬地）
　　　　呵，嫂嫂自便吧。

潘金莲　（失望地）呵哟，稀奇！叔叔是避嫌嘛，人家自己吹！（吹眼、
　　　　揉眼，取出炭渣，向武松弹去）

武　松　（一愣，顿觉尴尬，起身望外）哥哥，哥哥，你怎么还不回来？
　　　　（想瞧潘金莲的反应，见潘正于锅面旋饼，双眼直愣愣地盯着自
　　　　己，顿觉心慌意乱，立刻跨出门外，敞开衣衫，快速摇扇，假
　　　　作观望兄长状）

潘金莲　（看在眼里，微微笑着，夹饼下炉后）喂，饼子快给你烤好了，
　　　　你咋个站那么远，让人家一个人在屋……

武　松　（回头看潘，潘抿嘴一笑，武松急忙闭目稳神，失声叹息）呀！
　　　　（唱）她眉宇间传情屡示风月话，
　　　　　　　莫非是不顾羞耻自作伐？

潘金莲　（唱）他面红耳赤借故把门跨，
　　　　　　　莫非是碍于情面想守礼法？

武　松
潘金莲　（唱）要是她真有那弦外之音话外话，
　　　　　　　　　他懂得
　　　　　　　我定要以心换心规劝她！
　　　　　　　　　　　　　得到他！

　　　　〔屋外风起。

潘金莲　叔叔，外面风大，快进来！

武　松　好嘛。（入内）

潘金莲　（兴奋地）这就对啰！
　　　　（唱）望门外彤云密布寒风大，
　　　　　　　用酒食暖暖身子解解乏。（斟酒）
　　　　　　　敬叔叔，一杯水酒我先饮下（猛喝一口）
　　　　　　　奴要与叔叔你……（武松大惊）
　　　　　　　三生石畔寻枝花！

武　松　（大舒一口气）原来是给小弟做媒！不知嫂嫂要说啥样的女子？

潘金莲　（动情地）她呀！

（唱）她红颜薄命，

鲜花开在荆棘下。

她对你一见倾心眼巴巴，

她爱你英武敢将猛虎打，

她爱你性情豪爽人人夸，

她爱你胸襟坦荡不作假，

她情愿以身相许偕同白发！

武　　松　（心为所动）她到底是谁家女子？

潘金莲　（唱）她与奴一般大，

貌合神似难觉察。

她……

〔帮腔：就是我，

我……

〔帮腔：就是她！

〔帮腔：这一步，看你敢不敢？

武　　松　（气愤地）吓！

（唱）听她言肝气炸，

真的是不顾羞耻引诱咱！

唉，为兄长暂把怒火压，

装糊涂旁敲侧击劝诫她！

嫂嫂！那亲事不提永作罢，

望嫂嫂对兄长忠贞不贰度年华。

潘金莲　他？（不顾一切地）

（唱）他生性懦弱六欲寡，

我年轻少妇怎能久随他？

奴这才暗举双手把鹊桥架，

萧墙内，一泓流水共落花！

武　　松　（盛怒地）住口！

（唱）俺武松男儿自重立天下，

岂能够窃玉偷香乱礼法？

刚才事，权当你醉后说酒话，

再不端，谨防要泪洗衣衫，血溅残花！

可恼，可恨！（急下）

潘金莲　（失望，又羞又气）哼！

（唱）枉有一副好身架，

　　　原来是个大傻瓜！

［潘金莲闻着煳味，定睛一看，烘的烧饼全烤焦了……她气极，端起一盆冷水，向锅上泼去，顿时灰雾满屋。潘金莲满脸沮丧。

［幕闭。

第五场　挑　帘

［数日后，一个暮春的下午。

［武大家。

［幕启，潘金莲愁烦不堪地上。

［帮腔：昏沉沉如坠古井，

　　　　困斗室苦度晨昏。

潘金莲　（拉椅至台口，端椅上楼，碰了肩，放下又压了脚，手去打椅，痛。上楼放椅、上椅，自嘲地）咳，要把帘儿挑开，又忘拿竿儿，看我丢三落四的！（下椅，找到竹竿，上椅挑帘。取出罗帕，掸游丝）

（唱）潘金莲上楼台挑帘观看，

　　　远山青近水碧锦花粲然。

　　　蜂蝶儿似情侣你追我恋，

　　　惹得奴伤春病忽而又添。

［西门庆执小扇背上。

潘金莲　（接唱）看远处一公子信步游转，

　　　　　瞧背影好似那武二老憨？

　　　　　金莲我忍不住仔细观看……

［一只蜂儿飞来，扰着她的视线。她用罗帕挥打，罗帕失落，掉在西门庆脚前，西门庆躬身拾起。

潘金莲　喂，我的罗帕！

［西门庆站起抬头。潘俯视，见是一陌生人，一惊放帘，帘竿又落下，正打在西门庆的头上。

西门庆　哎哟！（转身亮相）

　　　　［帮腔：帘竿儿惹出了无穷事端。

　　　　［潘金莲下椅抱着肩，躲在窗后。

西门庆　噫，不见了！（细看罗帕，甚为赞赏，故意高声）喂，谁家娘行，将帘竿儿打在我的头上？赶快下来赔个不是。若其不然，二指大个条儿，送到有司衙门，管叫你皮肉受苦，那时，你才知我西门庆的厉害！

潘金莲　哎呀！原来是提刑大人！（将头伸出窗外）西门大官人，请在楼下等着，奴家赔礼来了！（急速下楼）

西门庆　（得意地）是得赔个礼才过得去啊！

潘金莲　（唱）潘金莲下楼赔礼不敢懈怠，（出门）

　　　　　　　　官人呀！失手的事儿莫挂怀！

西门庆　（一惊，盯着潘）哦，哦，

　　　　（唱）娘子行礼我回拜，

　　　　　　　我……贪望玉人正该挨！

潘金莲　官人取笑了。

西门庆　学生喜到了！

潘金莲　（唱）谢官人有海量不把奴家怪，

西门庆　（唱）这竿儿似丝鞭中彩喜满怀。哈……

　　　　［王婆上。见西门庆、潘金莲，一旁注视。

潘金莲　（唱）我看他甚英武言语和蔼，

西门庆　（唱）我看她水灵灵如花盛开。

潘金莲　（唱）霎时间似有春光放光彩，

西门庆　（唱）我好比刘阮信步要上天台……

西门庆
潘金莲　（唱）这相识真正是可笑，意外……

王　婆　（唱）呵，原来是一个愿打，

　　　　［帮腔：一个愿挨……

　　　　［王婆躲藏。

潘金莲 （羞涩地）既蒙官人原宥，请将罗帕还我。

西门庆 （取出罗帕）这是娘子做的？

潘金莲 粗针粗线，请官人莫笑，

　　　〔潘金莲伸手要取，西门庆不给，两人走了个来回。

西门庆 不，不，不，这罗帕上绣的鸳鸯戏水，巧夺天工，简直是仙女般的手段。学生甚是喜爱，甚是惊奇，不知能否割爱？

潘金莲 （调笑地）官人要买？贵呵！

西门庆 请娘子开个价，学生倾家荡产，也想留下，天天观赏，（小声）天天抚摩……

潘金莲 奴家不过戏言一句，若蒙官人错爱，日后做几张奉上。

西门庆 （挑逗地）嘿，学生就要这鸳鸯戏水，就要这鸳鸯戏水呀！

潘金莲 （眉眼）这……还给我！（动作）还给我！（动作）不给就算了……奴……去也！（转身欲下）

西门庆 娘子请转！

潘金莲 转来作甚？（转身笑立）

西门庆 （指竹竿）那是什么？

潘金莲 挑帘的竿儿。

西门庆 为何不拾起？

潘金莲 （欲拾又止）惹事的根苗，不要了。

西门庆 不要竿儿，娘子如何挑帘望景？

潘金莲 那……那就待奴拾起。（躬身拾竿）

西门庆 （脚踩竹竿）请让学生代劳（伸手想摸潘，潘忙缩手，西门庆拾起竹竿（挑逗地与潘）。

潘金莲 （颇觉有趣）谢官人，奴……去也！（进屋，关门，欣喜地抚胸急下）

西门庆 （追去碰着门板）哟！

　　　〔王婆上。

王　婆 （拍着西门庆的肩头，诡谲地笑）官人，脑壳还痛吧？

西门庆 呵，才是干娘咧！嘿，不妨事，不妨事。（小声地）干娘，那位娘子是谁呀？

王　婆 （调侃地）阎罗大王的妹子，五道将军的女儿！

西门庆　（不高兴地）我和你说正经话！

王　婆　（连忙赔笑）好，你听嘛！

　　　　（唱）提起来真好笑，

　　　　　　　她便是那武大妻，

　　　　　　　一朵鲜花藏蓬蒿！

西门庆　呵，干娘呀！

　　　　（唱）我爱她滴溜溜眼珠儿好，

　　　　　　　我爱她婷婷身躯儿娇。

　　　　　　　几时儿能将那柳腰儿抱，

王　婆　（唱）为官人老身愿把风流挑！

西门庆　好！（取银锭与王婆）干妈！我……

王　婆　（唱）官人莫急躁，

　　　　　　　想事成还必须九道机关，十种略韬。

　　　　　　　今日里如此这般（耳语）……

西门庆　（接唱）妙妙妙！

王　婆　（唱）让你们先认干兄妹，

　　　　　　　后把兰舟摇动。（敲门）

　　　　　　　金莲！王干妈来了！

　　　　　[潘金莲上。

潘金莲　（开门，已有察觉，明知故问）干娘何事呼唤女儿？

王　婆　快来见过你的干哥哥西门官人！

潘金莲　（含笑地）奴家……认识了……

西门庆　就是就是，听干娘一说，得知你是我的干妹妹，学生真是喜出望外。有你这么美貌的妹妹，我西门庆也觉满脸生光。

潘金莲　见笑了，倒请西门哥哥，多多关照。

西门庆　那是自然，日后谁敢在你妹妹面前撒野，我只要哼一声，就把他吓得屁滚尿流，哈……

王　婆　金莲呀，你西门哥哥说，白白索取你的香罗帕（西门庆将罗帕在手上抚玩），甚是过意不去，一定要老身作陪，在我家办顿酒饭，以表谢意。

西门庆　就是就是，请妹妹赏光。

潘金莲　区区小事，不必言谢。奴家（不很坚决）……回去了，奴……

王　婆　哎呀，兄妹之间，不必拘泥，走！走！

西门庆　请，请！

潘金莲　这……（半推半就，任王婆推拉）

〔王婆向西门庆眉眼示意。

〔西门庆高兴得手舞足蹈。

〔幕闭。

第六场　捉　奸

〔王家茶肆，粉刷一新。

〔王婆身着新衣，口含长烟管，蹑手蹑脚，左右打量，侧耳倾听，脸上堆满笑意。

〔幕内有浪声笑语。

王　婆　嘿，啥时候了，还舍不得……

（唱）这几天老娘不烧七星灶，

　　　　小茶坊如今变留香巢。

　　　　无茶客免得老娘来回跑，

　　　　不卖茶银钱还是胀包包。

　　　　只要把这对野鸳鸯经佑好，

　　　　怕什么变成周仓老关刀！

自那日老身定计，让西门庆把潘金莲弄到手后，西门官人为了谢我，给我送了银子，刷了房子，买了衫子，打了箍子，还制了一副香杉木棺材板子，让我在阳间阴间，都能过上好日子。俗话说，得人钱财，与人消灾，我天天坐在大门口，给他们当门神（端竹椅，幕内笑语声大作）哎呀，你们小声点嘛！

（唱）你们俩暗度陈仓切莫闹，

　　　　须提防隔墙有耳起风潮。

　　　　等一会你们起床漱洗好，

　　　　我就送盐茶鸡蛋与醪糟！

〔端椅坐下，边咂烟边嗑瓜子。

[郓哥挎着一篮雪梨上，直往门里冲。

王　婆　（阻拦）喂，你做啥子？

郓　哥　（笑）嘿，找官人。

王　婆　（故意）找干人到桥洞下，破庙头！

郓　哥　我找的是有钱的官人，不是莫钱的干人！

王　婆　（更加警觉）有钱的官人，哪一个？

郓　哥　还有哪个，西门大官人嘛！

王　婆　闯到你财神啰！这几天，我周身不安逸，连茶坊都莫开，他来
　　　　做啥？

郓　哥　（嬉笑）王干娘，你莫哄我！昨天，我碰到大官人，是他老人家
　　　　喊我给他送几个雪梨润口的。（边说边往里钻）

王　婆　（迟疑了一下，连忙起身）站着呵！他喊你，你就到他府上找
　　　　嘛，跑到这里来干啥？（用力关门）

郓　哥　（用背顶着门缝）干娘，干娘，你……你听我说嘛！

王　婆　（无可奈何）有屁就放！

郓　哥　他府上我去过了，没得人。（笑眯眯地压低嗓门）我晓得一定是
　　　　到你这里来了……（又要往里挤）

王　婆　（用力推郓）滚开呵，人家堂堂正正的提刑官人，跑到我老孃子
　　　　这里来做啥？走，走！

郓　哥　（死皮赖脸地）嘻嘻，让我进去嘛。西门官人最喜欢吃我卖的梨
　　　　子……

王　婆　（生起气来）哼，你这小杂种，再乱嚼牙巴，老娘给你搁倒
　　　　身上！

郓　哥　（生起气来）你稳起做啥子？（一想，又赔笑脸）干娘，这些那
　　　　些不说，我把雪梨交给官人就走，总对了吧？（一挤，被王婆挡
　　　　住）我保险嘴巴贴封皮，咋样？（又挤，再被王婆堵住）随便哪
　　　　个问我，我都赌咒说，啥也没看见，总准我进去啰嘛？（三闯，
　　　　被王婆抓住手臂）

王　婆　（拖郓）老娘的家，不准你小泼猴进去！

郓　哥　哎哟，哎哟！（疼痛难忍，终于动怒）老怪物，你要是只顾自己
　　　　整钱，断了我的财路，老子就给你豁出去了！

王　婆　（大怒，用烟管敲打郓哥的脑袋）你给哪个充老子？小杂种你敢喝哄吓诈！

郓　哥　哎呀，老鸡婆你损阴缺德！

王　婆　（继续打郓哥）老娘损阴就损阴，缺德就缺德，打得你龟儿子七窍流血！（一脚踢翻郓哥的竹篮，梨子滚了一地）你敢舀碗凉水把老娘吞了？（关门下）

郓　哥　（连哭带骂）呸，老怪物，你拉皮条还要打人？是对的就出来！（武大上）我要不找武大告你，就不是人做的！（与武大面对面站着）

武　大　（帮他拾梨）又和哪个绊筋，扯上我做啥子？

郓　哥　（没好气地）你婆娘正在这老鸡婆家里做怪事，你说该不该扯你？

武　大　（语塞地）你……

郓　哥　全城都闹喤了，你未必一点风风都没听倒？

武　大　（结结巴巴）我……不信……

郓　哥　你不信？（思索）好，那边有个坎坎。看得到院子头，搭根板凳，你自己去瞧！

武　大　（想看又不敢看）这……

郓　哥　去呀！（端上王婆坐过的竹椅拉武大，武大只好上凳）

郓　哥　看倒没有？

武　大　（摇头）没有。

郓　哥　（揢他）看倒没有？

武　大　（摇头）没有。

郓　哥　我再揢你一把（用肩头顶武大的屁股）这下看倒没有？

武　大　（气得全身颤抖）看倒了，哎哟，我的妈呀！

　　　　（唱）这贱人天天都往王家拱，

　　　　　　　原来是偷人养汉找野公！

　　　　　　　西门庆为她画眉把脸捧，

　　　　　　　气得我两眼翻白

　　　　〔帮腔：倒栽葱！

（摔在地上）

郓　哥　你咋个啰？（站上竹椅张望）呵哟，还亲嘴，羞死先人啰！

　　　　（唱）原来是狗男女把你气蒙，

　　　　　　　你哥子未必甘愿当龟公？

　　　　　　　是对的就去敲狗洞。

武　大　（唱）不要默倒我硬是一根胆小怕事的小虫虫！

　　　　去就去！（抓起竹椅，跑过去敲打房门）开门，开门！王——婆
　　　　开门！

郓　哥　（趁机叫嚷）老狗开门，捉奸的来了！

　　　　〔西门庆赤着上身，披衫急匆匆开门往外走。

　　　　〔武大不自觉地往后退。

郓　哥　（躲在武大背后，小声地）雄起嘛，咋个往后梭……

武　大　（举起竹椅）西门庆，你……你站住！

西门庆　（止步）要干啥？

武　大　（急促地）老子……要收拾你！（又后退）

西门庆　（冷笑）丑鬼，你敢打我？

郓　哥　（推武大）不要怕，上，上！

武　大　（举起竹椅）你……勾引我的娘子，我……我为啥不敢打你……
　　　　（向西门庆打去）

西门庆　（挡开竹椅）你找死！（一脚将武大踢翻在地，披衣扬长而去）

　　　　〔王婆站在门里冷笑。

武　大　（捂住胸口）哎哟，哎哟……

郓　哥　（搀起武大，望着西门庆下场方向）狗日的，太歪了！（回头怒
　　　　视王婆）老舍物，你不得好死！

　　　　〔王婆咬牙切齿地举起烟管……

　　　　〔幕闭。

第七场　药　毒

　　　　〔第二天晚上，天色昏黑。

　　　　〔武大家。

[幕启，桌上的烛光在夜风中闪烁。武大挣扎着从床上爬起来，扶杖至桌前，端碗喝水，碗里是空的。

武　大　（悲愤地）天哪！

　　　　（唱）恨极，恨极，

　　　　　　　　夫妻情分早冰灭。

　　　　　　　　含冤饮屈将去也，

　　　　　　　　思念胞弟悲切切。

　　　　兄弟，你怎么还不回来哟！（退至床边，不住呻吟）哎哟，哎哟……

[潘金莲端药碗上。

潘金莲　（冷冷地）闹够没有？够了就吃药！

武　大　你……好意思说我？

潘金莲　（横眉竖眼）做都做了，你要把我咋样？不吃算啰！（转身欲走）

武　大　站……住！

潘金莲　你要干啥？

武　大　取……纸笔来，我要把你休了！

潘金莲　（惊诧）休我?！

武　大　你做得，我就休得，哎哟……

潘金莲　（冷嘲）呵，你是怕他，才甘愿把我让了……

武　大　你……想得松活！我是怕兄弟回来得知原委，一气之下，把你们杀了，为我犯法！

潘金莲　（触动心事）好，你休，我早就盼着这一天！

武　大　（气呼呼地）那就拿纸笔来！

潘金莲　拿就拿！（端药从内室出）

武　大　哼！（上床转身朝里睡下）

[潘金莲到外间，放下药碗，拉开抽屉，寻找笔墨纸砚。

[王婆手提纱灯，领西门庆悄悄上。

潘金莲　（小声地）官人，你来得正好！

西门庆　啥事？

潘金莲　（兴奋地）那丑人要休我……

王　婆　（诧异）休你？

潘金莲	是呀！（热切地向西门庆述说）官人，你真是天赐良缘呵！有了休书，我就能堂堂正正当上你家娘子，再不必这样遮遮掩掩了！
西门庆	这……（向王婆示意）
王　婆	（会意地）哎呀，金莲，那休书万万不能要！
潘金莲	（惶惑地）为啥子？
王　婆	你想那武二是何等刚烈之人！回到阳谷，定要询问休你之事。只要武大以实相告，你就逃不脱打虎铁拳！
潘金莲	（摇头）不。那丑人说，所以休我，就是怕武二闯祸。此事他定会遮掩搪塞的……
王　婆	唉，世上哪有不透风的墙呵！
西门庆	娘子说得有理。我倒不怕武二，只担心殃及干娘，危及娘子。
潘金莲	（慌乱地）依官人之见呢？
西门庆	事到如今，只有一不做，二不休，毒药一碗，叫他一命呜呼！（拿出一包砒霜与她）
潘金莲	（惊恐地后退）毒死他？呵，不，不！
王　婆	金莲，事情明摆着，你若想与官人结为长久夫妇，只有送他归天！（从西门庆手中拿过砒霜，要交给她）
潘金莲	（仍不敢接）这……
西门庆	娘子，你好生想想，武大不死，那武二能让我们过舒心日子吗？
潘金莲	（嗫嚅地）不是有休书吗？
王　婆	哼，那玩意儿在武二眼里，不过是张废纸！金莲呀，只要做得干净，再有官人上下打点，那武二回来，拿不出赃证，他纵是天罡地煞，能把你我奈其何哉！
潘金莲	（思想激烈斗争，最后偎依在西门庆的胸前）官人，难道我们只有这条路？
西门庆	你说呢？
潘金莲	我……
西门庆	（冷冷地）事已至此，要我要他，就凭你一句话！
王　婆	金莲，你说呀，要他（指内室）还是要他？（指西门庆）
潘金莲	（咬牙）好，官人，为了你，我啥都愿意去做！
西门庆	好！

潘金莲　（急切地）官人，武大过世，你真的要娶我？

西门庆　（抚着她）我若骗你，不得好死！

潘金莲　（捂西门庆嘴）谁要你赌咒！

王　婆　金莲，那这药……（将砒霜倾入药碗中）

潘金莲　（放开西门庆，闭着眼）知道。你……你们走吧！

西门庆　好，我和干娘，静候消息。

王　婆　金莲，把细些呵！（两人耳语下）

　　　　[寒风瑟瑟，烛光闪闪。潘金莲急忙关上大门，转身一见药碗，
　　　　连连寒噤。

潘金莲　啊呀！

　　　　（唱）见药碗不由我心惊胆战，

　　　　　　　寒噤阵阵，心潮翻腾，

　　　　　　　愁如狂飙卷巨澜。

　　　　　　　想奴家红颜命苦，

　　　　　　　欢娱少见，

　　　　　　　为什么还要奴脚履薄冰，

　　　　　　　面临深潭？

　　　　　　　金莲我似弱柳早被风折断，

　　　　　　　又怎忍压衰草枯死歧路边！

　　　　　　　武大他虽猥琐心地颇慈善，

　　　　　　　我怎能丧天良毒害伤残？

　　　　　　　摔药碗，快拂去杀人恶念……

　　　　　　　（举碗欲摔，又犹豫迟疑起来）呵！

　　　　　　　西门庆叮嘱语回荡心间。

　　　　　　　我难道能与武大终身为伴？

　　　　　　　我难道能不防武二铁拳？

　　　　　　　我难道能忘却西门眷恋，

　　　　　　　我难道能任凭梦断春残？

　　　　　　　不！

　　　　　　　芙蓉帐里风光暖，

　　　　　　　信誓旦旦情绵绵。

冉冉韶华苦其短，

为恩爱我岂能犹豫再三？

我……战战兢兢端药碗，

大郎呀，

休恨奴歹毒心肠，

凶残手段，

怨只怨苍天无眼，

恨只恨月老错弹鸳鸯弦！

〔潘金莲伸手拉扣推门，武大一惊坐起。

武　大　纸笔来了？

潘金莲　先喝药，不然就冷了！（端全武大身边）

武　大　谁要你假情假意的，我自己晓得喝！（接过喝药）呵，好苦，好杀喉咙，哎呀，肚子好……痛……

潘金莲　你哆嗦啥子，我来喂你！（灌药）

武　大　（有所察觉）呀，不对！（抓住潘金莲的胸脯）是毒药哇？

潘金莲　（满脸凶相）晓得就好，老娘今晚要送你归天！

武　大　（挣扎）我……要告你！

潘金莲　（将武大按在床上）你到阴间去告吧！

〔武大又坐起，潘金莲跳到床上，骑着武大。

〔武大哇哇直叫，伸手抓住潘金莲的双肩。

〔潘金莲顺势抓起枕头，将武大的头紧紧捂住……武大双脚乱蹬……

〔幕闭。

第八场　遗　恨

〔几天以后，武大家。正屋设灵堂，小神龛上摆着"亡夫武大郎之位"的灵牌。

〔幕启，场上无人。

〔幕内唱：阴沉沉云寒天冷，

　　　　　风凄凄雨伴冤魂！

〔武松内唱：狗男女手毒心狠。

〔武松身穿孝服、怀抱纸钱悲愤地冲上。挑酒食的差役跟上。

武　松　兄长，好哥哥，你死得好惨呐！

　　　〔帮腔：睹灵位悲泪淋淋。

　　　（唱）生擦擦连枝挫损，

　　　　　　哀呖呖手足永分。

　　　　　　弟料兄含冤殒命，

　　　　　　访九叔原委查明。

　　　　　　杀西门还不解恨，

　　　　　　老虔婆狗肺狼心。

　　　　　　那妇人比蛇蝎还狠，

　　　　　　竟忍心谋害夫君！

　　　　　　了孽债又把门进，

　　　　　　今日里血祭亡灵。

　　　嫂嫂出来，小弟有话要说。

　　　〔潘金莲身着孝服，神情恍惚地上。

　　　〔差役进门，放下担子。

潘金莲　（不安地）叔叔回来了。唤我何事？

武　松　明日亡兄断七，生前多蒙街邻照应，特备水酒，以谢乡亲。

潘金莲　难得叔叔如此仁义，待为嫂摆设起来。（欲取担中酒菜）

武　松　（阻止）且慢！自有差役动手，不敢劳烦嫂嫂。

　　　〔潘顿感惶恐。差役摆设酒菜，点燃香蜡，退到门边。

武　松　有请众位街邻。

差　役　（高喊）众位街邻，都头有请！

　　　〔姚老板、胡老板、赵老板、张老板及王婆急切地上。

赵老板　这顿酒很不寻常，

姚老板
张　三　只恐怕祸起街坊！

众　　　就怕他清算老账！

王　婆　担心要揉皱扯长！

　　　〔差役逼众进门。

武　松　众位街邻，请来喝杯淡酒。

众　　　（忐忑不安）叨扰，叨扰。（入座）

　　　　〔王婆示意潘金莲，提防出事。

武　松　（看在眼里）嫂嫂，今天怎么不陪王干娘坐下？

　　　　〔潘金莲愤恨地盯了武松一眼，坐在王婆身边。

武　松　（命令差役）班头斟酒！

　　　　〔差役斟酒，众呆坐不知所措。潘金莲有些察觉处境不妙，反倒
　　　　镇静些。

武　松　众位举起杯来！（自斟一杯，泼于灵前，掷杯转身，蹉步至酒菜挑
　　　　前，取一白布包裹，在灵牌前解开，提起一人头，重置供桌上）

众　　　（惊骇）呀，人头！

张　三　（伸头注视，吓得直打哆嗦）呵，西门……庆！哎哟，我……我
　　　　的妈呀！（瘫于桌前）

武　松　（高声）兄长，好哥哥，小弟祭你来了！

　　　　〔王婆见事不好，起身想溜，被差役拦住。

　　　　〔潘金莲面如死灰。姚老板、胡老板等战栗不已。

武　松　（唱）怒火满腔恨难忍，

　　　　　　　长跪尘埃哭亡灵。

　　　　　　　你生性懦弱，蚁蝼不损，

　　　　　　　为什么反遭贼残生？

　　　　　　　苍天无眼，

　　　　　　　官府无能。

　　　　　　　你做了含冤屈死鬼，

　　　　　　　我只得提刀杀仇人。

　　　　　　　狮子楼手刃西门庆，

　　　　　　　灵堂上追魂把债清。

　　　　　　　以血还血，以命偿命，

　　　　　　　一支青锋，两行悲泪，颗颗人头慰冤魂。

　　　　　（抽出尖刀，抓住王婆）

　　　　　　　老贼婆，

　　　　　　　这钢刀才被鲜血浸，

　　　　　　　快快将穿针引线，唆使下毒，种种罪行交代清！

王　婆　（唱）都头饶命，

　　　　　　　我招我招，（吹打过场）

　　　　　　　句句实情。

　　　　　　　那些事，都是他他……他们干的哟……

　　　　〔武松掷王婆于地，抓住潘金莲，冲至台前。

武　松　（接唱）骂淫妇钢牙咬紧，

　　　　　　　天下最毒妇人心！

　　　　　　　我哥哥对你多么宠爱多尊敬，

　　　　　　　你你你怎忍心，

　　　　　　　一碗毒药害夫君？

　　　　　　　你嫌他大可离家去他郡，

　　　　　　　怎能够灭绝人性杀亲人？

　　　　　　　今日要你偿性命，

　　　　　　　你你你还有啥话洗罪名？

潘金莲　（沉默不语）……

武　松　（咬牙切齿）你说，你讲呀！

潘金莲　（屏息片刻，抬头，泪眼凝视武松，悲痛欲绝地）我……恨……
　　　　你！

武　松　（震惊）你恨我？

潘金莲　（强忍着，终于发出一声长叹）咳，我——恨——你！

　　　　〔帮腔：无穷幽怨。（重）

　　　　（唱）奴本是清白体风尘不染，

　　　　　　　伴丑郎只在心中怨苍天。

　　　　　　　都是你将奴的春梦召唤，

　　　　　　　才惹得这点点碧血溅孝幡。

　　　　　　　奴恨你牵动情丝又偿白眼，

　　　　　　　奴恨你促我与西门暂为欢。

　　　　　　　奴恨你呀，你若不到这阳谷县，

　　　　　　　我安贫守贱，怎忍心手捧毒药，

　　　　　　　送你哥哥去黄泉？

武　松　（气极）哼！

潘金莲

（唱）临死还狡辩，

恶气满心田！

休想我手软，

送你去阴间。（猛刺潘金莲）

潘金莲 （捂刀口）呵……

（唱）我正想剖心迹让你观看，

看看我有多少梦闪现心间。

我曾想变骏马负你征战，

我曾想化春丝织你衣衫。

我曾想这一生与你为伴，

这条命丧你手我……很安然。

武　松 （迟疑起来）这……

潘金莲 （唱）离人世只求你网开一面，

别将我与西门庆尸体相连。

也不愿与你兄泉台相伴，

做孤魂愿隐没在古陌荒阡……

（吃力地张望着）西门庆……武大郎……（最后凝视武松）武

松，你……好……（倒地死去）

众　　 （惊恐万状）武都头，潘金莲，她……她……

武　松 （上前，又气又恨又怜惜，更觉惶然地望着潘金莲，沉重地）

潘……金……莲！

〔天昏地暗，一束光照着躺在地上的她。

〔漫天大雪缓缓向下飘落。

〔幕后唱：岁月难消这风流案，

问君怎评潘金莲？

〔幕闭，全剧终。

附记：

本剧编演，颇费周折。

川剧名角郭成筠女士是我的老友，同在成都市川剧院三团工作，大家早就有意合作一出戏。1985年春，她提出搞《潘金莲》，并给我找来些资料，我当即答应，很快写出初稿请团领导审定。事情很顺利，团里决定由成筠和晓艇主演，夏阳老师任艺术顾问，邓书中执导，音乐设计刘嘉惠，美术设计则由画家谭昌镕先生负责，这应说是团里的最佳阵容，我想一定能把戏演好。于是，我与夏阳在温江待了许久，修改剧本，做案头工作，然后团里投排，一切都很顺利。11月，团里与我发了一个电报，要我于某日必须回到团里，有要事相告。我如期回到团里，支部书记彭昌俊告诉我，《潘金莲》一剧，已经彩排，反映也还可以，但由于种种原因，暂时不能演出，考虑到我是作者而又没有看彩排，经与各方面做工作，欲于当晚在排练场再排演一次，让我看看。因我到剧院前，已有朋友告诉排戏中的种种纠纷，我当即表示，既然无法演出，我看了也无用，就不必兴师动众，这场彩排就请免去，我晓得再排演各方都很勉强。我的表态让大家都松了一口气。于是，忙了半年的《潘金莲》，就这样烟消云散了。难怪四川大学邓运佳先生埋怨我说："我把你的《潘金莲》已写进我的《川剧艺术概论》一书了，你们却放了一个扁屁！"我难言是非，只有报以苦笑。

说实在的，既付出了辛劳，我也不甘心，却也没有求人圆范的必要，东方不亮西方亮。就以本剧的构思，请为本剧操劳最多的夏阳老与我合作，写了四集电视剧《潘金莲》，由中国录音录像总社出版发行，电视剧的制作总嫌粗糙，但经济效益颇丰，我的稿酬数倍于舞台剧的首演费，于是得到了一点阿Q式的满足。

以后几年，郭成筠女士还想搬演该剧，我也为之努力，但终因力不从心而作罢。一晃十年，1995年3月初的一天，省川剧院张开国院长与我打电话，想用我十年前的这部旧稿，我喜出望外，立即答应。4月初，与导演蓝光临先生一起，用近一周时间修改原稿。现在看，比1986年发表于《成都舞台》的本子，确有提高。我料想，时过境迁，新人的演出，也不会比旧人逊色的。

后来，省川剧院公演。有朋友写了一篇《又是一个潘金莲》的文章。我读后也感欣慰，觉得总算画了一个句号。

还有一事，似乎也可当插曲。

拙作《潘金莲》演出搁浅不久，魏明伦先生的荒诞川剧《潘金莲》

在成都公演。我闻讯赶到成都观摩学习。在看演出时，不免有些感慨。从剧场出来，正遇明伦先生在门口招呼前来观看演出的朋友。他一见我，就热情地说："少匆兄，你来了！嘿，我真不知道你也搞了个《潘金莲》，如晓得，我就不搞了。"我连忙回答说："你太客气了。文章者，天下之公器。你写的戏，确实不错。你搞戏的路数，我是弄不出来的。你使的已是'新武器'了，我还是'老套筒'……"这虽是一句笑谈，也确实是我的内心感受。

刘 氏 四 娘①

（故事新编）

人　物

刘氏四娘（刘青堤）、傅罗卜、傅相、金奴、李太医、族长、丫鬟、
家院、老翁、老妇、哑兄、幺妹、厨师、端公、仙娘、大神、僧尼、
道士、斋公、斋婆、判官、鸡足神、无二爷、无二娘、牛头、马面、
四阴差、门神甲乙、小狗等

场　次

第一场　　第二次　　第三场　　第四场
第五场　　第六场　　第七场　　第八场

　　[花轿抬人入剧场，伴娘挽扶新娘刘氏走上舞台。欢快的气氛推
　　向高潮。
　　[字幕：刘氏四娘
　　　　　　十八年后……

---

① 此剧与谭愫、严淑琼合作。

第一场

〔帮腔：昔日新娘已为母，
　　　　病榻含泪侍丈夫。

〔帮腔声中，幕启。

〔傅家内室。正面悬挂着醒目匾额。上写："傅家祖训：吃斋念
佛，广结善缘。"

〔傅相躺卧病榻，昏死过去。刘氏与儿子傅罗卜在病榻前焦急地呼喊。

刘　氏　员外，员外……

傅罗卜　爹爹，爹爹……

〔傅相苏醒，示意让刘氏扶他坐起。

傅　相　适才金童玉女前来迎我，已经去至升天门前，我有一事放心不
下，特地赶了回来……

刘　氏　员外有何吩咐？

傅　相　贤妻、儿哪！

（唱）我傅家，有祖训：

　　　　吃斋念佛，广结善缘。

　　　　八字箴言重千钧！

　　　　是我傅家法，

　　　　指引言与行。

　　　　谁敢越雷池，

　　　　严惩不容情！

刘　氏　为妻知道。

傅罗卜　孩儿明白。

傅　相　好，好！（取经书）

（接唱）赠我儿，一部经，

　　　　佛法无边细品寻。

傅罗卜　（接佛经）是！

傅　相　（将一串佛珠颤抖地交给刘氏）

（接唱）祖传佛珠谨相赠，

吃斋念佛要虔诚。

你端庄贤淑多柔顺，

离别时更觉得难舍难分。

刘　氏　（哽咽）员外……

傅　相　（接唱）望贤妻守妇道、遵祖训，为儿子把心尽。

　　　　〔帮腔：傅家全靠你支撑！

刘　氏　员外尽管放心！

傅　相　（点头，忽然叫道）金童玉女，傅相来也！（死）

刘　氏　（悲号）员外夫啊！

傅罗卜　（悲号）爹爹，爹啊！（抚尸痛哭，昏倒）

刘　氏　（急叫）儿哪！

　　　　〔灯暗。

　　　　〔后台，彩云之上，站着傅相与金童玉女。傅相威严的声音：吃斋念佛，广结善缘。吃斋念佛，广结善缘……

　　　　〔刘氏焦急地呼叫着："员外，夫啊！"

　　　　〔切光。

第二场

　　　　〔傅家室内，景同前场。

　　　　〔端公、仙娘、大仙等各执法器在做法事驱邪，招魂引魄，又唱又跳，各种姿态。

端　公　天灵灵，地灵灵，妖魔鬼怪现原形……

仙　娘　请来天神与地神，快救傅家小官人……

大　神　招回七魄与三魂，雄鸡刀头谢众神！（舞剑）哇里哇啦呀呀呸……

　　　　〔刘氏扶气息奄奄的傅罗卜上，金奴随上。

　　　　〔端公、仙娘、大神围着傅罗卜又唱又跳，越发起劲。

　　　　〔端公等又围着床榻唱跳。

金　奴　（忍不住吼道）人都整昏了，还唱个啥？

端　公　（一怔，忽然转身叫道）鬼怪逃走，快快追赶！（冲下）

仙　娘　捉拿鬼怪！（冲下）

大　神　等着，待吾神助尔等一臂之力！（冲下）

刘　氏　（焦急万分）儿呀，你醒醒，你醒醒！（见傅罗卜不语）儿呀，
　　　　你、你怎么样了？……

金　奴　安人，求神做法都好几天了，小官人的病却越来越重，还是请
　　　　李太医来吧！不然……

刘　氏　快去吧！

　　　　〔金奴急下。

　　　　〔刘氏替傅罗卜擦拭额上的汗珠。

　　　　〔金奴引李太医急上。

　　　　〔李太医为傅罗卜诊病，双眉紧蹙。

刘　氏　我儿怎么样了？

李太医　急火攻心，虚脱昏迷。

刘　氏　他小小年纪，怎会虚脱？

李太医　小官人营养欠缺，体质太差，外邪一侵，自然难以抵御。

刘　氏　啊！可有法相救？

李太医　（开处方）这剂祖传秘方，药引子关系甚大，若能照方行事，方
　　　　可起死回生。（递药给刘氏）

刘　氏　多谢太医，一定照办。（看药方，失声念道）药引子——狗肉
　　　　汤？（恼怒）一派胡言！我傅家三代吃斋念佛，岂能杀生开戒？
　　　　（掷药方于地）

李太医　（冷笑）儿子是你的，救不救在你！告辞！（下）

　　　　〔金奴跟下。

　　　　〔刘氏呆坐椅上。

　　　　〔帮腔：一石击碎平静水，

　　　　　　　　　阵阵波澜九折回。

刘　氏　（唱）求神做法，驱魔逐鬼，

　　　　　　　　为何我儿病更危？

　　　　　　　　气息奄奄又在员外的病榻睡，

　　　　　　　　莫非是命中注定要紧随你父往西归？

　　　　　　　　可怜儿嫩竹出土刚含翠，

花苞未张先自萎……

　　　　[金奴急上。

金　奴　安人，李太医言讲，若不照方行事，小官人必死无疑！

刘　氏　（一震，不由自主地捡起药方）

　　　　（唱）救命的良药倒有一味，

　　　　　　　狗肉汤做药引尚有一线晖！

　　　　快去给小官人捡药。（交药方给金奴）转来！不、不……

　　　　（唱）抬头望，祖训赫赫映眼内，

　　　　　　　千针万针浑身锥！

　　　　　　　低头看，佛珠紧紧握手内，

　　　　　　　千只万只员外的冷眼将我窥！

金　奴　（犹豫）安人，小官人不行了！

刘　氏　（大惊，上前察看）儿哪！

　　　　（唱）儿是娘的心头肉，

　　　　　　　血肉相连紧依偎。

　　　　　　　儿哭母流泪，

　　　　　　　儿病娘衰颓，

　　　　　　　儿痛娘也痛，

　　　　　　　儿悲娘也悲。

　　　　[小狗跑上，与刘氏亲热、撒欢。

刘　氏　（唱）小狗撒欢声声吠，

　　　　　　　叫得我心儿颤抖锁双眉！

　　　　（抚狗）小狗啊……

　　　　（接唱）你来傅家也未尝油水，

　　　　　　　　却要杀你熬汤解主危……

金　奴　安人，救小官人要紧啊！

刘　氏　（唱）儿若去，

　　　　　　　我活着还有啥滋味？

　　　　　　　总不能，

　　　　　　　望着祖训，抱着佛珠，孤孤单单，冷冷清清倚门扉！（内
　　　　　　　心忐忑）

刘
氏
四
娘

089

金　奴　（哭喊）救小官人要紧啊……哎呀！小官人口吐白沫，怕是不行
　　　　了啊！

刘　氏　（终下决心）

　　　　（唱）为救儿只得言行悖，

　　　　　　　为救儿只得越法规，

　　　　　　　为救儿不怕遭谤毁，

　　　　　　　为救儿甘冒天下大不韪。

　　　　　　　为救儿我问心无愧——

　　　　（甩佛珠，越甩越快，最后佛珠飞出）

　　　　［帮腔：但愿苍天明是非！］

　　　　（下跪）

　　　　［刘氏取刀，颤抖着向小狗逼近……

　　　　［切光。

第三场

　　　　［傅家花园。

　　　　［傅罗卜上。

傅罗卜　（唱）晴光摇曳暖云红，

　　　　　　　绿柳丝丝绕和风。

　　　　　　　病愈更觉春色美，

　　　　　　　一草一木情也浓。

　　　　　　　多感母亲恩情重，

　　　　　　　求医拜佛祛儿凶。

　　　　　　　朝夕相伴，亲熬药汤，休戚与共，

　　　　　　　母子情深暖融融。

　　　　　　　寸草当报把经诵，

　　　　　　　永生永世尽孝忠！

　　　　［金奴持披风上。

金　奴　小官人，该吃药了！（替傅罗卜披上披风）

傅罗卜　病都好了，还吃啥药嘛！

〔刘氏内声："儿哪!"端药碗上。

刘　氏　你怎么就不吃药了?有道是:送病送千里。快趁热喝下!

傅罗卜　多谢母亲。(接过药碗)

〔家院急上。

家　院　禀安人,有两个尼姑前来化缘。

刘　氏　我就去。儿哪,喝了药,就回房去歇息!

傅罗卜　是。送过母亲。

〔刘氏与家院下。

金　奴　小官人,快喝,看药冷了。

傅罗卜　嗯。(欲喝,忽然感到气味有异)不对,这气味不对……金奴,这是啥子药?

金　奴　病人不能把药问,问了就不灵。

傅罗卜　哪有这么怪的事哟!你不说,我就不喝。

金　奴　我也不晓得呀!

傅罗卜　你在扯谎!你每天同母亲一起熬药,还能不知道是啥子药?

金　奴　这……

傅罗卜　(盯住金奴,见金奴低头,神色有异,厉声)快说实话!

金　奴　安人一再叮咛不能说,说了要挨打!

傅罗卜　我母亲乃菩萨心肠,怎么会打你?何况说实话才是对的呀,怕什么?快说吧。

金　奴　这……这……

傅罗卜　(佯怒)哼!再不说,我要打你!(扬手欲打)是什么?

金　奴　(脱口而出)狗肉汤!

傅罗卜　狗肉汤?竟敢胡言乱语!(怒扇金奴一耳光)

金　奴　(捂脸哭泣)真的,是李太医开的祖传秘方。安人为了救你,忍痛将小狗杀了……

傅罗卜　(一震,失手将药碗掉地)你胡说!你胡说,我不信,我不信……(抓住金奴吼叫)

金　奴　你不信,我带你看样东西!(拉傅罗卜到一花丛边,刨出一根狗骨头)这个就是狗骨头!

傅罗卜　(接过狗骨头,惊恐失色)天哪……(昏倒)

刘氏四娘

091

金　奴　（惊慌）小官人！小官人！（急向内叫）安人，安人快来！

〔刘氏急上。

刘　氏　儿哪，你又怎么啦？快醒醒！（扶傅罗卜坐起）

傅罗卜　娘！这、这都是假的吧？

刘　氏　（望着傅罗卜手中的狗骨头，呆住）这……

傅罗卜　（抱住刘氏的腿，急切地）娘，这是假的，这是假的！你说话
　　　　呀，这是假的，都是假的……

刘　氏　（长叹一声）是真的！

傅罗卜　（大惊）真的？

刘　氏　真的！

傅罗卜　为什么？

刘　氏　为救我儿的命！

傅罗卜　杀生开戒，儿活不如死！

刘　氏　儿啊，你听娘说……

傅罗卜　不，我不想听！（猛地站起）你忘了祖训与神灵，你、你、你不
　　　　配做我的母亲！我从此离开家门！（走）

刘　氏　儿哪……（冲上前跪地抱住傅罗卜的腿哀求）你不能走啊！

〔傅罗卜呆立。

〔静场。

〔帮腔：三分惊，

　　　　　　两分恨，

　　　　　　更有五分怜与疼。

　　　　　　大错铸成须赎罪，

　　　　　　为母为己入空门。

〔傅罗卜慢慢从刘氏手中取下佛珠，轻轻推开刘氏，掉头走下。

〔金奴呼唤："小官人……"追下。

刘　氏　（不知所措）儿啊！儿哪……（瘫倒地上）

〔傅家族长、老翁、老妇、僧、尼、道士等上，围住刘氏。

众　人　（唱）你违犯祖训将祸惹，

　　　　　　你杀生开戒有罪孽；

　　　　　　你害得儿子离家舍，

　　　　你害得傅家不圣洁；

　　　　你口是心非把谎扯，

　　　　你貌似慈悲心头黑；

　　　　你枉披人皮世上走，

　　　　你好似一条害人蛇！

　　〔刘氏瑟缩发抖，欲言无语。

　　〔众人指指点点，吼叫不停。

众　人　……大逆不道！……丧心病狂！……十恶不赦！……逐出祠堂！

　　〔刘氏呆惊无状。

刘　氏　（机械地重复着）我有罪……我有罪……

众　人　（仍紧紧追逼，不断吼叫）你有罪，你有罪……

　　〔帮腔：有口难辩非与是，

　　　　　　　唯有心儿在滴血！

　　〔刘氏吐血，染红白绫帕。

　　〔众人围住刘氏。造型。

　　〔切光。

第四场

　　〔傅家花厅。

　　〔金奴与众丫鬟布置好斋场。

金　奴　（向内）有请族长和各位斋客！

　　〔族长、僧、尼、道士上。

族　长　（唱）恼恨刘氏违祖训，

　　　　　　　惩一儆百不容情。

道　士　（唱）赎罪斋场再劝善，

僧　尼　（唱）回头是岸重做人。

　　〔金奴引四人入座。族长高居首位。

　　〔斋公、斋婆上。

斋　公　（唱）人穷最好常吃斋，

斋　婆　（唱）吃斋全靠傅员外。

〔哑兄背幺妹从台下上。

幺　妹　（唱）会缘桥桥头无饭菜，

　　　　　　　哑兄背妹赶斋来。

〔斋公、斋婆、哑兄、幺妹入座。另有各色人等随之纷纷入席。

〔判官、鸡足神、无二爷、无二娘、四阴差上。

判　官　（唱）奉旨捉拿刘青堤，

鸡足神　（唱）忽闻香味笑嘻嘻。

无二爷　（唱）先吃福喜后办事，

无二娘　对头！

　　　　（唱）快脱鬼衣换人衣。

〔转眼成吃斋少妇。

判　官　（为难地）要得不？

鸡足神　没关系。

〔四阴差装扮成求斋男子，入内找座位。

族　长　你们哪来的？

无二娘　成都、重庆，远天远地。

族　长　请入座！

〔四阴差入座。

幺　妹　（向金奴）大姐，快点开斋嘛，我们的眼睛都饿花了！

金　奴　（向族长施礼）禀族长，人已到齐。

族　长　（威严地）叫刘氏出来，当众请罪！

金　奴　是！（向内）有请安人！

〔刘氏神色凝重，着素衣上。

刘　氏　（向众人施礼）众位高僧、道士、斋民、乡民，妾杀生开戒，违
　　　　背祖训，特办此赎罪斋场，当众请罪。

众　人　好说，好说！

刘　氏　妾是先请罪后开斋，还是先开斋后请罪？

族　长
僧　尼
道　士
幺　妹　先请罪，后开斋！

斋 公 斋 婆	先开斋，后请罪！	

众 人　先开斋，先开斋……

金 奴　厨师上菜！

　　　　［厨师内应："上菜、上菜！"端菜上。

厨 师　听小的将菜名报上来：第一道，红油鸡块。

众 人　鸡块？

金 奴　那鸡块本是豆腐晒。上菜。

厨 师　第二道：鸭花蒜薹。（端菜上）

众 人　鸭花蒜薹？

金 奴　鸭花原是粉条代。上菜。

厨 师　三道菜：清蒸鱼蟹。（端菜上）

众 人　鱼蟹？

金 奴　鱼蟹是面粉做出来。上菜。

厨 师　红烧肘子四道菜。（端菜上）

众 人　肘子？

金 奴　芭蕉根做肘子，奇哉妙哉！

厨 师　八珍汤味道鲜那就不摆。

金 奴　菜上齐敬请各位把斋开！

斋 公　才四菜一汤呀？

斋 婆　人家的盘子大嘛！

金 奴　还有那白花花的馒头逗人爱。

幺 妹　我口水流满腮！

判 官　（用鼻子闻闻）哎呀，要拐！

鸡足神
无二爷　咋个？
无二娘

判 官　这是五荤端上来！

鸡足神　（满不在乎）管他的，我们从来不吃斋！

无二娘　判官哥，你还是提醒刘氏莫乱来！

　　　　［判官点头，闪到刘氏身后。

斋　公　（站起）请安人先动筷。

众　人　你我才好开素斋。

刘　氏　好。各位请，请，请!（拿筷端碗）

　　　　［判官在刘氏身后做法，打小叉。

　　　　［刘氏手中碗爆裂。

　　　　［众人大惊。

刘　氏　呀! 怎么碗爆?

无二娘　叫你莫肇!

幺　妹　（饿极，急忙分辩）哎呀，碗爆现莲花。

斋　公　对，佛祖在把安人夸!

众　人　是神灵把喜庆撒。

无二娘　哼，想吃东西嚼牙巴!

众　人　此乃喜庆之兆。

刘　氏　说得好! 请，请，请!

众　人　请!

　　　　［众人大吃大喝。

刘　氏　诸位，这饭菜香不香?

众　人　香，香!（吃）

刘　氏　（冷笑）五荤一齐上，怎能不芳香?

众　人　（惊）五荤?

金　奴　嘿，鸡鸭鱼肉资格货，馒头里还有狗肉末，不是五荤，难道是
　　　　你们脑壳昏?

众　人　真……的?

金　奴　岂止蒸的，还有炖的。

族　长　你……为什么要这样?

刘　氏　（冷笑）为什么?

僧　尼　你、你为什么要害我们?

道　士　为什么?

众　人　你为什么要害我们?

刘　氏　为什么?

　　　　［帮腔：口问心，心问口，

万语千言哽咽喉！

（唱）可知我为傅家将心操透，

可知我为儿子甘做马牛，

可知我会缘桥头常施舍，

可知我任凭出家人在斋堂留，

可知我拜菩萨经书不离手，

可知我几十年来未沾一滴油……

平素间你们对我称赞不绝口，

到而今竟然翻脸无情、横眉冷对，

围攻谩骂视我如寇仇！

〔帮腔：痛心疾首，

杀生开戒有缘由！

刘　氏　（唱）儿病危，求神神灵不来救，

当妈的未必能眼睁睁看着娇儿一命休？

母为儿不怕把苦受，

母为儿不怕担忧愁；

母为儿敢叫山让路，

母为儿敢让水倒流。

母救儿到底会有多大的罪？

为什么污泥浊水泼我头？

莫非你们是木偶，

无心肝，无血肉，

母爱人性全抛丢？

种豆不得豆，

善心付东流；

无路让我走，

欲罢怎甘休？

是你们逼我酿苦酒，

让你们也尝一尝受冤受屈……

〔帮腔：是啥滋味在心头？

〔众人呆若木鸡。

族　长　你——罪魁祸首！

僧　尼　你——十恶不赦！
道　士

众　人　（齐声）你——害人苑苑！

　　　　　［众有的呕吐，有的忏悔，有的照吃不误。

　　　　　［幺妹也边猛吃边喂兄。

刘　氏　（变态地狂笑）哈哈哈……

无二娘　判官哥，快些把她弄走，免得再铸大错！

判　官　对！

　　　　　［四阴差变回原样。无二爷手持白幡，上书"捉拿刘氏"。鸡足
　　　　　神拿着铁链……

判　官　刘氏，我等奉命拿你！

刘　氏　（惊骇）啊呀……

　　　　　［众斋客慌张逃下。

　　　　　［刘氏下台，被众鬼卒抓上班台；四阴差捉住刘氏。

刘　氏　（高呼）天……哪！

　　　　　［造型。

　　　　　［切光。

第五场

　　　　　［傅家灵堂。

　　　　　［门神甲、乙上

门神甲　我们也算将军，

门神乙　不带一卒一兵。

门神甲　不在疆场驰骋，

门神乙　只是站岗守门。

　　　　　［门神甲、乙且念且演木偶身段，念完定格。

　　　　　［傅罗卜内悲叫："娘啊……"着僧装奔上，跪在刘氏灵前。

　　　　　［帮腔：哀哀慈母丧幽冥，

　　　　　　　　　痛煞罗卜云游僧。

傅罗卜 （唱）自恨驽钝，

    不孝儿误了娘亲。

    赎罪入空门，

    诵经悟佛心。

    菩提明镜皆幻影，

    红尘从事何须惊。

    伤生救儿命，

    慈母恩情深。

    娘啊，儿忏悔的话你未听见，

    黄泉路上心多沉。

    烛泪点点，

    烟积愁云；

    心碎滴血，

    啼哭无声。

    寸心怎报萱椿？

   ［帮腔：绵绵难绝此恨！

   ［傅罗卜哭昏在灵前。

   ［阴风惨惨，烛光闪闪。

   ［鸡足神、无二爷、无二娘押刘氏上。

刘　氏 （唱）实难一死万事空，

    魂在黄泉念家中。

    今朝回煞心沉重，

    何处能觅儿行踪？

   ［圆场。

无二娘 刘氏，来至你家门口。

刘　氏 待我上前求神。门神，罪妇有礼！今日是我回煞之期，请放我

   进去。

门神甲 不行！生从大门入，死从大门出，你已成鬼，不准再进！

无二娘 哎呀呀，门神门神，爱做人情，你让她进去看看嘛。

门神乙 什么人情鬼情，我们是奉命而行。

无二娘 打啥官腔哟，这未必是铁板钉钉？

无二爷　（推开无二娘）二位，我等乃阎君差遣……

门神甲　你等奉阎君差遣，我等奉玉皇所差，各管各，少掺和！

无二爷　二位，请容她一进嘛。

门神乙　容她一进，我们有啥好处？

无二娘　（小声地对刘氏）四娘，看来，你也要出点"血"才进得去呀！

刘　氏　（生气地）哼，我过去给他们烧过好多黄表纸钱，今天竟这样！

　　　　唉，家中已无亲人，不看也罢。走！（转身）

门神乙　（拉门神甲）快喊倒，不然就莫搞了。

门神甲　喂，刘氏，你儿子在里面，想不想看看？

刘　氏　（急转身）你哄我！

门神甲　门缝在这里！

　　　　［刘氏从门缝向内瞧，惊喜。

门神甲　怎么样？

刘　氏　我要进去！

门神乙　（伸手）拿来！

刘　氏　我……

无二娘　鸡脚神，借点钱给刘氏。

鸡足神　月利五分！

无二爷　两分，两分！

无二娘　两分！

鸡足神　冲着无二娘你们两口子的面子，我又干回蚀本买卖嘛！（掏钱，

　　　　被无二娘抓过，交给门神甲）

门神甲　阴阳有别，只准相看，不准交谈。时辰一到，立刻退出！

刘　氏　知道了。

　　　　［三阴差与门神甲、乙下。

　　　　［刘氏入内。

刘　氏　（唱）进家门，到灵堂，

　　　　　　　一见娇儿泪千行。

　　　　　　　儿呀儿，破戒大罪降，

　　　　　　　为娘自承当，

　　　　　　　幽怨满胸膛。

今见我儿哭昏在灵堂上，

满腹委屈一扫光。

愿儿阳世把福享，

娘在地狱不悲伤。

（望着儿子，欲叫且止，犹豫着）我要唤醒我儿，要唤醒我

儿……待我整妆!

［帮腔：整衣衫，照菱镜，（水发竖立）

呀!

刘青堤模样多吓人，

如黛秀眉成刀刃，

含情杏眼变铜铃。

桃腮黄得如油浸，

柔发怎会直伸伸?

刘　氏　（唱）若这样将儿唤醒，

会吓掉他七魄三魂!

［傅罗卜梦中叫"娘……"

［帮腔：不能认……

要相见，相见梦里寻!

刘　氏　（唱）临别将儿衣衫整，

愿儿福寿又康宁……

（深情地为傅罗卜整衣衫）

［傅罗卜惊醒。

傅罗卜　娘……（欲扑上前）

刘　氏　（转身，急后退）……

傅罗卜　娘，你……你怎么不理我?

刘　氏　（难过万分）我……

傅罗卜　娘，儿错怪你了，我是回来赔罪的呀!（上前追刘氏）

刘　氏　（边答边退）罗卜，娘知道……

傅罗卜　（伤心地）是娘不肯饶恕孩儿?（追问）

刘　氏　（急退，有口难言）不……

傅罗卜　（痛心地）那为啥子不肯看我一眼?娘呀!（跪地）

（唱）孩儿太愚笨，

伤了娘的心。

娘若不宽恕，

碰死赎罪行。（冲向桌子欲碰）

刘　氏　（扑至桌前，一袖掩面，一袖拦挡傅罗卜）儿呀！千万不可！

（唱）不是不想见儿面，

脸面丑陋怕儿惊！

傅罗卜　儿不怕！

刘　氏　娘怕。

　　　　[傅罗卜与刘氏三追三躲。

　　　　[帮腔：想相会，不敢会，

咫尺天涯欲断魂；

慈母心，娇儿心，

世间母子情最深。

　　　　[傅罗卜终于强行扯下刘氏掩脸的衣袖。

傅罗卜　娘……

刘　氏　儿呀，吓着你了吧？

傅罗卜　儿不吓，儿不吓！

刘　氏　娘这个丑相……

傅罗卜　娘，你老人家比过去更加慈善，更加可亲……

刘　氏　（激动万分）儿哪……（母子相抱）

傅罗卜　娘哪，儿有多少话要对您老人家说啊！

刘　氏　儿啊，娘也有万语千言要给我儿讲啊！

傅罗卜　娘，你快说啊！

刘　氏　儿哪，你离家出走，一封书信也没有。娘朝朝暮暮想儿，担心儿，倚门望儿，泪水流干……儿体弱身单，一人在外，一定吃了不少苦头，瘦了许多，都是娘不好，娘对不起我儿……

傅罗卜　娘，你老人家千万别这样说，儿心难安……

刘　氏　今夜最后见儿一面，娘就要永离人间。人一死，啥都完，为娘唯一放心不下的就是我儿。可怜我儿父母双亡，儿哪，你要学会自己照管自己，走热了别喝冷水，饿急了要细嚼慢咽，睡觉要盖好被子，凉了背要受风寒。儿哪，你还要……

　　　[鸡叫，三阴差急上。鸡足神用铁链套住刘氏上。

鸡足神　（大吼）走！

　　　[刘氏、傅罗卜被分开，三拥三隔。

刘　氏　儿哪……

傅罗卜　娘哪……

　　　[三阴差强拉刘氏走。

　　　[帮腔：乍相会，又离别，

　　　　　　　无情阴阳两相隔。

　　　　　　　母子相望悲泪泻，

　　　　　　　肝肠寸寸裂！

　　　[刘氏一步一回头，被三阴差押下。

　　　[傅罗卜一步一拜，呼叫着："娘……"

　　　[切光。

第六场

　　　[黄泉路上，三渡河前，有金桥、银桥、奈何桥。

　　　[傅相着官衣官帽，站在金桥上。

傅　相　（唱）阳间行善人称颂，

　　　　　　　死后受封刺史公。

　　　　　　　三河分作三桥过，

　　　　　　　权柄在我掌握中。

下官傅相，得阎君举荐，委为三河刺史。所有亡人，均由我照
验放行。上善者登金桥成仙，中善者过银桥做人，有罪者过奈
何桥受刑。阴风惨惨，不知今日来的又是什么人的亡魂！

　　　[无二娘、无二爷、判官三阴差押身披长链的刘氏上。

无二爷　（向傅相行礼）参见刺史大人。

傅　相　免。所解何人亡魂？

判　官　刘氏青堤。

傅　相　（一惊）怎么是……你？

刘　氏　（惊喜）员外，原来是你，妾身有救了。（喜滋滋地对无二娘说。无二娘眉开眼笑转告二阴差，欲解下刘氏的锁链）

傅　相　你妄想！

刘　氏　员外，是我啊！

傅　相　我知道是你！你不该违背祖训，杀生开戒，亵渎神灵，难道你不知罪吗？

刘　氏　员外，儿子病危，你未前来相救。杀生开戒，我也是不得已而为之，我是为救我们的儿子啊！

傅　相　一派胡言！你犯罪，与本官何干？众鬼卒！

　　　　〔众鬼卒内应。

傅　相　将罪妇刘氏青堤打上奈何桥！

　　　　〔众鬼卒上："喳！"押刘氏上奈何桥。

刘　氏　（且唱且舞）

　　　　　　　　奈何桥下血浪翻……

　　　　　　　　铁鳄咬，

　　　　　　　　铜蛇缠，

　　　　　　　　血肉飞，

　　　　　　　　魂魄散，

　　　　　　　　触目惊心肝胆寒！

　　　　　　　　滚油浇桥面，

　　　　　　　　一步一滑，一滑一闪，

　　　　　　　　闪闪滑滑，滑滑闪闪，

　　　　　　　　一失脚要落深渊！（欲退）

　　　　〔傅相厉声："快走！"众鬼卒逼打，吼叫："快走！"

刘　氏　（唱）傅相他，地位变，

　　　　　　　　黑了心，红了脸。

　　　　　　　　夫妻情，全不念，

　　　　　　　　逼我过桥急相煎。

　　　　　　　　没奈何，过此桥，我绝不乞求负心汉，

　　　　　　　　哪怕是粉身碎骨化灰烟！

　　　　〔过奈何桥，滑倒，眼看就要滚下桥底。

[小狗灵魂翻上，紧急关头救下刘氏。

刘　氏　（惊魂甫定）多谢小哥相救，请问尊姓大名？

小　狗　主人，你不认识我了？

刘　氏　你是……

小　狗　傅家的小狗。

刘　氏　（惊怔，感慨地）小狗啊，我亲手杀了你，你为何不将我推下奈
　　　　何桥，反而救我？

小　狗　主人啊！（唱）

　　　　　　　你杀我为救儿子，

　　　　　　　我知你心头苦凄。

　　　　　　　体谅你我不怪你，

　　　　　　　我虽死不足为惜。

　　　　　　　待我送你过桥去，

　　　　　　　愿主人逢凶化吉。（背刘氏过桥）

　　　　[众人下。只有无二娘、无二爷、判官在场上。

无二娘　哼，有些人成了神，连狗都不如！

判　官　祸从口出，少说几句！

无二娘　怕啥！未必哪个敢把老娘啃几口？

无二爷　少说疯话，快走！

　　　　[三人下。

　　　　[切光。

第七场

　　　　[地狱十殿。

　　　　[鸡足神、无二爷、无二娘、三阴差押刘氏上。

刘　氏　（唱）过奈河爬油山来至十殿，

　　　　　　　　又只见腥风起血雾满天。

　　　　[四鬼卒冲上。

四鬼卒　刘氏，走！

　　　　[四鬼卒抬起刘氏过殿，圆场。边走边唱，陆续出现一、二、

三、四殿。

〔造型。

〔帮腔：刀山剑林第一殿，

无二爷　（唱）凶多吉少把心担。

鸡足神　（唱）周身全是窟窿眼，

无二娘　（唱）细细想来实可怜。

〔帮腔：磨推碓舂第二殿，

无二爷　（唱）刘氏又要过难关。

鸡足神　（唱）血肉模糊难分辨，

无二娘　（唱）这种刑法太野蛮。

〔帮腔：血湖铁钉第三殿，

无二娘　（唱）刘氏到此受熬煎。

鸡足神　（唱）铁钉刺，毒水溇，

无二娘　（唱）为儿为女竟这般！

〔帮腔：油锅铜柱第四殿，

无二爷　（唱）可怜刘氏被摧残。

鸡足神　（唱）霎时血肉成灰炭，

无二娘　（唱）快快将她往外掀！

〔无二娘扶刘氏。刘氏昏昏沉沉、摇摇晃晃。

无二娘　唉，为救儿子开戒，这样惩罚她，实在太过分了！

无二爷　无二娘，你我当差的，少说几句！

无二娘　哟哟哟，你这么乖，咋个不让你掌生死簿呢？

无二爷　你、你……

鸡足神　莫吵，莫吵，让刘氏喘口气，后面几殿更凶险！

〔牛头、马面冲上。

牛　头
马　面　不准歇息，快快过殿！

无二娘　吼啥子？（对发抖的刘氏）唉，我们这些当小鬼的，帮不上你的
　　　　忙喽！

牛　头
马　面　走！

〔无二娘搀扶刘氏，与众人下。

〔暗 转。

〔黑暗中，追光照着刘氏上。

刘　氏　（唱）漫漫长夜，

　　　　　　　阴风瑟瑟，

　　　　　　　地狱中苦跋涉，

　　　　　　　险些儿折磨散我的魂魄！

　　　　　　　看，到处是血与火黑雾四射，

　　　　　　　听冤鬼叫屈鬼哭好一座魔穴！

〔灯渐亮。寒冰地狱，峻岩似刀，冰封雪飘。

刘　氏　（唱）受尽千般苦，

　　　　　　　又见漫天雪。

　　　　　　　寒风似利刃，

　　　　　　　肌肤顿绽裂。

　　　　　　　浑身冷、冷、冷，

　　　　　　　心儿热、热、热。

　　　　　　　雪呀雪，任你尽倾泻，

　　　　　　　冻不僵我满腹悲愤、一腔热血！

　　　　　　　为什么母救儿子反有罪？

　　　　　　　为什么夫妻之情冷如铁？

　　　　　　　为什么上天不察罚弱者？

　　　　　　　为什么治罪不问皂与白？

　　　　　　　问天天不语，

　　　　　　　问地地沉默，

　　　　　　　问人人不理，

　　　　　　　问心心痛彻。

　　　　　　　天地不容人不赦，

　　　　　　　人间地狱一般黑！

　　　　　　　泪干心已碎，

　　　　　　　幻梦全破灭。

　　　　　　　刘氏娘，心如铁；

刘氏四娘

107

　　　　　　　强支撑，迈步越。

　　　　　　　来生若往阳世去，

　　　　　　　要把那虚假伪善统统揭！

　　　　[狂风四起，雪花乱飞，刘氏在冰天雪地里挣扎向前，终于倒下。

　　　　[傅罗卜急上。

傅罗卜　（念）三求佛祖蒙恩准，

　　　　　　　来至地狱寻娘亲。

　　　　（发现冻僵的刘氏）娘啊……（扑上前）娘！你醒醒，你醒醒啊！

　　　　[刘氏毫无知觉。傅罗卜脱下袈裟给刘氏披上，然后生火、吹火……

　　　　[刘氏动了动，迷迷糊糊张开眼。

刘　氏　儿哪……

傅罗卜　（惊喜）娘，娘……

刘　氏　你是谁呀？

傅罗卜　傅罗卜，娘的儿子哪！

刘　氏　（用力睁开眼，一怔，悲叫）儿哪……

傅罗卜　娘啊……（投入刘氏怀中，紧紧拥抱）

刘　氏　（忽然想起）儿哪，你怎么到地狱来了？

傅罗卜　我是来救娘的！

　　　　[傅相暗上。

刘　氏　救娘？

傅罗卜　是啊！

傅　相　且慢！

刘　氏　（一怔）是你？

傅罗卜　（一喜）爹爹，你也是来救娘的呀？

傅　相　她乃罪妇，怎能相救？

傅罗卜　（恳求）爹爹，娘都是为的孩儿，求求你老人家，救救娘吧！

傅　相　（沉吟片刻）看在儿子的分上，刘氏，只要你认罪服罪，本官可在玉帝驾前为你求情，从轻发落……

刘　氏　认罪？我有何罪？十殿已过九殿，我已受够了罪，还说什么从轻发落……（苦笑）

傅　相　你看，你看，简直是无可救药！罗卜，你已是佛祖座下的目连和尚，切不可为罪妇开脱，快快离开地狱！

傅罗卜　你……

刘　氏　娘不能连累我儿，你快快离开地狱吧！（将袈裟给傅罗卜穿上）

傅　相　刘氏，你这句话还说得不错！

傅罗卜　错、错、错！哪怕上天惩罚我，也要救娘出鬼域！

傅　相　你敢！

傅罗卜　（扶起刘氏）娘，我们走！

傅　相　哈……走得了吗？前面是飞叉地狱，谁能够过去？

刘　氏　儿哪，你别管我，娘不愿我儿受到伤害！

傅罗卜　怕什么！来，儿背着娘，去闯一闯飞叉地狱！（不顾刘氏反对，强将她负于背上）

　　　　〔刘氏捶打傅罗卜背，泪如雨下。

　　　　〔傅相目瞪口呆。

　　　　〔亮相。

　　　　〔切光。

第八场

　　　　〔飞叉地狱。

　　　　〔傅罗卜背刘氏，在怪石奇树之间穿行。穿出怪阵，打叉厉鬼从四方涌上，阻挡、冲散傅罗卜与刘氏。

　　　　〔刘氏下，打叉厉鬼追下。

　　　　〔傅罗卜寻觅刘氏，下。

　　　　〔打叉厉鬼追赶刘氏上，打着各种叉法——"六合叉""四门叉""三柱叉""黄龙出洞"……

　　　　〔一厉鬼打假叉。

　　　　〔傅罗卜冲上，拉着刘氏奔跑，众鬼卒翻打、阻拦……

　　　　〔幕后阎王厉声大吼："住手！玉帝旨意下！"

　　　　〔众鬼卒住手。阎王与无二娘、无二爷、鸡足神等引傅相等一行威风凛凛上。

阎　王　请劝善太师宣读御旨！

无二娘　　哟！他又升官啦！

　　　　　〔无二爷暗拉无二娘衣袖制止。

傅　相　　（威严地）刘氏青堤，跪下听宣！

　　　　　〔刘氏站立不动。

傅　相　　（宣旨）玉帝诏曰："罪妇刘氏青堤，违背祖训，杀生开戒，亵
　　　　　渎神灵，天地皆惊，罪孽深重，予以严惩，来生变狗，警告
　　　　　世人！"

刘　氏　　（悲愤地）傅相，你……

傅　相　　哇！自作自受，变！（施法）

　　　　　〔瞬间，刘氏变成一条金毛狮子狗。

傅罗卜　　（愤慨地）爹，你在天庭，为何不为母亲申辩？

傅　相　　玉帝圣明，不许议论。傅罗卜，快快跪下听宣！

傅罗卜　　（沉默半刻，猛然向"狗"跪下）娘啊！（蹉步向前，抱"狗"
　　　　　痛哭）娘、娘啊！

　　　　　〔众惊。无二娘等禁不住哭起来。

　　　　　〔地狱中一片唏嘘。

傅　相　　（惊惶地）不准啼哭！听本太师继续宣旨："孝子傅罗卜，尽心
　　　　　救母，九死一生，甚堪嘉许，封为九天十地总管诸部仁寿大
　　　　　菩萨！"

　　　　　〔仪仗队上，推出金光闪闪的宝座。

众　人　　（齐声恭呼）请仁寿大菩萨升座！请仁寿大菩萨升座！"

傅罗卜　　（高声）不！（站起）

傅　相　　（惊诧）罗卜，圣恩浩荡，你……你要干什么？

傅罗卜　　（意深情切，一字一顿）我要陪母亲！

傅　相　　（狂怒）你、你敢！

傅罗卜　　（惨笑、苦笑、冷笑、大笑）哈……哈……哈哈……（笑着，抱
　　　　　起"狗"一步一步朝宝座走去，将"狗"放上宝座）

　　　　　〔傅相惊愕，呆若木鸡。

　　　　　〔阎王、无二娘等怔怔而立。

　　　　　〔傅罗卜狂笑，"狗"吠叫；笑声、吠声交织一起，惊天地，泣
　　　　　鬼神……

［傅罗卜与变成"狗"的母亲亲密地紧紧依偎。

［造型亮相。

［大幕徐降。

附记：

关于川剧《刘氏四娘》，实在有话要说。

记得 1991 年，我与谭愫老弟正筹备编写《目连传》的电视剧。有一天，温江地区川剧团严淑琼找我，因她所在剧团排演过我写的《新苗颂》，所以是老相识，自然热情接待。她对我说，写了一个《目连救母》的剧本，因本团的演员阵容不齐，想我为她推荐给市川剧院联合团。我说都是熟人，你自己为什么不去找谭愫。她说已经找人与谭团长说了，没有回音，所以再请我帮忙，同时给了我一个剧本。我答应与老谭讲讲。

于是，我找到老谭。他说，严淑琼的剧本，他已经看了，觉得与我们的想法不一致。并问我对剧本的意见。我说，看了，与我们想的确实不是一个路子。但作者写个剧本想上演，太不容易，是不是请她大改一下？谭说，如果按我们的路子改，岂不成了我们的戏？我感到很为难。于是，提了一个变通方案：不如和严淑琼商量一下，因为她的本子启发了我们，就算与我们合作写《目连救母》。她的本子仍旧是她的。反正一个题材，多个路子有的是先例。于是，我把这个想法与严淑琼说了，并且说，如果以后有稿费也平均分成三份，各拿一份。严淑琼当时就表示同意，并说她不参加写这个剧本。严淑琼的剧作刊于 1992 年《成都艺术》第三期上。

因为这事是由我撮合的，所以，在研究提纲后，我主动提出，我写前五场。老谭写后三场，并负责排练中的修改任务。至于名次也是我提出老谭排第一，我为第二，严淑琼为第三。

事情定后，我交了卷，排演的事，一切都由老谭负责。给的稿费，也都是各三分之一。但是，我没有料到这出戏最后会有颇大的影响；也没料到因为剧本的构思也带来一些争议，好在最终妥善解决了。

四川好人①

（根据德国布莱希特同名剧作改编）

时　间

20世纪三四十年代

地　点

四川

人　物

沈黛、隋达、杨荪、杨母、卖水人老王、三神祇、女房东、米太太、张
老爷、方先生、钱太太、食客甲乙丙丁、饭店老板苏福、木匠、警察、
群众等

——

[一群贫苦百姓手持祭品求神。

合　唱　天昏昏，地暗暗，

人间苦楚有谁怜？

一年又一年，

都把神仙盼，

怎不见救苦救难的神仙到人间，

----

① 此剧与吴晓飞合作。

到人间……

〔众百姓失望地离去，只有老王站在自己的凉水摊前，向远方眺
望着。

〔仙乐声中，祥云簇拥三神祇上。

神祇甲　（唱）奉敕旨，离仙境，

神祇乙　（唱）来尘世，寻好人。

神祇丙　（唱）落祥云把四川进，

　　　　〔帮腔：睡一觉再找好人。

　　　　〔神祇走近老王，欲询问。

老　王　（以为是化缘的）化缘走那边，我这凉水要收钱！

神祇甲　老大爷，我们是神仙！

老　王　（急忙跪拜）呵！弟子肉眼不识金身，罪过，罪过！

神祇丙　老大爷快起来，快起来。

老　王　大仙下凡了，穷人就有救了！（起）

神祇甲　我们只受人间香火，不管人间是非。

神祇乙　嘿！我们也是各司其职，不敢把手伸得太长。

老　王　（失望）那你们下凡干啥？

神祇丙　我们是来寻好人的！

老　王　哎呀神仙，我就是个大好人！

神祇甲　是不是好人，我们还要考察。

老　王　还要考察？

神祇乙　当然嘛，你们人间卖假药的多得很。

老　王　那又咋个考察呢？

神祇丙　是好人就先帮我们找个住处。

老　王　这个好办，哪有不欢迎菩萨的？（向右）

　　　　（唱）张老爷，有菩萨想在府上住一夜。

　　　　〔头戴瓜皮帽、身穿马褂的张老爷上。

张老爷　（唱）子不语乱神怪力，

　　　　　　　装什么仙家道者，

　　　　　　　老夫不纳游方客！（拂袖而去）

老　王　（鄙夷地）哼，刚才还在烧香求神哩！（抱歉地对神祇一笑，从

左拉出方先生）

（唱）方先生，有菩萨想在贵府住一夜。

方先生 （唱）你这老头尽说白！

方某人是无神论者，

休在我面前乱嚼舌！（怒下）

老　王 无神论，刚才还在买香蜡钱纸……（钱太太上，老王挡住她。）

老　王 钱太太，求你老人家做个好事。

钱太太 有话快说！

老　王 （唱）有神仙想在你屋头住一夜。

钱太太 死老头想讨打呀！

（唱）老怪物，太缺德，

我钱寡妇怎能让男人进房舍？

再乱说谨防把你摊摊踢（怒下）。

老　王 （唱）哎，神仙运气硬是孬，

找不到一家他们歇！

神祇甲 老大爷，找到住处没有？

神祇丙 眼睛都睁不开了……（连打呵欠）

老　王 马上办好。你们累了，先喝杯糖开水解解渴。这是真正的上等
白糖兑的。（敬水后在一旁思索）

神祇乙 （喝水）这是上等白糖兑的？

神祇甲 （品尝）甜中带苦，明明是掺了假的。哼，他就不是好人！

神祇丙 莫忙莫忙，等他找到房子再说。

老　王 （下决心）只有找她了！（高声喊）沈姑娘——来客喽！（沈黛花
枝招展地上）

沈　黛 王大爷，是小白脸还是土老肥？

老　王 是神仙！

沈　黛 神仙？

老　王 沈姑娘，是三位神仙到了我们四川，想找个住处。我看你那里
最好……

沈　黛 哎呀，要不得要不得，我那里不干净。再说。有位客人约好今
晚要来。你去找那些有钱人嘛。

老　王　人有了钱就不认神仙了！沈姑娘，你那里总比我住的桥洞好嘛！

沈　黛　（为难地）神仙到了，不管也不好。我去把约好的客人支开，再来请神仙。不过，请他们原谅我的职业……

老　王　晓得，晓得。

　　　　〔沈黛下。

神祇丙　老大爷，住处？

老　王　找着了，她要收拾收拾。你们再喝杯糖开水嘛。

神祇乙　糖开水？说假话不是好人啊！

老　王　啊！

　　　　（唱）你我总是顾此失彼，

　　　　　　　不能像精灵鬼那样周密。

　　　　　　　看，做好事反遭冷语，

　　　　　　　好像我在设骗局。

　　　　　　　呵，沈黛她锁门离去，

　　　　　　　会不会扶我上楼又抽梯？

　　　　　　　哎，瞪圆眼也看不透人的心底，

　　　　　　　我我我，还不快点——

　　　　〔帮腔：溜之大吉！

神祇乙　（笑）这个骗子，连摊摊都不要就溜了！

神祇甲　有人来了……（苏福走上，见摊摊，左右打量，捡起就走）

神祇乙　看，果然遇不到好人！

神祇丙　四川没救了！

神祇甲　那个女人大约也不会来了。走，去云南……（沈黛急上）

沈　黛　各位神仙，弟子有礼了！请到寒舍歇息！

三神祇　（惊喜）好人！好人！我们走遍东南西北，总算在四川找到了好人！

神祇乙　我们给她一笔钱吧！

神祇甲　姑娘，你是难得的四川好人。我们给你一笔钱，你要永远地做个好人！（交钱与沈黛）

沈　黛　（惊喜）钱？我有钱哪……

　　　　〔银圆声充斥舞台，众食客从各路冲上，吸引了除老王、神祇之外所有的剧中人，掀起一阵渴望钱的疯狂浪潮。

众食客　钱……（切光）

二

〔尚未布置停当的香烟铺。沈黛身着围裙，欢快地整理商品。

沈　黛　（唱）感神明，施恩典，

　　　　　　　　开小店，卖香烟。

　　　　　　　　有钱方能多行善，

　　　　　　　　绝不辜负众神仙。

　　　　（喊）先生！太太！少爷！小姐！欢迎你们光临敝店，稍等片
　　　　刻，小店就放炮开张，所有香烟，一律九折！

众食客　沈小姐，恭喜发财！

沈　黛　（惊喜）你们是来……

众食客　吃饭的。

食客甲　（唱）老子是受过伤的上等兵，

　　　　　　　　曾往前方抗敌军。

　　　　　　　　团管区喊我前来恭贺你，

　　　　　　　　从今后吃穿就要你应承！

食客乙　（唱）我丈夫被军车碾死丧了命，

　　　　　　　　社会局喊你供我一家人！

食客丙　小的给沈小姐回：此乃是陈大爷的码头，陈大爷喊小的前来吃
　　　　点肥的、喝点辣的、闻点香的。常言说得好，城墙高万丈，里
　　　　外要人帮。过两天，小的就给宝号送对联放火炮。小的给沈小
　　　　姐"崴"起了！（行袍哥礼）

食客丁　还有我，王保长的幺妹，每月要在这里领点花粉钱！

众食客　还有我！还有我！还有我们大家！

沈　黛　啊……

　　　　（唱）一滴水怎能救枯苗一片？

　　　　　　　　一缕光怎能照千里山川？

　　　　　　　　若推辞他无依无靠堪悲叹，

若推辞她步我后尘更可怜。

望青天神祇法语响耳畔，

沈黛我顾不得泽涸泉干结善缘。

解饥寒请到后院，

那里有住房两间。

众食客　沈小姐，你真是个好人呵！

食客丙　（烟瘾大发）沈小姐，你这个纸烟好香啊！

沈　黛　（叹气）想抽就抽嘛！

食客丙　（取烟散给众人）来，烧起！烧起……

　　　　〔众食客愉快地抽烟。只有沈黛继续收拾店铺。

　　　　〔木匠上。

食客甲　找她？（指沈黛）

沈　黛　这些货架，原主是收了钱的呀！

木　匠　我不管这些，谁开铺子谁付钱！

沈　黛　生意还没开张，那就等……

木　匠　没得等头，快取起！

沈　黛　我真的没有钱了呀！

木　匠　没得钱就当东西！

沈　黛　啊……

食管甲　快帮沈小姐想个办法呵！

食客丙　（满不在乎）关我屁事！

食客乙　屁事？万一她垮了，你我又要出去打、秋、风！

食客丁　有道理……（众食客悄悄商量）

食客丙　沈小姐，这几钱算啥，请你"表哥"给了就是！

沈　黛　（困惑）表哥？

木　匠　（讥笑）她的表哥多得很！

食客甲　（小声对木匠说）你晓得他说的是谁？

木　匠　谁？

食客甲　城防司令的大公子——隋达！

沈　黛　他？

木　匠　隋达少爷不是在美国留学吗？

食客丙　（神秘地）回来了？这店铺就是他给沈小姐买的！

沈　黛　我与隋达只见过一次，他早把我忘了，你们不该欺骗这个木匠。

食客丙　哎呀，沈小姐，你咋个懂不起哟？

木　匠　（掏出账单，恭敬地递上）沈小姐，这是账单，请交给隋大少爷。

沈　黛　（进退维谷，默默接过）……

木　匠　小见了，明天再来打扰。

众食客　走走走哟！

　　　　〔木匠被众食客推下。

　　　　〔外面又有人喊：沈小姐！

食客丙　（张望）呵，是米太太！

沈　黛　她找我干啥？

食客乙　怕是来收房钱的哟！

沈　黛　唉，一支烟没卖，哪去找钱嘛？

食客甲　你就用对待木匠的办法，对付这些阔寡妇嘛！

沈　黛　不，我要当好人，不能骗人！

众食客　你不骗人，就当不了好人！（推她）快去！快去！（沈黛被众食客推下。）

食客丙　哈哈，她走了！快到后面取酒拿菜，庆祝我们的……

众食客　新生活！

　　　　〔众食客端出酒菜，狂喝猛吃，抽烟打闹。

众食客　（唱）吞云吐雾，馨香无比，

　　　　　　　酒醇鱼肥，快喝快吃。

　　　　　　　说什么忠厚与廉耻，

　　　　　　　讲什么信义与情谊。

　　　　　　　只要今朝有酒醉，

　　　　　　　哪管明天衣和食。

　　　　　　　愿生活天天如此！

　　　　　　　吃……

　　　　〔众食客酒足饭饱后，横七竖八地睡去。

　　　　〔沈黛持账单上。穿行在众人之中，无比失望。

〔帮腔：小孤舟未扬帆又遇恶浪，

船舱里还躺着蠢猪饿狼。

对厄运你只能拼命抵抗。

求生存需要有几副心肠！

〔沈黛思索，下决心化装成隋达。现场换装。

三

隋　达　（气极猛喊）吃饭了，吃饭了！

〔众食客还魂似地醒了过来。

众食客　饭在哪里？饭在哪里？

隋　达　哼！

食客丁　你是哪个？

隋　达　隋达！

食管乙　你是隋达……大少爷？

隋　达　难道不像？

食客丙　像，像！你……不是在美国吗？

隋　达　哼，幸好我回来了！（严厉地）昨晚，表妹来找我，说你们在这
里拆烂污。现在，通通给我滚！

食客甲　（不服地）滚？我们是她的客人啊！

隋　达　（冷笑）客人？

（唱）耍无赖欺人太甚，

你们算什么客人？

快与我连爬带滚，

再进门抽你们的脚筋！

食客乙　（唱）我们去找沈小姐问一问，

是不是她要把我们赶出门？

隋　达　（唱）沈小姐已去清风镇，

你们找她枉费心。

〔木匠上。

隋　达　你又是干什么的？

木　匠	我是木匠。
隋　达	呵，来收账的？多少？
木　匠	呵，原来是大少爷！不多不多，一百元！
隋　达	简直想抢人！只给二十！
众食客	二十！
木　匠	隋大少爷，二十元无论如何都不行呀！
隋　达	那就不要你的货架，抬走！
众食客	抬走！
木　匠	抬走就抬走！
食客丙	（讨好地问隋）抬不抬？（隋点头，食客懒洋洋地去抬货架）隋大少爷，货架大，门框小，抬不出去！
木　匠	这是在铺子头比倒做的。
食客甲	只有拆散了拿出去。
木　匠	拆散了不就成了……一堆废材？
隋　达	是呀，谁愿出二十元买你一堆废材？
众食客	是呀，谁愿出二十元买你一堆废材？
木　匠	算我倒霉，二……二十！
隋　达	这阵，我只出十元了！
众食客	十元！
木　匠	隋达少爷，我屋头还有四个娃娃呀！
隋　达	再说，只给五块了！
众食客	五块！（隋达抛钱给他。木匠接钱垂头丧气地下）
众食客	（献媚地）大少爷，你真有本事！真有本事！
隋　达	时候不早了，各位请便吧！
食客甲	大少爷，小的可不可以吃了饭再走？
隋　达	可以。那得帮我做一天活路！
食客甲	想得安逸！做活路……
食客丙	隋大少爷，有道是低头不见抬头见，坎上不见坡下见。你少爷有的是票子，让我们打搅一顿，不过是添双筷子，给个面子……
隋　达	（坚决地）不做活路，不给饭吃！
食客丁	你呀，枉自还喝过海水，吃过洋面包，咋个不讲交情？

隋　达　（愤怒）滚！

众食客　哼！（愤然欲下）

隋　达　（叫住他们）转来……（思索，下决心）滚！

　　　　　［众食客狼狈下。

　　　　　［隋达思绪万千。

　　　　　［帮腔：钱可万能？

　　　　　　　　　　艰难世道，怎做好人？

　　　　　［米太太上。

米太太　隋先生，你真厉害。佩服、佩服！

隋　达　太太是……

米太太　沈小姐有你这样一位表哥，我真为她高兴呀！

隋　达　太太呀！

　　　　（唱）表妹苦命，

　　　　　　　孤苦伶仃。

　　　　　　　只说从此交好运，

　　　　　　　谁知又遇贪心人。

米太太　（唱）这就是女人的命运，

　　　　　　　到头来，还是孤身一人冷清清。

　　　　　　　我那兰房甚幽静，

　　　　　　　愿与先生常谈心。

　　　　　　　倘若情投意相近，

　　　　　　　我与你西窗剪烛共温存……

隋　达　（尴尬地）你……

米太太　（唱）休笑我新寡不安分，

　　　　　　　我有街房百间……

　　　　　　　［帮腔：也要找个经管人……

四

　　　　　［傍晚。

　　　　　［公园里，荷塘畔，柳树旁。

[老王心事重重地上。

老　王　唉！哪个看到我的凉水担担了？（对观众）你？你？不晓得就不要搭野白嘛……（继续喊）哪个看到我的凉水担担了……（下）

杨　荪　（内）日落黄昏！

[杨荪颓丧不堪地上。天空传来轰鸣声。

（唱）望银燕英姿高展我泪淋淋。

　　　天呀天你为何不把人间疾苦问，

　　　世态炎凉恶人情冷，

　　　只恨老天不公平！

　　　两眼昏花饿难忍，

　　　不如……一死了此身！

[杨母呼唤着："杨荪！杨荪！你在哪里哟？"过场下。

杨　荪　（唱）慈母唤儿儿不应，

　　　　妈呀妈！

　　　　你白发人反送我黑发人！（杨荪欲上吊，听见人声，又止）

[食客乙、丁上。

食客乙　小妹，那儿有个先生，去试一试。

食客丁　唉。自己找钱，总比拿给那个又老又丑的姐夫玩弄好嘛。（走近杨）先生，晚上好！肯跟我走吗？

食客乙　她是刚下水的黄花闺女，机会难得呀！

杨　荪　（苦笑）跟你走？可以！不过，你先给我吃的嘛！

食客乙　开张就不利，倒霉！（欲下，见沈黛走来）呵？原来他在等你。

沈　黛　我是路过这里。你们是……

食客乙　走呵！不拉条肥猪，就没得钱逛"宝元通"。（拉丁下）

[沈黛目送她们下。返身见杨荪正准备上吊，大吃一惊，上前阻挡。

沈　黛　先生，你咋个想不开呵？

杨　荪　走开！我没有力气跟你调情！（推她，搭绳在树）

沈　黛　（抢绳）先生，你不能寻短见！

杨　荪　你少管闲事！

沈　黛　人命关天，不是闲事！

杨　苏　我求你做点好事嘛！

沈　黛　先生，你到底咋个啰？

杨　苏　你让我死了再说！

沈　黛　你说了再死……（沈黛死死拉住绳索。杨苏无奈，只得向她倾
　　　　诉）

杨　苏　（唱）一言难尽，

　　　　　　　志在青天困埃尘。

　　　　　　　只因无钱把上司敬，

　　　　　　　飞行员沦为一游民。

　　　　　　　饥饿难忍，

　　　　　　　冷语伤心。

　　　　　　　七尺男儿有血性，

　　　　　　　岂能够蓬头垢面，

　　　　　　　伸手乞讨向路人？

　　　　　　　不如一死更干净，

　　　　　　　免得哀告求他人！（抢绳索搭树，被沈拉下）

沈　黛　先生！

　　　　（唱）我懂得先生这悲凉心境，

　　　　　　　我也曾遭不幸想了却此身！

杨　苏　你……

　　　　（唱）谁知我满腹酸辛？

　　　　　　　谁知我满腹学问？

　　　　　　　想上天，无路径，

　　　　　　　谁理解此时的杨苏？

沈　黛　（唱）忆儿时，

　　　　　　　一只小鹤与我多亲近，

　　　　　　　可怜它的翅膀损坏失了群。

　　　　　　　每见天空鹤阵阵，

　　　　　　　它跃跃欲试不安宁。

　　　　　　［帮腔：要飞腾！

沈　黛　（唱）只要你振作精神重发奋，

愿助你重上蓝天追彩云！

（沈黛取钱相赠。杨荪感激不已。见沈黛貌美，顿起爱慕之心）

杨　荪　（猛跪）小姐大恩大德，我杨荪感激不尽。只求……

沈　黛　求什么？

杨　荪　（唱）求小姐给我一颗心！

沈　黛　（唱）不由我心儿跳又喜又惊！

　　　　　　　解危难此乃是做人本分，

　　　　　　　我本是青楼女难配先生。

杨　荪　（唱）青楼女陷苦海也堪怜悯，

　　　　　　　我愿将情和爱奉献知音。

沈　黛　（唱）对情爱我早已心灰意冷，

杨　荪　（唱）杨荪我愿化春雨浸芳心。

　　　　　　　愿变作黄莺儿为你啼咏，

　　　　　　　为小姐唤回这满园新春。

　　　　　　　小姐若还不答应，

　　　　　　　杨荪枝头再系绳……（做欲寻死状）

　　　　［老王暗上，见状惊异。

沈　黛　（拉住杨荪）先生，你这是……

杨　荪　你不答应，我还活着干啥哟！

沈　黛　我……

杨　荪　你……

　　　　［杨荪取围巾相赠。沈黛含笑接受。二人依偎着下。老王追看。

老　王　唉！看一阵干啥？看一阵我还是光棍……

　　　　［下雨了，雨声淅淅沥沥……

　　　　［切光。

五

　　　　［沈黛烟店内外。众食客上。

食客丙　店门上锁。大约买米去了。

众食客　排起，排起！（争先恐后排队）

［老王上。

老　王　你们咋个都在这儿？

食客乙　今天沈小姐施米，我们是来领米的！

老　王　你们哪个看到我的凉水担担没有？

食客戊　饭店苏胖子捡了。

老　王　谢谢啰……（下）

众食客　（问戊）真的呀？

食客戊　谙倒说的……

　　　　　［内传来争吵声。胖子苏福推搡着老王上。

苏　福　哪个说的？哪个说的？我开这么大座饭店，会稀奇你那些破烂？

老　王　你是不稀奇这些东西，可我要吃饭呀！

苏　福　你要吃饭，就来臊老子的皮！（打老王）

老　王　苏胖子，你敢打人呀？

苏　福　岂止打？老子还要下你的膀子……（痛打老王）

食客甲　哎呀，牙齿打飞了……

众食客　（唯恐天下不乱）老王，雄起，打转去！打转去……

　　　　　［苏福痛打老王后耀武扬威下。

老　王　你们见死不救呀……

　　　　　［众食客漠然。沈黛神采奕奕地扛米袋上。

沈　黛　（唱）夜色尽，朝晖升，

　　　　　　　　带露鲜花迎良辰。

　　　　　　　　昨夜里三生石上把亲订，

　　　　　　　　我与他海誓山盟结同心。

　　　　　　　　共叹人间愁和苦，

　　　　　　　　风雨声声诉衷情。

　　　　　　　　陋室里恩爱难尽，

　　　　　　　　伴晨光踏上归程。

　　　　　　呵，大家等久了，快来拿米。

众食客　谢谢沈小姐……

　　　　　［食客乙接米，分米）

老　王　唉哟……

沈　黛　王大爷，你怎么了？

老　王　苏福，他……打我！

沈　黛　他为啥打你？

老　王　他说我不该找他要我的担担儿！

沈　黛　这个苏福，横行霸道，快去法院告他！

老　王　他有钱有势，我告得准呀？

沈　黛　有这么多人作证，怕啥？

食客戊　我倒不怕哦，就是不在场……

沈　黛　（指食客乙）你在场吗？

食客乙　我人在这儿，眼睛盯到那边的……

沈　黛　（对食客甲）你呢？

食管甲　我从不跟法院、警察打交道！

沈　黛　（对食客丙）你总可以作证……

食客丙　袍哥人家，遇到对红星、耍刀子、动炮火都不得睬，就是不兴告！

沈　黛　（对食客丁）你在场嘛？

食客丁　我才不想惹是生非哩！

沈　黛　你们都不愿主持公道？

众食客　公道？卖好多钱一斤嗬？

沈　黛　（痛心地）啊……

　　　　〔帮腔：肝硬血冷！

　　　　　　　　全无半点同情心……

　　　　你们不作证我作证！

老　王　你作证，我拼死也把状纸呈！

食客丁　哼！（朝饭店走去）

食客甲　（悄悄对众）米也到手了，快走，免得血溅到身上！

　　　　〔众食客下。

老　王　沈小姐，你帮我打官司，有钱吗？（叹息下）

沈　黛　（向内）米太太！

　　　　〔米太太上。

米太太　沈小姐，你找我？

沈　黛　我急需两百元钱，帮王大爷打官司。你能借给我吗？

米太太　打官司？看在你表哥分上，我借给你。

沈　黛　我怕我一时还不出来……

米太太　没关系，只要你表哥他……我啥都舍得！（交钱与她后下）

　　　　〔杨母兴冲冲地跑上。

杨　母　沈姑娘，我儿得到好消息了！

沈　黛　好消息？

杨　母　（唱）适才间邮政局送来一信，

　　　　　　　　北平有飞行员空缺一名。

沈　黛　啊！太好了！

杨　母　（唱）为肥缺许多人都在使劲，

　　　　　　　　为肥缺许多人都在钻营。

　　　　　　　　通关节找门路要把贡进，

　　　　　　　　至少需五百元才有可能！

沈　黛　（唱）我这里刚借到两百元整，

　　　　　　　　要用它打官司帮助老人！

杨　母　（唱）这两百我拿去备办礼品（抢过）

　　　　　　　　那三百你赶快筹措妥停！

　　　　沈小姐，我儿过几天就拿花花轿来抬你哈！（急下）

　　　　〔沈黛陷入沉思。思绪中，二女食客为她整衣、梳妆、开脸……
　　　　喜乐声声。花轿来了。沈搭上盖头，走上花轿。颠轿。一群食
　　　　客簇拥新郎杨苏，从花轿里背出沈黛。拜堂。彩绸系着二人。
　　　　舞蹈。突然响起飞机声、爆炸声、枪炮声，震天撼地。思绪断
　　　　了。一切依旧。

　　　　〔帮腔：人遭祸，国遭殃，

　　　　　　　　只怕好人做不长……

　　　　〔切光。

六

　　　　〔杨苏上。

杨　苏　（唱）时来运转，

四川好人

丰都城外遇天仙。

只说是苦中作乐将愁减，

谁知她貌美又有钱。

为肥缺登门会见，

她定会为我添翼上云端！

（喊）开门！开门……

［隋达上。

隋　达　你……

杨　荪　你是……隋先生？（隋点头）沈黛呢？

隋　达　出门了。

杨　荪　走了？隋先生，我和沈小姐的事你大约知道吧？（隋点头）哦，
　　　　这烟店还不错嘛！（取烟，隋点火）我急需三百元的事，她对你
　　　　讲过吗？

隋　达　讲过。表妹不是借过两百元给你了吗？

杨　荪　我还急需三百元！

隋　达　她无能为力了！

杨　荪　你既是她表哥，就请你想想办法！

隋　达　这倒也好。我找米太太商量商量。（喊）米太太……

　　　　［米太太乐滋滋地上。

米太太　隋先生，你叫我？

隋　达　米太太，这是我表妹的未婚夫杨荪先生，他要出外谋事，急需
　　　　三百元钱。

米太太　小意思，我借就是。

杨　荪　这就好了！

隋　达　我怕表妹还不起。

米太太　（心猿意马）她还不起吗你……赔我嘛！

隋　达　怎么个赔法？

米太太　枉自是大少爷，这都不懂！哪个要你赔钱呵！咋个赔二天再说，
　　　　我在客厅等你！（向隋丢媚眼下）

杨　荪　这位太太好像对你很有意思，借点钱肯定没问题。

隋　达　三百元够了吗？

杨　苏　够了够了，我不能太麻烦你了。

隋　达　你和表妹两人去北平的路费呢？

杨　苏　两个人？她去干啥？

隋　达　她不去？

杨　苏　不去！

隋　达　杨先生，你不是要与她结婚吗？

杨　苏　隋先生，当初你为啥不向她求婚哩？

隋　达　这？我是城防司令的大少爷呵！

杨　苏　看来这种事情，我们是心有灵犀一点通呵！

隋　达　（冷笑）心有灵犀一点通！

　　　　〔帮腔：情是梦！人颜鬼面怎相同？

隋　达　（背唱）曾是痴郎柔情种，

杨　苏　（背唱）为上云天借好风。

隋　达　（背唱）只说双飞鸣鸾凤，

杨　苏　（背唱）鸾凤怎栖污池中。

隋　达　（背唱）多情却被无情弄，

杨　苏　（背唱）人不为己万事空！

　　　　〔两人同时发现围巾。

隋　达　（背唱）这围巾凝聚情爱如山重，

杨　苏　（背唱）这围巾曾为沈黛护娇容。

隋　达　（背唱）为了他尽心竭力省度用，

杨　苏　（背唱）万不料拴住一个大富翁！

隋　达　杨先生！

杨　苏　隋先生！

隋　达　（唱）这围巾可染俗尘蒙污垢？

　　　　　　　这围巾不如当初色泽浓！

杨　苏　（唱）潦倒也曾起作用，

　　　　　　　旧物变来春色浓。

隋　达　（唱）不是薄情种？

杨　苏　（唱）树小也御风。

隋　达　（唱）枝弱霜雪重，

杨　荪　（唱）自会熬秋冬。

隋　达　（唱）情和爱，

杨　荪　（唱）如春梦。

隋　达　（唱）山海誓？

杨　荪　（唱）昨夜风。

隋　达　（唱）她对你？

杨　荪　（唱）很有用。

隋　达　（唱）你对她？

杨　荪　（唱）你也懂……

隋　达　（唱）看来隋达有妙用，

　　　　　　　能结识杨先生——如此英雄！

杨　荪　隋先生过奖了。请你……

隋　达　什么？

杨　荪　我怕米太太等太久了！

隋　达　等久了？这笔钱，她倒愿意借我，可是，我不借了！（拂袖而去）

杨　荪　隋先生……

　　　　〔切光。

七

　　　　〔桥洞。老王捧着装钱的土碗上。

老　王　不在凉水头掺假，咋个挣得到这些钱呵！沈姑娘烟店垮杆了，婚也没结成，还不是为了钱！如今这世道啥都说钱……

　　　　（唱）叹世间不是人爱人，

　　　　　　　而是钱爱人……（睡）

　　　　〔三神祇衣衫褴褛，疲惫不堪地上。

神祇甲　云游四方多困倦，

神祇乙　世上难找真圣贤。

神祇丙　沈黛堪称好典范，

三神祇　重返四川访婵娟。

神祇丙　（叫醒老王）王大爷……

老　王　（见神仙，叩头）大仙下凡，太好了……

神祇丙　沈黛还好吗？

老　王　大仙呀！沈黛命运真可怜，财产被她表哥占。为了帮我打官司，她找房东去借钱。无钱给杨荪，婚事化灰烟。姑娘遭了难，求求大仙管一管！

神祇甲　这事真难办，我们上头有麻烦。

神祇乙　麻烦比你们多万千。

神祇丙　不是不愿管，上头未授权！

老　王　如果这一个四川好人你们都不管，看你们咋个交差？

　　　　〔三神祇紧张商议。

三神祇　不要急，不要急，我们自有办法！

老　王　多谢大仙……

　　　　〔暗转。

　　　　〔烟店内外。夜。风雨交加。身材臃肿的沈黛，愁苦地站在烟店内。

　　　　〔帮腔：雨沥沥，风凄凄，

　　　　　　　　天色如铅寒气逼。

沈　黛　（唱）食客们喝尽吃光馋无比，

　　　　　　　千金散我孤身无援暗悲泣。

　　　　　　　无钱财杨荪不愿行婚礼，

　　　　　　　纵有钱他又高飞不要妻。

　　　　　　　可怜我腹中婴儿将下地，

　　　　　　　债台高筑小烟店面临倒闭在须臾。

　　　　　　　无钱怎能养孩子？

　　　　　　　无房怎能把身栖？

　　　　　　　无衣难御寒，

　　　　　　　无食难充饥。

　　　　　　　我煎熬贫困谁相济？

　　　　　　　千般幽怨有谁知？

　　　　　　　人世间难道是——

　　　　　　　　忠奸不分，

　　　　　　　　人妖一体，

　　　　　　　　亦好亦坏，

　　　　　　　　混沌迷离……

　　　〔食客甲、丙神色慌张扛两袋烟草上。

食客甲　沈小姐！

沈　黛　你们这是……

食客甲　我们想把这两袋烟草寄放在这里！

沈　黛　烟草？

食客丙　一会儿警察来了就说没有看到！（搬到里面）

沈　黛　（迟疑地）警察来了？

　　　〔食客甲、丙惶恐溜下。警察上。

警　察　呵！沈小姐，查办走私贩毒，想必沈小姐是有所风闻呀？（冲到
　　　　屋内查看）

沈　黛　（忙递烟）先生，请抽烟……

警　察　（接烟，趁机摸她的手）抽，抽！沈小姐，你太客气了！以后有
　　　　啥大凡小事，我和隋达少爷一定给你"扎起"（又想摸她，沈避
　　　　开）

沈　黛　（急中生智）那边有人叫你……

警　察　（色眯眯地）哦哦哦，以后有事尽管说！别客气，别客气呀……
　　　　（下）

沈　黛　（思索）烟草，烟草？这烟草来路不正，这烟草能把业兴，这烟
　　　　草能解困境，这烟草能使我做人上人！（思想剧烈地斗争着）

　　　〔众精灵舞着巨大的黑披衫要把她裹住。她挣扎着，最后还是披
　　　　上了黑色大氅。

　　　〔食客急上。

食客甲　（呼叫）烟草是我们的呀……

隋　达　哈哈……一切都是我的！

杨　荪　隋达少爷，欠你那笔钱，我们实在还不起呀！

隋　达　那就做工抵债！统统与我做工去……

　　　〔暗转工场所。

〔众食客劳动过场。杨苏挥鞭监工。隋达傲然巡视。

〔暗转：隋达办公室。

〔杨苏跑上。

杨　苏　隋经理，多亏我嘴勤脚勤，八方监视，今天又多卷了两箱烟！

隋　达　我会给你赏钱的！

杨　苏　谢谢经理！

隋　达　（唱）见杨苏做工头卑躬屈膝，

　　　　　　　沈黛我难忘往日情依依。

　　　　　　　为孩子再向他试探几句，

　　　　　　　但愿他能悔改重续旧曲。

　　　　杨先生！

杨　苏　经理有何吩咐？

隋　达　你……恨我吗？

杨　苏　呵！不敢，不敢！

　　　　（唱）经理恩德大无比，

　　　　　　　杨苏我变牛变马报万一！

隋　达　那……你想她吗？

杨　苏　谁呀？

隋　达　我的表妹，你的未婚妻！

杨　苏　（唱）那是我悲痛中荒唐之事，

　　　　　　　请经理宽恕我不要再提！

隋　达　为什么？

杨　苏　（唱）我如今是大工头堂堂男子，

　　　　　　　岂能够与妓女结为夫妻？

隋　达　（背唱）无情话如刀似锯，

　　　　　　　　不由人浑身战栗！

　　　　（对杨）要是她有钱助你蓝天去，

　　　　　　　　你是否还愿重谈旧情谊？

杨　苏　（唱）她的财产早归你，

　　　　　　　哪能助我开飞机？

　　　　　　　飞行且是危险事，

为经理我愿一辈子守厂区！

〔帮腔：他过去的面目难忘记，

堪笑你有眼无珠太痴愚！

隋　达　（震撼，痛苦，恍惚。杨荪欲来扶。愤怒地）走开……（又和缓
　　　　地）让我坐坐……

　　　　〔老王躲雨跑上。

老　王　恭喜发财！（背白）倒灶栽岩……

隋　达　你来干啥？

老　王　躲雨……

杨　荪　走开，走开！

隋　达　让他站着吧。

老　王　哟，还发善心喽！

隋　达　老王，你的手好没有？

老　王　我的手好不好与你不相干！

隋　达　（将那根围巾扔给王）衣服湿了，拿去擦擦！

老　王　（接过）这是沈小姐的围巾？

杨　荪　（抢过）这是我的围巾！

隋　达　你还认得！

杨　荪　怎么认不得！

隋　达　还想留着它？

杨　荪　（又急又气，有口难言）你……

老　王　姓隋的，你不要假慈悲，快把沈姑娘交出来！

杨　荪　死老头，不准你胡说八道！

老　王　你这个没血性的东西，他夺了你老婆和财产，你该当爸爸却连
　　　　娃儿都看不倒，你还在舔他的屁股，不要脸！

杨　荪　（问隋）她……真的怀了孩子？

　　　　〔隋达愁苦地点头。

老　王　（对杨）如何？你这忘恩负义的狗东西！（又对隋）你这恶鬼！
　　　　再不将沈姑娘交出来，神仙定要来惩罚你（下）

隋　达　（思绪万千）神仙……

杨　荪　呀！（思索，眉眼）

（唱）只说是露水夫妻如风逝，

哪知道留下苦果两相期。

利用沈黛打主意，

脱穷变富是时机！（怒对隋）

隋达！

你明知我对她有情意，

为何拆散美夫妻？

你不让丈夫见妻子，

你不让娇儿认亲爹。

你贪财起了不良意，

你让我变牛变马任你骑！

隋　达　你！你这没良心的东西……（奔入内去）

杨　荪　哼，我没良心？老鸹嫌猪黑！（东张西望，忽见沙发后沈黛的衣物，惊诧地）沈黛的衣服怎么在这……一定是隋达想独霸财产，害死了沈黛，这衣服还来不及销毁……对！沈黛是我的妻子！这店铺，这烟厂，这一切的一切，都应该归我？归我呀！哈哈，伙计们快来——

〔众食客涌上。老王亦上。

杨　荪　隋达害死了沈小姐，这就是赃证！（示沈的衣物）

众食客　啊！

杨　荪　我要告他，追回全部财产！

众食客　财产归你杨先生？

杨　荪　对！

众食客　上山打鸟，人人有份！

杨　荪　对！

众食客　告垮他，大家把财产分！

老　王　（背白）我要快快禀神灵！（急下）

众食客　告恶人！告、恶、人！

杨　荪　走！

〔切光。

八

[法庭。三神祇穿法官服上。

神祇甲 （唱）施法力把法官钉在床上，
　　　　　　由你我穿戴好假冒上场。

神祇乙 （唱）这官儿倒也能装像，

神祇丙 （唱）怕就怕记不得条款要漏黄！

[三神祇坐上审判席。

[众食客、杨荪、杨母、苏福、米太太、老王等上，组成三组阵容。

[帮腔：巍巍法庭，巍巍法庭！
　　　　来到这里求公平！

杨荪组 （唱）手中已有赃和证，
　　　　　　这场官司要打赢！

房东组 （唱）神仙也要受贡品，
　　　　　　何况法官是凡人！

老王组 （唱）官场之事不可信，
　　　　　　就盼神仙显威灵！

杨荪组 （唱）一群倒霉鬼，

房东组 （唱）恶狗乱咬人！

杨荪组 （唱）有钱可通神！

老王组 （唱）看来世间上，
　　　　　　硬难找好人！

杨荪组 （唱）我有路，

房东组 （唱）我有门，

杨荪组 （唱）警察局，

房东组 （唱）有熟人！

老王组 （唱）乌七八糟，

房东组 （唱）假充正神。

老王组 （唱）法官在上，

杨苏组　（唱）你是何人？

老王组　（唱）我？

房东组　（唱）啥？

老王组　（唱）你？

杨苏组　（唱）滚！

　　　　　　〔帮腔：不要吵，要肃静，

　　　　　　　　　　且看法官审好人！

神祇丙　（敲木槌）带被告……

　　　　　　〔内声："带被告……！"

　　　　　　〔帮腔：平地风波……

　　　　　　〔警察押隋达上。

　　　　　　〔帮腔：无端大祸从天落！

隋　达　（唱）为什么做好事要戴枷锁，

　　　　　　　　为什么做坏事反得赞歌？

　　　　　　　　是非颠倒错错错，

　　　　　　　　心曲无限怎诉说！（昏厥）

警　察　被告昏过去了！

米太太　快点抢救嘛！

众食客　装得倒像！

苏　福　啥子装的呵？

神祇丙　雅静雅静！

老　王　这法官我像在哪里见过？

　　　　　　〔隋达挣扎站起来。

神祇丙　你是烟草商隋达？

隋　达　是我！

神祇甲　杨苏告诉你谋杀沈黛，图财害命，你认罪吗？

隋　达　我没有图财害命，无罪可认！

神祇乙　原告陈诉！

杨　苏　（唱）法官容禀，

　　　　　　　　他假冒姓名，

　　　　　　　　纨绔成性，

早与沈黛有私情。

沈小姐从良他从中作梗，

图钱财杀害了我未婚夫人！（哭）

杨荪组 （唱）痛苦万分！

隋 达 （唱）你告我杀沈黛有何凭证？

房东组 （唱）拿赃拿证！

杨 母 （唱）店铺中有她的服饰衣裙。

杨荪组 （唱）肯定害人！

米太太 （唱）那衣衫怎能做害人凭证？

房东组 （唱）不能做证！

隋 达 （唱）那是她临走时托我保存。

老王组 （唱）老表情深！

杨 荪 （唱）月夜中我常被女声哭醒。

杨荪组 （唱）他真心狠！

隋 达 （唱）更证明她活着未成亡魂。

房东组 （唱）你乱告人！

苏 福 （唱）法官老爷容我禀，

食客甲 嘴劲！

苏 福 （唱）我与隋达两对门。

老 王 都狠！

苏 福 （唱）隋先生对工友仁至义尽！

食客丙 冰冷！

米太太 （唱）人缘好又端庄为人正经！

众食客 深沉！（大发嘘声）

神祇乙 （唱）这些事都不能作为凭证，

老 王 （唱）也不能证明他没有害人。

食客甲 （唱）他既然不承认谋财害命，

食客乙 （唱）沈小姐在哪里要他说明！

众 人 说！

老 王 呵，你无话可说了？

隋 达 （气极）你这个笨蛋！

老　王	你敢骂我呀？
米太太 苏　福	骂得好！骂得好！
	〔几方闹成一团。
神祇丙	（狠敲木槌）不准闹，不准闹！
警　察	雅静！雅静！
杨　荪	请法官大人命令隋达交代！
神祇乙	交代！
众食客	交代！
隋　达	好，我交代。那沈黛……走了！
神祇甲	哪里去了？
隋　达	我不能说！
神祇丙	为什么？
隋　达	（指食客）他们找到她，会把她仅有的一点财产吃光！
老　王	这话也有点道理。
众食客	不准隋达狡辩！
隋　达	我狡辩？
神祇乙	你是像在狡辩！
隋　达	连你也这么说。好，我交代。
众食客	交代！
隋　达	要我交代，得让他们滚开！
	〔三神急忙商量。
神祇丙	本法官宣布：除隋达一人外，其余全部退下！
食客丁	杨先生，你一定赢……（挽杨荪下）
米太太	隋先生，没来头，输了我有房产……（被警察推下）
	〔众陆续退去。
三神祇	隋达，交代吧！
	〔隋达脱去男装，还原沈黛。
三神祇	（惊）呵，沈姑娘？
沈　黛	是我……
	（唱）沈黛隋达都是我，

	又行善来又作恶。
神祇甲	你为什么要这么做?
沈　黛	（唱）做好事自己的日子也难过，
	行不义食有美味穿绫罗。
	得赏赐我曾幻想把善播，
	怕破产我又把穷人来盘剥。
	无钱难行善，
	行善得先作恶。
	有负神祇是我的过错，
	愧对乡里，无可奈何！
神祇甲	沈姑娘，你活着我们就高兴呀！
沈　黛	你们到底是谁?
三神祇	我们是——（现出神仙本相）
沈　黛	（兴奋）原来是你们呀！神仙，快把"好人"的称号收回去，我不配……
三神祇	你配，你配！
沈　黛	我做了些不好的事呀！
神祇甲	不怪你，不怪你！是这个世道出了点毛病……
沈　黛	这么说，我还是好人?
三神祇	好人，好人！大大的"四川好人"！
神祇乙	此案不审自明。我们该……
沈　黛	你们不能走！你们走了，我是做沈黛，还是装隋达?
三神祇	这个……我们也说不清楚！
沈　黛	神仙，我需要装表哥呀！
神祇甲	不过，这个表哥不能装得太频繁了！
神祇乙	我看，一个星期装一次就行了！
神祇丙	不不不，一个月装一次就行了！
沈　黛	神仙，我需要你们呀……
三神祇	这……我们再给你一些钱吧！
沈　黛	神仙呀！
	（唱）世道不改变，

　　　　　　赐座金山也枉然！

三神祇　你的话，很全面。四川好人——再见！（三神祇隐去）

沈　黛　神仙！神仙呀……

　　　　〔众上场，望着茫茫天空……

　　　　〔帮腔：一年又一年，

　　　　　　　　都把神仙盼，

　　　　　　　　怎么不见救苦救难的神仙到人间？

　　　　　　　　到人间……

　　　　〔闭幕。

灰 阑 记

（根据元代李行道杂剧《灰阑记》和德国布莱希特剧作《高加索灰阑记》改编）

时 间

20 世纪二三十年代，军阀混战之际

地 点

四川某地

人 物

吟唱人、众宾客、马旅长、马夫人、赵副官、徐妈、海棠、习猛、王麻子、
打杂师、捧旨官、王团副、士兵甲乙、老农、老农妇、海棠兄、海棠嫂、
乐队鼓师、法官、推事甲乙等

一

　　[吟唱人上。

吟唱人　（唱）一出《灰阑记》，
　　　　　　　　扬名四海知。
　　　　　　　　代代唱不已，
　　　　　　　　旧调填新词。
　　　　　　　　不表开封包待制，
　　　　　　　　不说西亚洋传奇。
　　　　　　　　今日又演悲喜剧，

情理之间寻曲直!

[吟唱人下。

[二月十九,观音菩萨诞辰。

[观音寺万年台下,宾朋满座,热闹非凡。乐师和吹鼓手正吹奏迎宾乐曲。一声"马旅长到!"众宾客搁下手中茶碗烟袋,起身拱手。

[马旅长夫妇容光焕发,威风凛凛地上。后面跟着赵副官和一大群侍从和仆佣。徐妈和抱着婴儿的海棠紧紧跟在马夫人身后。

众宾客　恭喜旅座,喜得贵子! 贺喜旅座,天降麟童!

马旅长　(满面笑容)同喜同喜! 今天喜逢观音菩萨寿诞,又是小儿百日之喜。马某特地办了几桌素席,搬演目连大戏,酬神谢客,以表心意。

众宾客　旅座想得周到,菩萨定会保佑。

马旅长　多谢吉言,请坐下慢慢用茶;

众宾客　(七嘴八舌)快让我们看看小少爷!

马夫人　(矜持地微笑着)海棠,把少爷抱过来。

海　棠　是。(抱着婴儿,与徐妈上前)

马夫人　(疼爱地)哟,妈的心肝宝贝! (海棠生硬地捧给她。她瞪了海棠一眼,摸摸褪褓,觉得不适。用嘴亲额,用脸靠脸,生气地把婴儿塞给徐妈,斥责海棠)你咋个像根木头!

　　　　(唱)你为啥这么笨?

　　　　　　　只会吃饭不长心?

　　　　　　　为什么褪褓不裹紧?

　　　　　　　颈下的银锁冷冰冰?

[又让徐妈把婴儿塞给海棠。海棠双手接过,忙乱地包裹婴儿。

马夫人　你给少爷喂冰糖水没有?

海　棠　(胆怯地)喂……了……

马夫人　(唱)那为啥这嫩嫩的嘴皮干得很,

　　　　　　　脸上又起细皱纹?

徐　妈　夫人,少爷嘴皮干是风大,脸上的嫩皮还没有长伸……

马夫人　你不要尽给她打圆场。再这样木头木脑,让她到厨房挑水烧火……

马旅长　算了，快把寿哥抱过来！（徐妈把婴儿交海棠，海棠战战兢兢地
　　　　抱着婴儿，站在马夫人身边）

　　　　〔众宾客争先恐后，围了过来，探视婴儿，满口阿谀之辞。

宾客甲　（唱）哎呀呀，小少爷一红二白武将相，

宾客乙　（唱）少说也会霸一方。

宾客丙　（唱）将后来，不是司令也会是军长，

宾客丁　（唱）岂止，说不定会废除共和称帝王！

　　　　〔众宾客殷情地给婴儿送贺礼，徐妈乖巧地收礼。

　　　　〔幕内："快把小寿星抱过来……"

马旅长　（拉夫人）走走！（徐妈抱过婴儿与夫人赵副官等下，场上宾客
　　　　跟下。）

　　　　〔海棠手足无措，木讷地站在那里。

海　棠　（唱）海棠自叹，清苦身世谁可怜？

　　　　　　　　遭不幸，前年沱江水倒灌，

　　　　　　　　田地茅舍全被淹。

　　　　　　　　父亲救牛被水卷，

　　　　　　　　慈母一气撒人寰。

　　　　　　　　为葬父母伺官宦，

　　　　　　　　有如掉进大深潭。

　　　　　　　　端碗手发颤，

　　　　　　　　捧茶心胆寒。

　　　　　　　　我不如夫人跟前的猫和犬，

　　　　　　　　我更怕贼眉贼眼的赵副官！

　　　　　　　　辱骂不间断，

　　　　　　　　度日如度年。

　　　　　　　　只等期限满，

　　　　　　　　飞身回乡间。

　　　　　　　　日看青山绿，

　　　　　　　　夜望皓月圆。

　　　　　　　　要是习哥回家转，

　　　　　　　　我就与他结良缘……

[身穿士兵服的习猛，笑嘻嘻地上。

习　猛　嘿，你一想我，我就来啰！

海　棠　（又惊又喜又羞涩地）你是……从哪里钻出来的？

习　猛　大摇大摆从观音寺的山门走进来的！

　　　　（唱）前方的战事吃紧，

　　　　　　　送伤员回转县城。

　　　　　　　晓得你很是苦闷，

　　　　　　　专门来问候几声。

　　　　　　　那边厢热闹得很，

　　　　　　　你为啥满脸愁云？

[海棠悄悄地向他诉说。

习　猛　（疼爱地）唉，让你受苦了！

　　　　（唱）你我的婚姻事双亲生前早约定，

　　　　　　　恨只恨马旅长抓我当了兵。

　　　　　　　我也曾因逃跑被投枯井，

　　　　　　　我也曾想自杀——没有搞成……

海　棠　为什么？

习　猛　（唱）想到你不愿把尖刀刺进，

　　　　　　　活同床，死同穴才称我心。

海　棠　（拉着习猛啜泣）习大哥……

习　猛　（唱）好妹妹，莫伤心，

　　　　　　　等你工满就成亲。

海　棠　（惊愕）你还想逃跑？

习　猛　不，我已经当了副班长，可以告假回乡成亲了。

[海棠深情地倚着习猛。

[幕后人声喧哗。

海　棠　（张望）啊，旅长他们过来了，你快走！

习　猛　好，我走。海棠，你一定要等我啊！

海　棠　（点头）习大哥，战火无情，你……要多多小心！记住，我
　　　　会……永远等你……

[习猛激动得不知所措，向她行了一个军礼，慌张跑下。

灰阑记

145

    〔海棠心绪万千地站在那里。

    〔马旅长一行，重新热热闹闹地上。

赵副官　请各位休息片刻，《目连传·灵官镇台》马上开锣。

    〔赵副官服侍旅长夫妇坐下。

徐　妈　海棠，你快来帮我抱抱少爷，我双手都发麻了……

    〔海棠仿佛没有听见。

马夫人　海棠！（海棠这才回过神来）你的耳朵聋了？快给少爷喂点
　　　　　糖水。

海　棠　是。（接过婴儿）

    〔徐妈忙着从另一侍女提着的竹篮里取出用棉垫包着的银壶，把
　　　　　热糖水倒入奶瓶，又用脸试了水温，这才协助海棠为婴儿喂水。

    〔宾客们熙熙攘攘，谈天说地。

    〔王麻子头戴官帽，身着袍服，快步走来。

马旅长　（高兴地）王麻子，快开戏了，你跑来干啥？

王麻子　（别扭地立正）报告旅座，我想看看小寿星，再去扮戏。

马旅长　你看他长得咋样？

王麻子　（走到海棠面前，端详婴儿）啊，小少爷天庭饱满，地角方圆，
　　　　　日后必定大富大贵。本灵官不是财神，只能给少爷送上这个大
　　　　　礼（用中指按婴儿额中）

海　棠　（惊叫）啊，小少爷额头上，多了一颗朱砂痣……

王麻子　（哈哈大笑），额中生痣，百灾退去。

马旅长　（乐滋滋地）好，散了戏，给你多加一个红封封。

王麻子　那就多谢旅长和夫人了。

    〔打杂师跑来。

打杂师　王老师，时辰已到，你咋个还不上台开脸？锣鼓一响，云牌就
　　　　　出来了！

王麻子　（笑嘻嘻地）我在台下是凡人，开啥脸？只要上台，自然会
　　　　　变……

打杂师　（生气地）少说空话，走。

王麻子　（向旅长夫妇打拱）在下告辞（转身跟打杂师走向万年台）。

    〔一阵锣鼓，云牌拥捧旨官上。

捧旨官 身背玉帝圣旨，驾云离了云霄，来到神州之上，呼叫王善快到！

王麻子 （从马门跑出）小神来也！

捧旨官 （惊诧，小声地）王麻子，今天是马旅长点的戏，你……咋敢不开脸就上台？莫非你以为子弹头是花生米？

王麻子 你不传圣旨，我就只是王麻子。接了圣旨，我才是灵官……

捧旨官 哦，那你听好！（清清嗓子）玉帝有旨，命斗口星君王善，下界巡察四大部洲。查清善恶，公正处置，不得有误！

王麻子 （高声）小神领旨！

　　　　〔在锣鼓声中，他低头连连变脸，最后呈金色。他边变边唱边舞。

　　　　（唱）闻圣旨脸色陡变，

　　　　　　　谁胆敢吆二喝三！

　　　　　　　一化身（化身），我有了威武身段，

　　　　　　　再化身（化身），得符咒藏在胸间。

　　　　　　　三化身（化身），更把灵显，

　　　　　　　手中有了紫金鞭。

　　　　　　　上打无道官宦，

　　　　　　　下打狗女狂男。

　　　　　　　发神功再开天眼，（身段，踢眼）

　　　　　　　先看看山河平川。

　　　　　　　呵哟哟，大中华兵荒马乱，

　　　　　　　天眼下全都是烽火狼烟！

　　　　　　　瞪眼再把川南看，

　　　　　　　呀，邓军长的骑兵正杀砍，

　　　　　　　抢占旅长的好地盘……

　　　　〔众哗然，愤怒。

　　　　〔远处有枪炮声传来，台上台下大乱。

　　　　〔王团副与两伤兵急上。

王团副 报告旅座，大……事……不……好！

马旅长 （生气）王团副，你讲清楚！

王团副 是……

（唱）天拂晓，邓军闯过分界线，

占了我军的狮子山……

马旅长　（气呼呼地）你们拿的是吹火筒吗？

王团副　（唱）咳，他、他、他施偷袭打得我团阵地乱，

李团长差我回城求支援。

这时刻一团正往阵前赶，

请旅座亲临指挥把敌拦！

众宾客　（唱）战火一来多凶险，

赶快逃躲避求平安。

（哄闹着）快躲快跑！（慌张急下）

马旅长　（激愤地）哼，都是饭桶，胆小鬼！（狞笑）来而不往非礼也！

（唱）我早就想把他的防区占，

他不动手我出兵难！

趁机与他刀兵见，

［帮腔：吃了川南吃全川！

王团副　旅座英明！

马旅长　英明个屁！（向侍从）快备车，跟老子走！（向赵副官）护送太太少爷回府。守好府第，不得有误！

赵副官　（立正）是。

［炮声隆隆。马旅长与王团副及士兵侍从等从左下。赵副官搀扶着马夫人，海棠抱着婴儿与徐妈等仆役等往右下。

［舞台空无一人。片刻，王麻子背着简单行头便装上场。

王麻子　啊，都走了，戏没演成，份子钱也黄了。刚才，我咋个硬是看见了两军厮杀的情景呀？真是奇哉喃，怪哉！唉，想那些干啥！赶快另搭一戏班，再演我的王灵官（急下）。

［静场片刻。背景隐去。台上来来往往都是各色各样逃难的人群。

二

［吟唱人上。

吟唱人　（唱）风云突变。

阳关道有如黄泉路，

升平歌变成哭皇天。

城外阴风惨惨，

城里乱成一团。

哭的哭，喊的喊，

人逃走，房门关。

看官若问海棠事，

府第里也是乱翻翻……（下）

〔马府。马夫人犹如热锅上的蚂蚁，正朝海棠等用人大发脾气。

海棠抱着啼哭的婴儿，不知所措。徐妈也惶恐不安。

马夫人　你们全是废物，少爷饿了，怎么不喂奶？

徐　妈　奶妈跑了！

马夫人　那你喂。

徐　妈　我的娃儿都四岁了！

马夫人　（指海棠）那你喂！

海　棠　（羞涩低头）夫人，我……

马夫人　咳，我都急疯了！

　　　　（唱）听城外炮火阵阵，

　　　　　　　院墙外少了人声……

　　　　　　　让小赵前线打听，

　　　　　　　两天了无影无声……

〔赵副官跑入。

赵副官　（气喘吁吁）夫人，糟了！

　　　　（唱）邓军早过牛滩镇，

　　　　　　　旅座他英勇杀敌已牺牲……

　　　　　　　我险些被抓丢性命，

　　　　　　　东躲西藏才转回城……

马夫人　（大惊，大哭）我的天呀！

〔海棠等也吓成一团。

赵副官　（唱）夫人呀！商量逃走最要紧，

　　　　　　　暂时切勿放悲声。

> 沉住气，细思忖，
>
> 多带金银才是真。
>
> 有钱能使鬼推磨，
>
> 无钱寸步也难行。
>
> 快把细软收拾定，
>
> 好陪夫人逃出城。

马夫人 你……你要是拿着我的东西跑了，我……

赵副官 （叹气）唉，（向众仆役）你们都出去！（众仆役下）咳，夫人，这都啥时候了，你还信不过我？那好，我……（跪地）就跪在你面前发个大誓：我赵某人要是背叛夫人，我我我头顶上生疮，脚底下流脓。（背白）那与我有啥关系？

马夫人 （一把拦住他）不要说了，我相信你，让他们都进来！

赵副官 是是是，（向内）你们都给我进来！

　　[众仆役和徐妈、抱婴儿的海棠上。

马夫人 你们都听好，事情紧急，先去把公馆的东西收拾收拾，再去取你们的破烂……

众仆役 是，夫人。

马夫人 （唱）叫徐妈，去取我的银狐袄，

　　　　　　叫荷香，去拿我的锦缎袍。

　　　　　　何忠臣，值钱的宝笼由你抱，（指男仆）

　　　　　　陈有礼，两口皮箱你来挑。（指男仆）

海　棠 夫人，我呢？

马夫人 （唱）你专心专意把少爷抱。

　　　　　　等我叫你就一起逃……

海　棠 （不情愿地）夫人……

马夫人 少多嘴！（对众仆役）快，各行其是！（仆役下）赵副官，走，跟我到上房收拾东西……

　　[外面有人敲门。马夫人让赵副官去开门，赵副官向她摇手。

　　[敲门声更急促。

　　[人声："你们到底开不开门？不开门，我就把马旅长往成都送了。"

马夫人 （气极，给赵狠狠一巴掌）你这个狼心狗肺的东西，你诅咒旅
　　　　 长，骗我家产，该当何罪？

赵副官 （蒙了）这……

马夫人 （用脚踢赵）滚开！（亲自去开门）

　　　　 〔王麻子背着个蓝布包袱上。

王麻子 呵哟，幸好你们还在。（把包袱解下，放在桌上）

马夫人 王灵官，我们旅长呢？

王麻子 （指着包袱）这就是呀！

　　　　 〔马、赵惊恐后退。

王麻子 不要怕，听我说！

　　　　 （唱）怕误伤，我往外县避战火，

　　　　　　　　 去富顺沱江边上歇一脚。

　　　　　　　　 江边本有庙一座。

　　　　　　　　 灯杆上却挂了个东西黑簌簌。

　　　　 〔马夫人尖叫。

王麻子 （唱）我好奇爬上灯杆瞅了瞅。

　　　　 〔帮腔：原来是旅长的人脑壳！

　　　　 〔马夫人吓得昏倒在赵副官的怀里。

王麻子 （接唱）想那日目连会，旅长对我很不错，

　　　　　　　　 取下来送到府上，也算是报恩，又把善事做。

　　　　　　　　 我这里作揖祭拜过，

　　　　　　　　 才好去搭班唱戏讨生活。（欲下）

赵副官 站住！你这个王麻子，胆敢随便包个东西来敲诈夫人。你就不
　　　　 怕我毙了你？（掏出手枪）

王麻子 你……咋个狗咬吕洞宾，不识好人心？不信你就打开看！

赵副官 （眼睛几转）好，我把夫人送回屋里，就出来查看。真是旅长首
　　　　 级，夫人定会大大赏你，你等着。（扶马夫人下）

王麻子 快去快去，不要耽搁我赶路。

　　　　 〔有顷，传来汽车喇叭声、嚷叫声和杂乱的脚步声。

　　　　 〔王麻子朝外张望。

王麻子 （愤然地）哟，咋个全府上下都背包提兜往外跑啰？哼，这个马

夫人，丈夫的首级不要，跟着副官，捆起箱笼坐上汽车溜了！八成邓猴子的队伍要进城了！我咋办，咋办？

（唱）再不走凶多吉少，

　　　这"脑壳"又如何开销？

　　　呵，有了！

　　　干脆到成都把码头靠，

　　　首级献给刘军座，赏赐丰厚还能把名标！

（白）嘿，就是这个主意！（走到桌前，提起包袱，重新背在背上，嘴里念叨着）马旅长，你夫人跑了，我只好把你背到成都，交给刘军长。你是他的爱将，一定会给你报仇。你……你……要保佑我呀……（急下）

〔静场片刻，传来婴儿哭声，惊恐万分的海棠抱着婴儿上。

（唱）霹雳乍响，

　　　吓坏海棠！

　　　少爷哪知大祸降，

　　　死了亲爹又跑了娘！

　　　夫人她只顾钱财把儿子忘，

　　　苦了我孤单无助的小海棠。

　　　狠心放椅上，

　　　哭声断人肠。

　　　将他再抱起

　　　去处在何方？

　　　你妈为何抛下你？

　　　我有如怀抱火炭无主张。

　　　听院外枪声响，

　　　再迟疑必定遭祸殃！

　　　赶快往外闯，

〔帮腔：抬头碰豺狼！

〔刚要出门，突然闯进两个持枪的士兵。

士兵甲　（用枪指着海棠）站住！你在这里干什么？

海　棠　（眼珠两转）哦，我……来捡点东西。

士兵乙　这家主人呢?

海　棠　全跑光了，老总是……

士兵甲　我们是邓军长的部下，奉命捉拿马旅长的婆娘儿子。斩尽杀绝，以防后患……

海　棠　(打了一个寒噤) 哦，哦。我看见他们坐着汽车往南门走了，这才进来。是不是还有马家的人，你们快找，我……回去了。(欲走)

士兵乙　呵，等等。你抱的这个娃儿，是哪个的?

海　棠　我、当然是我的，才四个来月……

士兵乙　(挑逗地) 你年纪轻轻，就生娃儿了?

海　棠　不信就跟我出去，到对门子我家问问。我男人正在屋头练八卦拳……

士兵甲　哎呀，不要再说闲话了，快进去顺便捡点东西!

海　棠　那我就抱我的娃儿走了，有空请过来抽袋烟。(大摇大摆地下)
　　　　〔士兵乙呆呆站着不动。

士兵甲　你发啥神经?

士兵乙　(狠拍脑门) 哎呀，不对! 她年轻不说，那对奶奶也不像妇道人家的……

士兵甲　(气急败坏) 咋不早说? 追!
　　　　〔暗转。
　　　　〔士兵甲乙追海棠过场。
　　　　〔海棠抱着婴儿急速逃跑 (圆场)。士兵紧紧追赶，越来越近。
　　　　〔婴儿抱在胸前，奔跑不便，海棠把婴儿挟在腰间，继续逃走。
　　　　〔海棠不慎，让路上一物绊倒在地。孩子摔在路旁，让士兵抢走。
　　　　〔海棠急忙躲在一旁，伺机夺回。
　　　　〔两士兵抢到婴儿，好不高兴! 比画着只要把婴儿献上，等上级将婴儿杀掉，他们就能得到很多奖赏。躲在一旁的海棠十分难过。
　　　　〔两士兵为了争功，竟然开始争夺婴儿。婴儿大声啼哭，一旁的海棠又痛心又着急。
　　　　〔两士兵愈争愈凶，以至放下婴儿打了起来。
　　　　〔海棠趁机抱起婴儿跑开。两士兵一愣，追赶海棠下。

三

［吟唱人上。

吟唱人　嘿，好个小海棠！

　　　　（唱）魔掌下她寻机逃走，

　　　　　　　踏荒径怎敢停留！

　　　　　　　荆棘多刺破双手，

　　　　　　　捧婴儿愁上加愁……（下）

［海棠抱婴儿上。

海　棠　（慌张地）少爷，少爷！你一身怎么这么烫？这阵你可以哭了，

　　　　你……出点声呀！

　　　　（唱）他气如游丝鼻翼抖，

　　　　　　　手足发凉不住抽。

　　　　　　　羞答答拉衣襟让他靠胸口，

　　　　　　　满心酸楚泪双流。

　　　　　　　不忍让他遭毒手，

　　　　　　　带着他，说不清，道不明，日后折磨何时休？

　　　　　　　不知该把谁诅咒，

　　　　　　　苦难哪里是尽头？

　　　　　　　抬头看，东方发白晨光透，

　　　　　　　渐现林舍与田畴，

　　　　　　　为救少爷快些走。

　　　　　　　寻户人家把汤水求。

　　　　（打量片刻，刚要高喊，忽又掩口）

　　　　　　　哎呀呀，莫慌张，细思量，

　　　　　　　今后的日子长又长。

　　　　　　　我本想逃回家乡靠兄长，

　　　　　　　带着他，若问来由咋开腔？

　　　　　　　要是实情实话讲，

　　　　　　　一漏风声他定夭亡。

谎说是我养，

恶语怎承当？（思索）

看农家茅屋新修门窗亮，

必定是殷实人家心善良。

倒不如放在门口由他们养，

万一马家又兴旺，这农户也会家运昌。

少爷呀，非是我狠心要这样，

姑娘家实难把娘当！

我再给你把尿片上，（过场）

剥点糟糕屑，放进你口腔。（过场）

我我我狠心打你一巴掌，

有哭声他们才会开门房。

〔婴儿啼哭，海棠放下婴儿，躲在竹后观看望。

〔房门开，老农妇上。

老农妇 （大惊）哎呀，老头子，快来看！我家门口，咋个有个奶娃儿？

　　　〔老农急出。

老　农 哼，一定是个私娃子！

海　棠 （小声）他……不是私娃子……

老　农 这要倒大霉！老孃子，把锄头拿来，我把他丢到山沟里埋了。

老农妇
海　棠 （同声）这娃儿还是活的，咋能拿去埋？

老　农 不把他埋掉，我们就要死掉。快！（他伸手去提婴儿，婴儿大哭，农妇拿锄头）

海　棠 （万分矛盾，咬牙冲出）不要动，他他……是……我的娃儿！

老　农 （盛怒）那为啥放在我家门口？

海　棠 路上病了，必须汤药。县城打仗，我们母子仓皇逃出，未带粮钱……

老农妇 再没粮钱，也不该把娃儿丢了呀，你这个妈是咋个当的哟！他的爹呢？

海　棠 （想了想）当兵吃粮，在外打仗。

老农妇 那就更不能把娃随便送人呀！

海　棠　他一身滚烫，出气不赢，我怕路上出事……

老农妇　（向老农）你给人家看看呀！（向海棠）他是个药夫子……

老　农　（探视婴儿）呵，受了风寒……熬点草药吃就对了。你们往哪走？

海　棠　忠义乡太平沟，我哥哥家。

老　农　呵！老婆子，快带她进屋，先熬药煮饭。吃饱喝足，带他们走捷路回家。

老农妇　（笑骂）刚才凶神恶煞，这阵又成菩萨，你咋个变得比六月间的灰包蛋还快？

老　农　哎呀，做好事不得拐。再说，她（指海棠）善眉善眼，细声细气，哪是搞那种事的人！

海　棠　（抱起婴儿）多谢大爷大娘……（同下）

四

　　［吟唱人上。

吟唱人　（唱）海棠好姑娘，

　　　　　　　又遇热心肠。

　　　　　　　前途有艰险，

　　　　　　　心中仍彷徨。

　　　　　　　欲知日后事，

　　　　　　　请君慢端详。（下）

　　　　［山间小路，风雨扑面。

海　棠　（内唱）顶风冒雨避灾祸，

　　　　　　　　满腔幽怨向谁说？

　　　　　［海棠背小寿哥，老农妇背上小包袱，拄拐杖上。

海　棠　（关切地）大娘，把细些！

老农妇　路熟，没来头。

　　　　（唱）多亏你把真情告诉我，

　　　　　　　你你你菩萨心肠后福多。

海　棠　（苦笑）啥子福哦！

	（唱）千错万错都是自己错，
	真不该背着这个祸坨坨。
老农妇	（笑）那你为啥又要带着他喃？
海　棠	（唱）气不过那亲娘弃子躲灾祸，
	听不得婴儿哭声如刀割。
老农妇	（唱）心肠好哪能是过错，
	哎哟，这下崴着了我的脚！

（示意海棠小心，海棠为之搓揉，两人又慢慢往前走）

老农妇　姑娘呀，心好就不会拐……

海　棠　（叹气）唉！

（唱）心好当然不为过。

带着他，日后的麻烦多多多！

老农妇　（唱）妹子呀，莫难过，

天下好事全多磨，

有道是，好事要做就做到底，

千万莫吃后悔药！

海　棠　（唱）吃苦受屈我不悔，

就不知见到兄嫂怎么说？

老农妇　这倒是呀，妹子呀！

（唱）风钻墙，嘴惹祸，

娃儿的身世要瞒着。

万一真情被戳破，

娃儿丢性命，你们一家也难活。

（思索，拉海棠耳语）

只有如此这般讲……

过了一坡算一坡。

海　棠　（难过地点头）只有这样了……

〔风疾雨骤，天色昏暗。

（唱）风雨飘摇天色暗。

山路崎岖行走难。

冷雨浇头人打战，

（白）大娘呀，请给少爷避风寒。

〔老农妇点头，用大巾盖住婴儿。

老农妇　妹子，这娃儿的命，都是你给的。从今以后，不要再喊少爷，
　　　　他就是你的儿子。

海　棠　（羞涩地）人家还没有成亲，哪来的儿子……

老农妇　我不是对你讲了吗，就说是你和习猛的。他在外头当兵，哪个
　　　　晓得真假？再说，我也生过三男两女，也莫得你这么艰难呀！

海　棠　（诚挚地）多谢大娘指点。你看，雨大风大，山路又滑，你就不要
　　　　再送了。请把路指明白些，我慢慢往前走就是，你老人家请回吧。

老农妇　（笑）哟，你怕我跩着拐着，还要经佑一个妈呀！

海　棠　哪里哪里。大娘的恩德，就有如我的亲娘。你这位十妈，我认
　　　　定了。（跪拜）

老农妇　（搀扶）起来起来，既然是我的女儿，我更要再送一程，走！
　　　　（唱）莫说路途多艰险，
　　　　　　　谈谈笑笑过山川。
　　　　　　　哟，说起山，就是山。
　　　　　　　这座山，高齐天！

海　棠　（唱）林莽莽，路盘盘。

老农妇
海　棠　（唱）山陡路又险，
　　　　　　　攀登难上难！

海　棠　（唱）抬头张望我吓破胆，

老农妇　（唱）我心头也是悬悬悬……

海　棠　真的？

老农妇　（笑）哄你的！
　　　　（唱）这座山不算山，

海　棠　（惊愕）不算山？

老农妇　（点头）嗯！
　　　　（唱）它只打齐我的脚边边！
　　　　　　　我一口气就能爬到山顶站，
　　　　　　　气不喘，口不干，脚不炘，腰不弯，

还有空时间，取下打火镰，

呷它一口叶子烟，几步就跑到山那边！

海　棠　哦？

老农妇　（唱）你不信，快把娃儿背我肩，

你牵着我的手，挂根竹竿竿。

我轻飘飘就把你带过山。

海　棠　（不肯解背带）不，我拉着老人家就对了。

老农妇
海　棠　（唱）走走走，莫迟延。

抖擞精神上峰峦！

〔上山过场。

老农妇　（唱）上得山，

海　棠　（唱）用目观，

老农妇　（唱）你往上看，

海　棠　（唱）乌云遮了半边天！

老农妇　（唱）往下看，

海　棠　（唱）悬崖底下是深渊。

老农妇　（唱）往左看，

海　棠　（唱）左边是岩。

老农妇　（唱）往右看，

海　棠　（唱）右边是坎。

老农妇　（唱）左，

海　棠　（唱）岩。

老农妇　（唱）右，

海　棠　（唱）坎。

上山真凶险，

老农妇　（唱）下山也艰难！

天色不早，我们快走。

〔行走过场。

老农妇　（惊诧）哎呀，咋个没得路了嗬？

海　棠　（焦急地）快找快找！

老农妇　晓得晓得！（四下张望）

　　　　（唱）树下藤，膝上草，

　　　　　　　　待我快些把路找……

　　　　嘿，怪了，未必路也会搬家？

海　棠　呵，寿哥又屙尿了！干娘，找着没有？

老农妇　莫慌莫慌，你给孩儿换好尿片，路就出来了。

海　棠　尿片都换了。

老农妇　那路也出来了！

海　棠　（张望）在哪？

老农妇　（指）转过这个山坳，前面有座桥，（走动）对吧？（到桥前）

海　棠　呀，是座朽烂不堪的独木桥，它咋乘得起我们？

老农妇　你不要着急，待我先去踏桥，若是牢实，你再过来……

海　棠　若是朽的呢？

老农妇　那我就会栽到崖下。你就带着娃儿，赶快回头朝大路走……

海　棠　（悲伤痛哭）算了，干娘，我们转去吧！

老农妇　（嘻笑）莫哭莫哭，我是说耍的。它乘得起我，你看！（上桥）

海　棠　干娘，把细些呵！

老农妇　哎呀，你莫喊嘛！

　　　　（唱）叫妹子，心莫焦，

　　　　　　　　你看干娘我过桥桥……

　　　　　　　　哟，心发颤，脚打飘，（重句）

　　　　　　　　定神沉气走一朝。

　　　　　　　　一步一摇三晃脑，

　　　　　　　　嘿，总算过了这独木桥！

　　　　这桥还真牢实，你快过来。

海　棠　哎呀，我怕！

老农妇　（举杖）那你把这拐杖拿去。

海　棠　你在那头，我在这头，咋个拿得到嘛！

老农妇　那……（思索，张望着走到桥头）这里有笼竹子，我把一根长的
　　　　压过来，你把它好生逮住（按竹子）嘿唷，嘿唷……逮着没有？

海　棠　逮着了！

老农妇　　那就慢慢走呀!

海　棠　　（胆颤心惊）好……寿哥,千万莫动呵……

　　　　　　（唱）我海棠,好心焦。

　　　　　　　　　　想不到要过奈何桥!

　　　　　　　　　　祈求菩萨把我保。

　　　　　　　　　　回到家中把香烧,

　　　　　　　　　　逮竹梢,莫打飘。

　　　　　　　　　　一步一步过了桥……

老农妇　　（一把抓住海棠）真是个好妹子!

　　　　　　（唱）下面已是阳关道,

　　　　　　　　　　悄悄回家莫招摇,

　　　　　　　　　　有道是好心必定有好报,

　　　　　　　　　　祝你早把鸿运交!

海　棠　　（跪拜）谢干娘!

五

　　　　　〔吟唱人上。

吟唱人　　（唱）彷徨回家乡,

　　　　　　　　　　家乡也非天堂。

　　　　　　　　　　人穷火气大,

　　　　　　　　　　海棠暗悲伤。

　　　　　　　　　　嫂嫂脾气犟,

　　　　　　　　　　哥哥病秧秧。

　　　　　　　　　　欲知日后事,

　　　　　　　　　　戏文长又长……（下）

　　　　　〔秋末,海棠兄家。

　　　　　〔空中传来雁叫和小儿笑声。

　　　　　〔海棠兄病恹恹地吸着叶子烟。

海棠兄　　（长叹一声）日子为啥这么难熬啊!

　　　　　　（唱）痨病害了一年多,

咳嗽吐血受折磨。

家里无钱难医治，

天天全是灌草药。

婆娘一急就冒火，

闹得我硬是——不想活！

[海棠嫂背背篼气呼呼地上。

海棠嫂 想死呀，没得那么安逸！

（唱）你害病弄得来田荒屋破，

我像老牛又把烂犁拖。

自家只有半合米，

还供她母子吃与喝！

[海棠母子的嬉笑声传来。

海棠兄 她不是正在地头挖红苕吗？

海棠嫂 （唱）那点事能挣米几颗？

再这样，只有累死才煞搁！（放下背篼）

海棠兄 那你说咋办？我总不能赶他们呀！

海棠嫂 （靠近丈夫，和蔼地）哪个让你去做那种事！而今碰巧有个好主
意，不仅她母子有依靠，我们还能得到些酬谢……

海棠兄 天下哪有这种好事？

海棠嫂 你听我说嘛！（激动地述说。海棠兄却默不作声）怎么样？你说
话呀！哼，不说算了，恶人我来当！（向外）海棠！

[海棠应声"来啰"，提锄上。

海　棠 嫂嫂叫我？

海棠嫂 嗯。

（唱）未开言，先抱歉，

若有不妥请包涵。

海　棠 （一愣）嫂嫂不必客气。

海棠嫂 （唱）你回娘家半年满，

照顾不周心难安。

海　棠 兄嫂恩德，我和寿哥至死不忘。

海棠嫂 （唱）只因为你哥有病我又不能干，

常常是缺米缺肉又缺盐。

这日子我和你哥倒习惯，

又怎能再让你们受熬煎？

海　棠　（明白了）嫂嫂放心，只要习猛回来，我们马上就走。

海棠嫂　（唱）非是为嫂把你们撵，

习老三是死是活悬悬悬……

海　棠　（不悦地）嫂嫂怎么这样说？

海棠嫂　（唱）马旅长的队伍早垮杆，

邓军长追剿败兵很凶残……

海　棠　（悲泪满面）你……们不要再说了！

海棠嫂　（唱）为嫂不怕你埋怨，

孤儿寡母太艰难。

长挨苦等惨惨惨，

倒不如找个人家得周全。

海　棠　（痛哭）不！我这阵实在是走投无路，如果兄嫂也不收留，我只
好带着寿哥去跳崖！（欲走）

海棠嫂　（一把抓住海棠）唉，你听我说完嘛！

（唱）刚才甲长来催税款，

提说道下河坝有个老鳏男。

他双脚残废半瘫痪，

却有两亩饱水田。

接个婆娘把他骗，

跟着老陕去了西安。

他吃喝起居须照管，

四处张罗要续弦。

你不如委屈嫁过去，

凑凑合合过几年……

海棠兄　唉，这也是没法的办法！

海棠嫂　（唱）哎呀，他本是快熄的油灯能几闪？

最多能活一两年！

到那时倘若习猛又出现，

你岂不得了丈夫又得田？

海　棠　　（痛苦万分，黯然无语）……

六

[吟唱人上。

吟唱人　　（唱）世间有如万花筒，

　　　　　　　　形形色色全包容。

　　　　　　　　圣洁莲花香天地，

　　　　　　　　天地间还有混世虫。

　　　　　　　　看官莫嫌人心坏，

　　　　　　　　常常鼓响警世钟……（下）

[三年后，初春。

[川南某县城一小院内外。

[场上暂时无人。

乐队鼓师　　（向内）赵烂龙，太阳晒屁股啰！

[赵副官一身便装，哈欠伸腰上。他衣襟不整，一副霉相。

赵副官　　（不悦地）哼，刚梦到捡银圆，哪个害了神经病，就把我吵
　　　　　　醒了？

乐队鼓师　　（回应）赵副官，是我。

赵副官　　（一惊）赵副官？我都忘了，你还记得？唉！

　　　　　　（唱）我越思越想越气胀，

　　　　　　　　想不到富家耍成光框框！

　　　　　　　　那一回旅长打败仗，

　　　　　　　　他输掉脑壳，我得了他的财产和婆娘。

　　　　　　　　来路不正怕漏相，

　　　　　　　　躲在这小县把夫妻装。

　　　　　　　　我赵某人从小就爱把福享，

　　　　　　　　有了钱哪怕摆排场！

　　　　　　　　夫人不敢把我搡，

　　　　　　　　我每天只为花钱忙。

说吃的，尽是那山珍海味、人参燕窝、鹿脯驼峰和熊掌。

说穿的，尽是那丝纱毛葛、绫罗绸缎，没有一件布衣裳。

端碗怕手烫，

走路怕脚伤。

仆役好几个，

包车也成双。

夫人她总想用恩爱拴着我，

越亲近我越嫌她老又黄。

借故常在赌场逛，

偷偷到妓院嫖嫩娼。

又去烟馆吐云雾，

在成都还耍过洋婆娘。

满以为我赵某操得亮，

没有钱，叫花对我也耍官腔！

啊，说着说着我的烟瘾上（呵欠）

鼻涕口水泪汪汪。

再不打条要把命丧，

〔帮腔：设法弄点她的小私方……

夫人！

〔马夫人恶狠狠地梳头上。

马夫人　今天，太阳从西方出来了？

赵副官　不，还是从东方升起……

马夫人　那你为啥不喊我彩云，改称夫人呢？

赵副官　哎呀，这叫礼多人不怪嘛。

马夫人　少打假叉，快说，你又在打老娘的啥主意？

赵副官　不，我是要痛改前非，决定出去做趟生意。把内江的白糖运到
　　　　上海，保险能赚大钱……

马夫人　（讥讽地）好呀，快去快去，赚了钱，我也好分几个……

赵副官　夫人说到哪去了，赚的钱都是夫人的。

马夫人　那就更好，快去快去。

赵副官　当然当然，只是做生意要本钱，我……

灰
阑
记

165

马夫人　（大怒）哼，我晓得你又在打鬼主意！我带来的财产，都被你葬光了，你还想干啥？我要是个黄花闺女，你早就把我卖了，你……快给老娘滚远些！

　　　　　〔将赵推出，关门下。

赵副官　（死乞白赖）哎呀，快开门，街邻盯到不好看。噫，这回硬是裁缝的脑壳——挡针（当真）了嗬！（学夫人）我要是黄花闺女，你早把我卖了。哼，要是有人要，我一定会把你变成钱！

　　　　　〔王团副便装上。

王团副　（唱）军座命我把夫人访，

　　　　　　　三年来找遍川南各城乡。

　　　　　　　人海茫茫难寻觅，

　　　　　　　真不知她在哪躲藏？

赵副官　（唱）看那人一身富贵相，

　　　　　　　定是财主或富商。

　　　　　　　故意将他撞一撞，

　　　　　　　一声道歉好搭腔。

　　　　　呀，对不起，碰到哪里没有？

王团副　不碍事。

赵副官　先生不是本地口音？

王团副　嗯，是路过这里……

赵副官　怎么转到这小街小巷？

王团副　（打量赵）呵，我在找人。

赵副官　（打起精神）是男人还是女人？

王团副　女人……

赵副官　（好不高兴）你算碰对了，这个院子里，就有位好……

王团副　（盯着他）好什么？

赵副官　（眉飞色舞）好姑娘呀，嘿，那姑娘又年轻，又漂亮……

王团副　赵副官，你怎么当起皮条客了？

赵副官　（大惊）你……你认识我？

王团副　不只认识你，还正在找你！

赵副官　（慌张地）你……不是在找女人吗？

王团副　找到你就能晓得马夫人的下落，对吧？

赵副官　你……你到底是……哪个？

王团副　我是二团团副，你怎么就忘了？……三年前观音寺唱《目连传》，是我向马旅长报告军情的……

赵副官　哦，想起来了！（惊吓地）这里是邓军长的地盘，你跑来干啥？

王团副　你咋个连全川的最大事件都不晓得？刘邓两位军长，在省主席的调停下，已经签了停火协议，原来各自的地盘，仍是各自的防区。邓军长的队伍，昨天就从这座县城撤走了……

赵副官　哦！

王团副　我离开成都时，刘军长已委了这个县的新县长……

赵副官　我的妈呀！

王团副　军座怀念马旅长，一直派我四处打听夫人和小少爷的下落……

赵副官　老天有眼！团座，夫人就在院子里。

王团副　你不是说是个姑娘吗？

赵副官　嘿、嘿……（自打圆场）我以为是邓军长的探子……误会误会……

王团副　没来头。快请夫人开门。

赵副官　好，好（转身敲门）夫人开门，夫人开门！

　　　　〔马夫人上，站在院子里。

马夫人　（叉腰大骂）你这个王八蛋，再不滚开，我就叫警察了。

王团副　（惊愕）这……是咋回事？

赵副官　哦，夫人丧夫失子，悲伤过度，常常会乱骂人，不碍事，说清楚就平息了。（向内）夫人，快开门，刘军长派原二团的王团副看望你来了！

马夫人　（气极）你这没良心的恶鬼，还敢再骗老娘！老娘到灶房拿菜刀和你拼了！（转身）

赵副官　夫人，我……赌咒……

王团副　（阻止）算了……（一脚踢开大门，向气极失态的马夫人行了个军礼）夫人！卑职奉刘军长的命令，寻找夫人少爷，然后接回成都。

马夫人　回成都？回成都干啥？

王团副	接受遗产。
马夫人 赵副官	（惊）接受遗产？
马夫人	那……老太爷呢？
王团副	马老太爷得知旅座殉职，悲痛过度，生了大病，去年初就仙逝了。生前，他写好遗嘱，交给刘军长，要将马家遗产，全部留给小少爷。所以，这两三年，我一直奉命在全川各地寻访……
马夫人	（大哭）我的儿呀！（撞向赵副官）你这个死鬼，我的儿在哪里？你……
王团副	（惊诧）怎么，小少爷……
赵副官	（任夫人撕打，急促地向王团副述说。然后转向马夫人）夫人莫生气，都怪我只顾保护你……我向你赌个死咒，就是拼死拼活，我也一定把少爷找回来，让你和少爷得到马家全部遗产……
马夫人	（扶在赵副官肩头痛哭）你这死鬼……

〔王团副厌恶地把头扭向一旁。

七

〔吟唱人上。

吟唱人　唉！

（唱）这真是好人难当，好事多磨，
　　　　短暂青春太蹉跎！
　　　　难道是天有定数，
　　　　难道该自怨命薄？
　　　　呵，休只看云暗日暮，
　　　　风雨后，那海棠红花灼灼！（下）

〔清明时节。海棠与寿哥上坟归来。她在院里的石桌前，收拾祭品，不觉心潮起伏。

海　棠　（感叹地）好快啊，他就走一个对年了！

（唱）见祭品，好心酸，

不觉至此已三年！

想当初含恨进门只觉天地暗，

他病卧床榻实可怜！

送亲的客人还莫走远，

我就想背起寿哥逃天边！

他抬起那干柴般的手杆把我唤，

他说道，不求真夫妻，

只求我隔床隔桌，说些闲话，

做些家务，好好陪他三五天！

我一下，心又软，

泪眼对泪眼，

抱头哭一场，竟如兄妹般。

从此后，他双足不灵还抢做事，

我我我也不知不觉有笑颜。

他要寿哥把干爹喊，

他对我妹子妹子叫得甜。

只盼奇迹能出现，

拖两年他还是抓着我手离人间。

虽是千般苦，

真爱留心田。

日后呀，我年年还会去祭奠，

习哥来，也让他三拜九叩在坟前……

〔习猛穿军装笑嘻嘻地背夹背上。

习　猛　我来啰！

海　棠　（悲喜交加，拥抱着他）你……

习　猛　（深情地）海棠呀！

　　　　（唱）离军营我立刻找到你哥哥家，

　　　　　　　他们说你已嫁人没办法。

　　　　　　　我多次隔沟望过你，

　　　　　　　悄悄逗过那娃娃……

海　棠　那你为啥不见我？

习　猛　（唱）乡邻说，你是那慈悲的观音把凡下，

　　　　　　　你若走那残废的人儿必自杀……

海　棠　他死了，你为啥还不来？

习　猛　（唱）我知你要过周年才肯嫁，

　　　　　　　我咬牙成全你这善菩萨。

海　棠　（热泪盈眶）苦了你了……

习　猛　不苦不苦。（放下夹背取出绣花鞋）这是给你的见面礼！

海　棠　（紧握绣鞋）我……（含泪微笑）也回敬一个你一天也没有带过的娃儿。（欲喊）寿……

习　猛　（掩她的口）莫忙，我早就想问你，我们又没有那个，你怎么说那娃儿是我的？

海　棠　哎呀！我咋个还忘了对你说喃！（海棠述说过场，习猛连连点头）

习　猛　（大舒一口气）原来是这么一回事。你这妈也当得太难了，我倒捡了个大便宜……啊，你知不知道，现今反正了？

海　棠　啥叫反正？

习　猛　反正……这么说吧，经省主席调解，邓军长把占我们刘军长的全盘退还。我们占他的也退了。如今，我还当上了军需，以后，让娃儿多读点书。

海　棠　好。（喊）寿哥，快来。

　　　　〔寿哥拿橘柑上。

寿　哥　啥事？

海　棠　来，给你爹行个时兴礼！

寿　哥　（向习猛鞠躬，跑向海棠）妈，我死了爹，怎么又来了个爹？

　　　　〔海棠为难地不知该如何说才好。

习　猛　寿哥，这件事，二天爹慢慢给你讲（又从夹背里取出一封糕点）快吃，这是城里四季斋的糟糕。（递给寿哥）

　　　　〔寿哥撕开封纸大吃起来。

　　　　〔海棠、习猛互相述说，神情又苦涩，又甜蜜。

　　　　〔士兵甲乙执枪悄悄上。

士兵乙　（对甲）就是她，化成灰我也能认出来！

士兵甲　对，那娃儿就必定是旅长的少爷。嘿，这回，我们真的要发财了！（持枪走近）不准动！

习　猛　（一惊）你们是干啥的？

士兵甲　你是哪部分的？

习　猛　我是混成旅一团三营八连的军需官。

士兵乙　那你站远点！我们是旅部特务连的。奉命寻找马旅长的少爷。（讥笑地走向海棠）嫂子，你还认得我吗？

海　棠　我……记不得了。

士兵甲　你记不得，我们却记得清清楚楚：马少爷是你偷走的！（上前抓寿哥）

习　猛　慢！你们到底是那个部队的？

士兵甲　你怎么还不清楚！当年，我们是邓军长的先遣队，现在是刘军长下面特务连的兵。奉命找回马少爷……

习　猛　还是不对……

士兵甲　有啥不对？我们反水，投了刘军长，懂吗？（抓住寿哥）

习　猛　（再次阻拦）不准动手！

士兵乙　（将习猛打翻在地）再动，老子崩了你！（对海棠）你这偷少爷的，等着坐班房吧！（与士兵甲抓寿哥，执枪慢慢退下）

　　　　〔幕内传来寿哥的哭喊声："妈妈……"

　　　　〔海棠大恸，昏了过去。

习　猛　海棠快醒醒，醒醒！我们进城告他们抢夺人子！

海　棠　（醒来）好，告，告！（高声）告！

八

　　　　〔法庭上下。

　　　　〔吟唱人上。一通锣鼓。

吟唱人　（唱）锣鼓一通响，

　　　　　　　法庭大门张，（法警举告示牌上）

　　　　　　　有冤的进来申冤，

　　　　　　　无冤的快些躲藏。

　　　　　〔又是一通锣鼓。

　　　　　　　锣鼓二通响，

　　　　　　　涉案人员快上场。（剧中人等上，各找方位站定）

　　　　　　　各自快去找地方。

　　　　　〔帮腔：站错位置要遭殃！

　　　　　〔又是一通锣鼓。

　　　　　　　锣鼓响三响。

　　　　　　　陪审推事快上场。（两推事左右上）

　　　　　　　法庭架势已摆好，

　　　　　　　只等法官上大堂。

两推事　（高声）请法官人人升堂！

法　官　（内应）来了！

　　　　　〔锣鼓声中，法官身背《六法全书》，背对观众，掩面而上。

众　　　（喧哗议论）他是哪个？为啥遮住脸面？

　　　　　〔法官舞动，终于露面，原来是王麻子……

　　　　　　哎呀，老熟人！

王麻子　（大笑）想不到吧！

　　　　　〔内唱：稀罕稀罕真稀罕，

众　　　（唱）王灵官咋个变成王法官？

王麻子　（唱）有人说是我家祖坟长了弯弯树，

　　　　　　　有人说是踩着狗屎把福添。

　　　　　　　哎呀呀，这些那些都不是，

　　　　　　　想知真情听我言。

　　　　　　　那年子因战乱我往成都赶，

　　　　　　　献首级军长嘉奖我忠义全。

　　　　　　　将军赞扬好体面，

　　　　　　　轻易就进了三庆班。

　　　　　　　显贵们常来把戏点，

　　　　　　　不是吹，我硬是唱红成都半边天！

　　　　　　　装斯文常把词曲念，

　　　　　　　军长让我把高参兼。

防区司令更是另眼看，

委我来此做法官。

千辞万推推不掉，

我真是光起脚板上刀山！

这《六法全书》装门面，（放在案上）

〔内：你看不懂！

王麻子　就是就是。

（唱）全凭良心辨忠奸。

我好比孙猴子登上云霄殿，

坐高座如同坐针毡！

（向推事甲）今天又是哪家的诉状？

推事甲　是马旅长的遗孀，状告使女海棠偷了她的儿子。

王麻子　哦！（向推事乙）你呢？

推事乙　是马旅长的使女海棠，状告马夫人派士兵抢了她的儿子……

王麻子　这就怪了！马夫人自己有儿子，为什么还派兵去抢使女的儿子？

使女有儿子，为什么还要去偷夫人的儿子……

两推事　大人，她们讲的是同一个娃儿。

王麻子　怎么会是同一个娃儿？本法官就更糊涂了！哦，快把诉状给我！

（接到诉状，观看）啊，明白了，传马夫人！

〔马夫人昂首挺胸上。先给自己的支持者打招呼，再面向法官注

视：哦，是你？

王麻子　（笑）是我，请夫人述说案情。

马夫人　（得意地）灵官——哦，法官请听！

（唱）那一日城池将破大混乱，

公馆里头也乱翻翻。

我叫海棠把小儿管，

她趁机偷走我的小心肝！

为寻儿我川南川西都找遍，

为寻儿我登报、悬赏又派侦探。

日前才把她找到，

请判她偷窃爱子罪滔天！

王麻子　　哦!（指左侧）你们这些人证呢?

赵副官等　（唱）这事我们都亲眼见,

　　　　　　　　你一定要当包青天!（嘻笑）

王麻子　　（拍惊堂木）不准嘻笑! 传海棠。

两推事　　传海棠!

　　　　　　[海棠内唱: 一听法官喊传唤,

　　　　　　[海棠上。

海　棠　　（唱）海棠不禁泪涟涟。

　　　　　　　　那日夫人要逃难,

　　　　　　　　抛弃小寿哥, 只带银和钱。

　　　　　　　　敌军搜府要把寿哥斩,

　　　　　　　　我才冒死抱他出城垣。

　　　　　　　　以后所遇千般苦,

　　　　　　　　海棠有口也难尽言。

　　　　　　　　求法官将儿判给我,

　　　　　　　　我天天烧香敬法官。

王麻子　　（指右侧）你们这些人证呢?

习猛等　　（唱）夫人弃子情义断,

　　　　　　　　海棠抚幼慈母般。

　　　　　　　　请把寿哥判给海棠!

赵副官等　判给夫人!

王麻子　　（又拍惊堂木）肃静! 哎呀!

　　　　　（唱）这个案子还真难断,

　　　　　　　　看似简单判决难。（翻书）

　　　　　　　　《六法全书》翻个遍,

　　　　　　　　断给谁都不周全。

　　　　　　　　倒不如一刀劈两半, ……

众　　　　（大吼）要得啥啊!

王麻子　　（唱）哎呀呀! 我说的是遗产。

马夫人　　（唱）给她一半我也心不甘!

海　棠　　（唱）大人呀, 再多的银钱我也不要,

　　　　　　只求母子能团圆……

习　猛　（大声）说得好！

马夫人　好？我还不愿意呢！大人，我们已经请了律师，按血缘，寿哥
　　　　必须归我。

习　猛　法官，我们也请了律师。按实情，寿哥的监护人，只能是海棠。

王麻子　（拍案）都给我闭嘴，本法官自有道理！

　　　　（唱）俗话说戏上的剧情来世间，

　　　　　　　世间疑难把戏参。

　　　　　　　叫法警快取石灰面，

　　　　　　　在台下画个圆圈圈。

　　　　　　　两个推事两边站，

　　　　　　　你两个原告被告站两边。

　　　　　　　把娃儿放在中心点。

　　　　　　　想当亲妈就使劲把他往外牵。

　　　　　　　谁把寿哥拉圈外，

　　　　　　　娃儿遗产全得完。

　　　　〔众哄闹。

王麻子　（拍惊堂木）

　　　　（唱）法庭上只有本官说了算，

　　　　　　　乱喧哗谨防挨皮鞭。

　　　　　　　各自快按吩咐办……

　　　　〔法警、推事、马夫人、海棠各行其是。

众　　　（唱）这王麻子不知挽的是啥圈圈？

　　　　〔法警牵出寿哥。寿哥扑向海棠，被法警拉开，寿哥哭闹。

　　　　〔王麻子下，走到寿哥面前，递了一个糖果给他，牵着他边走
　　　　边说。

王麻子　（唱）乖娃娃，休哭喊，

　　　　　　伯伯有话对你言。

　　　　　　想亲妈你就圈中站，

　　　　　　只等伯伯喊二三。

　　　　　　想跟谁你就往谁身边展，

出了圈，你们母子就团圆！

寿　哥　（破涕为笑）懂了，和我们玩拉干儿子一样……

王麻子　（高兴地）乖、乖！

　　　　〔众人兴奋起来。

赵副官等　（逢迎地）夫人呀！

　　　　（唱）你富泰强壮又仙健，

　　　　　　　一搭手，少爷他就出圈圈！

　　　　〔马夫人得意地点头。

习猛等　（高兴地）海棠呀！

　　　　（唱）你天天劳作把身子练，

　　　　　　　只一拉，寿哥就到你身边！

　　　　〔海棠黯然不语。

王麻子　（唱）你二人各拉一只小手杆（拉手）

　　　　　　　听指挥我喊一、二、三。

　　　　　　　一、二、三，拉！

　　　　〔海棠、马夫人拉扯寿哥，法庭哄闹起来。

赵副官等　夫人加油！

马夫人　（唱）老娘拉儿把衣袖卷，

　　　　　　　拼命也得赢这盘！

　　　　　　　是否疼痛我不管，

　　　　　　　心头想的是钱、钱、钱！

习猛等　海棠展劲！

海　棠　（唱）想儿就得把劲展，

　　　　　　　见儿疼痛我心酸。

　　　　　　　拉他我不敢，放他又不愿，

寿　哥　（哭）妈，我好痛啊……

海　棠　（唱）他一哭，我心犹如万箭穿！

　　　　　　　寿哥啊，

　　　　　　　妈拉你放你都是爱，

　　　　　　　为什么爱你这么难……

赵副官等　夫人快拉！

习猛等	海棠快拉！
海　棠	（唱）再用劲，寿哥的手杆必弄断，（放手）
马夫人	（唱）呀，稍搭力，他就出了圆圈圈！
	（狂喜，白）我赢了，赢了！
马副官等	夫人有福，夫人万岁！（尖叫）
习猛等	（失望地）海棠，你……
海　棠	（大放悲声）不……不要说了……
寿　哥	（扑向海棠）妈，妈……（大哭）你为啥不要我……
海　棠	（抱着寿哥）孩子……妈……对不起你，妈……怕……
赵副官	（来抢寿哥）放手！
王麻子	（严肃地）各自站好，听本法官宣判！（走向审判台）
	（唱）得意的先收笑脸，

得意的先收笑脸，

　　哭泣者把泪擦干。

　　断案依法理，

　　情义更为先。

　　真爱假爱难判断，

　　本官挽了一个小圈圈。

　　休看这圈圈撒的是石灰面，

　　胜过钢筋铁栅栏。

　　马夫人只图占遗产，

　　哪管幼儿喊皇天。

　　海棠才是真慈母，

　　怕伤儿，千金万金视等闲。

　　这事本官也感叹，

　　此刻正式把判宣：

　　海棠快带寿哥去领遗产（交判决书）。

（指马夫人）你已败诉去一边！

马夫人	我不服，我要再上告，去找刘军长裁决！（下）
赵副官	走，陪夫人去见刘军长！（与拥护夫人的支持者下）
	［习猛等向海棠祝贺，海棠牵着寿哥，向大家致谢。
王麻子	（旁白）噫，她去找刘军长，事情就麻烦了！俗话说，心重

情，法重理，强权之下顶个屁！要是刘军长发噪音，我这判决岂不成了一张废纸？海棠母子的将来更难预料，该让她快些拿着判决书去领遗产才是……（向大家）审判完毕，诸位请便，我要休庭关门了！

〔众下。

〔吟唱人上。

吟唱人　（唱）一出《灰阑记》，

　　　　　　　扬名四海知。

　　　　　　　心重情，法重理，

　　　　　　　强权之下化为泥。

　　　　　　　曲尽意未尽，

　　　　　　　日后再相期！

〔全剧终。

2008 年 3 月写于广汉

2009 年 7 月改于贵阳

2014 年 12 月再改于广汉

新乔老爷奇遇

（戏曲电视连续剧）

世上有，戏上有，

满台生旦净末丑。

戏上有，世上有，

人生道路太难走。

哭的哭，吼的吼，

变脸吐火翻筋斗。

戏上是非好看透，

世上名利抢不休。

嘻嘻哈哈开笑口，

真情善意心中留！

——《新乔老爷奇遇》主题歌

第一集

[某县玉皇观。

[元宵之夜，玉皇观的灯会十分热闹。观中的玉皇灯，杆高四丈，顶棚有巨大的红色三角灯。两旁绳索上共挂各种彩灯一百零八盏。灯杆上吊有"火树银花合，星桥铁锁开"的对联。观中内外，都有一组组花灯。灯上图案或神话，或戏文，或仙禽灵兽，或花鸟鱼虫，千姿百态，五光十色。各种小吃、杂耍前挤满游人。

群灯璀璨，游人如织。

〔幕后唱：月圆处处闹元宵，

花满灯棚酒满瓢。

不费千金闲觅得，

夜深还上七星桥。

〔幺妹拉乔溪走进玉皇观。乔溪很勉强："这花花绿绿、吵吵嚷

嚷，有啥看头！"

乔　溪　（唱）业精于勤荒于嬉，

灯火应照书砚笔！

幺　妹　（唱）我看你是迂夫子，

不知书外有稀奇！

乔　溪　啥稀奇？

幺　妹　（唱）稀奇事儿多无比。

〔帮腔：我母亲，才让你来长见识！

乔　溪　店妈是一片好意，可误了我一夜课读。

幺　妹　课读，书本上有舞狮子、耍龙灯吗？（乔摇头）看，龙灯，过

来了！

〔一阵龙灯舞过。

乔　溪　（兴高采烈）嗯，是好看！

幺　妹　（得意地）好看的还多得很。你跟着我走！

〔他们混入人群。

〔玉皇观八角亭。

〔亭子四周挂满各色小灯。蓝龙、蓝虎各拿五色纸条上。

蓝　龙　（唱）我弟兄本也是书香门第，

蓝　虎　（唱）不争气好嫖赌倒灶背时。

蓝　龙　（唱）元宵节玉皇观闹热无比，

蓝　虎　（唱）兄弟俩来这里找点缝隙。

蓝　龙　（唱）读书人好斯文喜欢猜谜，

蓝　虎　（唱）我们就投其好弄点数的。

蓝　龙　（唱）当衣裳凑本钱条子贴起，

蓝　虎　（唱）放长线下滚钩好钓大鱼。

　　　　〔蓝龙、蓝虎两人在灯下挂上卷着的纸条。乔溪与幺妹从八角亭
　　　　经过。

乔　溪　（乐滋滋）好呀！

　　　　（唱）鼓吹连天沸五门，

　　　　　　　灯山万炬动黄昏。

　　　　　　　美人与月正同色，

　　　　　　　客子折梅空断魂……

幺　妹　你念的啥哟？

乔　溪　陆放翁的诗。你听得懂吗？

幺　妹　听不懂。

乔　溪　那就不念了。（指八角亭）噫，那是干啥的？

幺　妹　猜灯谜的！

乔　溪　哦，我正好以文会友。

幺　妹　乔老爷，千万去不得。那蓝龙、蓝虎，是我们县出了名的烂文
　　　　人，心中尽是鬼转转，粘倒就脱不倒手。

乔　溪　不怕，猜灯谜是比才学。走。

　　　　〔玉皇观八角亭。

　　　　〔几个游人正围着一张折叠好的纸条。乔溪与幺妹挤了过去。

蓝　龙　各位，愿猜的就把银子摆起，一钱银子一个谜语。

　　　　〔众人都不肯拿钱出来。

　　　　〔蓝龙向蓝虎使眼色。蓝虎走到乔溪面前。

蓝　虎　这位相公，定是文章魁首。来，以文会友，娱乐娱乐。

乔　溪　好呀，我出一两银子！

　　　　〔众人惊异地望着乔溪。

幺　妹　（拉他）乔老爷，十文钱就紧合适了。

蓝　龙　小幺妹，人家有兴，你拦啥子？输赢都是一两，怕啥！

　　　　〔蓝龙也拿出一两银子。

乔　溪　好。（放下银子）请出字谜！

　　　　〔蓝龙奸笑着把那叠好的纸条拉开，朗朗念道："一个同字少左

边，一个骡儿少右边，眼睛旁边栽树木，女子有口不能言。古
人名破！"

乔　溪　（哈哈大笑）这就值两银子？我猜着了：司马相如。

　　　〔蓝氏兄弟哑口无言。

幺　妹　（伸手）银子拿来，乔老爷，我们走。

蓝　虎　（急忙按住银子）莫忙莫忙。银子在这里，飞不脱走不掉。先生
再猜一个，中了，我们一赔二。

　　　〔蓝虎又摸出一两银子。

乔　溪　好呀！你们选个深沉点的！

　　　〔蓝龙在灯下东找西找，选了一条打开念道："楚有二臣，伍尚、
伍员。平王欲杀兄存弟，又欲杀弟存兄，终于恕免，去其武职。
一字破！"

　　　〔蓝虎嬉笑。

　　　〔众人瞧着乔溪。

乔　溪　（一想，笑着说）是个赏字，对吗？

　　　〔蓝氏兄弟，相对无言。

看客甲　（嬉笑）今天要输死这对烂舅子！

　　　〔幺妹要收银子，乔溪没有尽兴。

乔　溪　二位还有啥好对子？

　　　〔二蓝对视，不敢言语。

乔　溪　这样吧，我出一字谜，你们猜着了，银子全拿去。

蓝　虎　要是猜不着呢？

乔　溪　那我就只好小见了。

蓝　龙　咳，都是读书人，我们哪能占学兄的便宜？这样吧，我们输，
另赔三两银子！

　　　〔蓝虎拉蓝龙，蓝龙不理。

乔　溪　（笑了笑）那就一言为定。（稍一思忖）请听好：一石头打下来，
一棍子挡住，贴起两个眼睛，怕要把二位难住！一字破。请猜。

　　　〔二蓝惶然不知。

幺　妹　（讥笑）你们猜不出吧？快拿银子来！

蓝　虎　哥，我的银子放在褡裢里，褡裢在观外茶铺头。我去取，你陪

这位先生。

　　　　［拔腿就跑。

蓝　龙　你跑啥？我的裹兜在观中的客房里，我去拿来就是。

　　　　［他也跑了。

众　人　（哈哈大笑）啥子烂龙烂虎，原来是一对梭老二。

乔　溪　（笑着说）都是闹着玩的，何必认真？么妹，拿起银子，我
　　　　们走。

看客甲　老师，你打的到底是啥子字？

乔　溪　（开心地）连蒙童都认得的六字，却把他们考住，可笑呀可
　　　　笑……

　　　　［玉皇观。

　　　　［一个土台上安放着刘海戏金蟾组灯。

　　　　［皮金从土台背后钻出来。

皮　金　（左右张望）人家来看灯，我找半瓜精！

皮　金　（唱）左思右想暗思量，

　　　　　［帮腔：皮金他，玉皇观里编筐筐。

　　　　（唱）想从前我家好劲仗，

　　　　　　　吹口气十里之外也闻香。

　　　　　　　出租房地营典当，

　　　　　　　金银满窖谷满仓。

　　　　　　　说吃的，尽是那山珍海味、人参燕窝、鹿脯驼峰和熊掌。

　　　　　　　论穿的，尽是那绫罗绸缎、丝绵狐裘，没有一件布衣裳。

　　　　　　　端碗我怕把手烫，

　　　　　　　走路我怕脚板伤。

　　　　　　　我老倌又与官府有来往，

　　　　　　　天天是车马盈门客满堂。

　　　　　　　东厢房牌九场合闹嚷嚷，

　　　　　　　西厢房红宝骰子整得嗡。

　　　　　　　六角亭还有歌姬在弹唱，

　　　　　［帮腔：就像今天的麻将房！

（唱）天生我聪明伶俐会捡样，

三看两摸倒成内行。

人人在说个个讲，

夸我皮金非寻常。

就这样赌场妓院日夜闯，

闲无事打猎练拳弄刀枪。

赌场输银两，伤人付药汤，

转眼间家务弄得零打光！

钱葬完没人再来交往，

熟人也把生人装。

说学识，子曰诗云我早搞忘，

要下力，我又觉得羞得慌。

白天就在赌场逛，

到黑夜，迎贤店里睡柴房。

今晚黑我在这里下个网，

弄到钱，才好翻梢去赌场。

哟，老坎来了！待我把套子上好。（他摸出一个小钱，抛向空中，又稳稳接住）来来来，押麻雀宝！公平交易，高尚娱乐。

〔玉皇观。

〔刘海戏金蟾组灯旁。人群走过，后面跟着乔溪与幺妹。

皮　金　（主动迎上）：乔老爷，你也来看灯呀！

乔　溪　呵，皮大哥，你也看灯？

皮　金　灯有啥看头，我在这里搞高尚娱乐。

幺　妹　（拉乔溪小声地）乔老爷，快走。和这个咕路子（赌棍）搭不得白。

乔　溪　（向幺妹笑了笑，然后向皮金）啥子高尚娱乐？

皮　金　押麻雀宝。你看，这小钱一面上有字，一面无字。我抛向天空，一下用手接住。你猜向上的一面，有字无字。猜倒就赢。

乔　溪　这简单嘛！

皮　金　不只简单，而且公平，全凭运气。乔老爷，我们来娱乐娱乐？

[乔溪刚要答话，一位家人打扮的老者，向乔溪拱手招呼，语气急促地："乔先生，你看见我家小姐了吗？"

乔　溪　（惑然不解）老丈，你是……

老　者　那天，在"各说阁"茶馆，我和两个老庚，听你说古。你忘了？

乔　溪　哦，可你家小姐，我咋会认识？

[老者敲自己的脑袋："咳，我快急疯了！"

老　者　（唱）我小姐黄丽娟闺中女子，

　　　　　　老奴我叫黄义家住城西。

　　　　　　老夫人命我陪她来观里，

　　　　　　景多人挤两相失。

　　　　　　小姐她深居闺阃少涉世，

　　　　　　我怕坏人将她欺……

乔　溪　这倒也是……你小姐什么模样，我若遇见，让她哪里找你？

黄　义　（唱）我小姐年方二八很秀气，

　　　　　　带着个丫头春英憨痴痴。

　　　　　　若是小姐遇见你，

　　　　　　告诉她我等在观门很着急！

幺　妹　对，人找人，找死人。你就站在观门外的石狮子正面等着。

黄　义　多谢你们这些好心人！疾速地往外走去。

皮　金　乔老爷，来，压几手！

乔　溪　（随意地）好，讨个吉利。皮大哥，我们两百文为限。

皮　金　要得要得！（将小钱在手中摇动）

[幺妹噘起小嘴。

[玉皇观。

[钟鼓楼下，盘踞着一条五光十色的金龙灯。观灯的人在品评着。

[无赖张三，走出人群，朝外打量。

张　三　平生手段与天齐，坑人骗人人不知。咱家张三，人称拐子先锋。哄了别人钱财，也哄垮了自己的家当。虽然如此，在这元宵节时，还是约了个搭档，准备再施手段，弄点钱财。不知李四咋个还不梭出来？

李　四　（慢慢走来）张三哥，这种损阴丧德的事，还是不做为好……

张　三　（尖刻地）哟，你也想当正人君子？好呀！把过去分的钱吐出来，你我分道扬镳！

李　四　三哥……

张　三　（缓和地）李老四，今天一起把生意做了，以后就随你。不然，休想我放过你！

李　四　（勉强地）三哥，就这一回啊！

张　三　晓得晓得。来，你装跛子，我装爪手，演习演习。

　　　　〔二人表演残废人的身段手法。

张　三　（张望）花花公子徐子元来了，你我快些躲躲，等候出场。

　　　　〔张、李躲到金龙灯后。

　　　　〔徐子元带着小厮兴冲冲地走过来。

徐子元　（唱）元宵观灯，

　　　　　　　美女如云。

　　　　　　　这一个粉白鲜嫩，

　　　　　　　那一位勾我三魂。

　　　　　　　只要肯同床共枕，

　　　　　　　徐哥我岂吝金银！

　　　　　　　恨只恨人流滚滚，

　　　　　　　我好比乌鸦追云……

　　　　〔张三、李四走了过来。

张　三　徐公爷，你也老远来观灯呀！

徐子元　（应付地）嗯，你们是……

张　三　公爷真是贵人多忘事！怎么就记不得我们了？

张　三　（唱）我们虽手爪足断，眼儿却尖。

李　四　（唱）学有巧手段，能捕美婵娟。

张　三　（唱）手中有红线，定把娇娘拴。

李　四　（唱）上月在贵县，

张　三　（唱）翠香楼，正是小人把线牵……

徐子元　（搔头）是你们！

张　三　（唱）我怀揣迷魂药，

李　四　（唱）我手握点春丹。

张　三　（唱）无论你对谁生爱恋，

李　四　（唱）包教她乖乖走到你跟前！

徐子元　你们有法术？

张　三　不敢说法术，师父传的门门门，却灵验得很。

徐子元　那我就试试。他向人群张望。

　　　　〔黄丽娟与丫头春英边看边向这里走来。

徐子元　（惊喜地）呀！

徐子元　（唱）那小姐，多美貌，

　　　　　　　长了一个柳条腰。

　　　　　　　多美貌，柳条腰，

　　　　　　　我直想拉着她喊娇娇。

徐子元　（向张、李）就是她，快给我弄来。

张　三　（伸手）那就拿来。

徐子元　啥东西？

张　三　赏银。

徐子元　一手交货，一手交钱。

张　三　好。（向李四）去把那位小姐迷过来。

李　四　公爷，你看我的。

　　　　〔李四走到黄丽娟的身后，装神弄鬼。

　　　　〔张三上前，挡住徐子元的视线。李四趁黄不注意，偷了她头上的金钗。

　　　　〔黄丽娟毫未察觉，与春英继续观灯。

　　　　〔徐子元推开张三，贪婪地望着黄丽娟。

　　　　〔李四向黄丽娟行礼说话。黄丽娟吃惊地摸了摸自己的秀发。李四指着徐子元，继续向黄小姐说话。

　　　　〔黄小姐笑着点头，朝徐子元走来。

张　三　（着急地）事成了，快拿钱来。

徐子元　走拢再给。

张　三　她走拢，你们就要说悄悄话，我岂不成了不该亮的油壶子？

徐子元　（满意地）嗯，知趣。赏你们二两银子。给银子。

张　三　多谢公爷。

　　　　　〔接过银子，示意李四，各朝一方溜走。

　　　　　〔黄丽娟与春英走来。

黄丽娟　（向徐子元行礼）多谢公子好意。

徐子元　（喜出望外）哪里哪里，学生得谢小姐垂爱。

　　　　　〔黄丽娟一愣。

徐子元　（色眯眯的）小姐，我们走。

黄丽娟　（诧异地）哪去？

徐子元　先到天香楼小酌，再到高唐馆欢娱呀！

黄丽娟　（正色地）公子，你怎么说出这种不正经的话来？

徐子元　（轻蔑地）哎呀，你何必假正经。若是不干，过来干啥？

黄丽娟　讨回我的金钗呀！

春　英　刚才那位跛大哥说，你捡到我们小姐的金钗，要退给小姐。那跛哥说话时，我看见你不住地点头。这阵又胡说八道，难道想打来吃起？

徐子元　（大叫）霉起鬼了，哪个捡到你小姐的金钗？

春　英　那你点头干啥？

徐子元　是那跛子、爪手说能让你们小姐过来与我共度春宵……

黄丽娟　（拉春英）别与这流氓多说，我们找老院哥告官去！

　　　　　〔拉春英急忙走开。

徐子元　（气得吹胡子瞪眼）这两个混蛋，竟敢骗我徐公爷！我非狠狠医治他们不可！（向小厮发脾气）你站着干啥？找那两龟儿子算账去！

　　　　　〔气呼呼地奔下。

　　　　　〔玉皇观。

　　　　　〔刘海戏金蟾组灯下，幺妹、乔溪正与皮金争吵。

幺　妹　你分明作假，还狡辩什么？

皮　金　我……只不过大拇指碰着了小钱……

幺　妹　啥子碰着，你明明在翻面！

乔　溪	皮金呀，君子爱财，取之有道。几文钱事小，德性坏啰不得了……
皮　金	不要说这么多，我退你十文就是……
幺　妹	全退，还要罚你……

　　［这时，一阵喊声："抓住！"

　　［黄丽娟和春英飞跑而来。

乔　溪	（放开皮金，拦住询问）小姐，啥事？
黄丽娟	后面有恶少追我们……
乔　溪	小姐贵姓？
春　英	我们姓黄……
乔　溪	你是黄丽娟小姐？（黄丽娟点头）你们的老院哥正在等你。幺妹，快陪她们去。
春　英	那恶少追得急……
乔　溪	你们快走，我来抵挡……
幺　妹	（热情地）黄小姐，我们走。

　　［皮金见乔溪不与自己纠缠，乐得站在一旁看热闹。

　　［又见一阵喊声："蓝公子过来了，闲人闪开！"

　　［乔溪偏偏站在路中央。

　　［蓝木斯追得很急，一下子撞着乔溪，两人双双倒地。

家丁甲	哦哟，少爷，奴才扶你。（去扶蓝木斯。）
乔　溪	（捂着腰）唉，怎么不懂规矩？要先扶我老爷，再管少爷嘛！
蓝木斯	（站起）大胆狂生，挡我干啥？
乔　溪	小子无礼！为啥撞我？
蓝木斯	给我打！

　　［众家丁围殴乔溪，皮金嬉笑。乔溪乘机闪出，扭住蓝木斯。

乔　溪	你这恶少，撞倒了我乔老爷，还出手打人，真是岂有此理！还不快去请郎中，给我医腰杆！
蓝木斯	（蛮横地）给你医腰杆，你可知我是什么人？
乔　溪	不是人，是不讲礼的东西！
蓝木斯	（怒不可遏）你……你看清楚，我是堂堂天官之子蓝木斯！
众家丁	（仗势骂）瞎了你的豆豉眼！

乔　溪　管你烂布丝，萝卜丝，青椒肉丝，撞着我乔老爷……

众家丁　快给少爷赔罪！

乔　溪　赔罪不算事，要把老爷的腰杆医好，你们才走得脱！

蓝木斯　（心急火燎）你真是个不知死活的蠢物。来，把他捆绑送官！

乔　溪　哼，老爷正想与你去见官。走！

家丁甲　少爷，追美人事急，何必与他纠缠？

蓝木斯　哦！（向乔溪）公子这阵有事，饶你狗东西多活一夜！

乔　溪　老爷我却不想让你这狗东西多活一夜！走！走！

蓝木斯　走就走。到了官府，你才晓得蛇是冷的！

家丁乙　少爷，再不追，那美人就溜了！

蓝木斯　（向乔溪）今天算你运气好，我饶了你。（招呼家丁）我们走！

乔　溪　（拉着蓝木斯）你娃娃仗势欺人，老爷却饶不了你！

蓝木斯　你放不放手？

乔　溪　不放！

蓝木斯　（忍了一口气）好，好，好，算你赢了！

众家丁　少爷都说你赢了，快放手！

乔　溪　赢了不算，要赔我的腰杆！

蓝木斯　（气急）赔，上席坐着下席赔，去你妈的！（他将乔溪摔倒在地）
　　　　今天暂且饶你不死。二天再碰着，你才晓得我的厉害！（他带着
　　　　家丁飞奔而去）

皮　金　（大喊）蓝少爷，我晓得那女子在哪里……他打算前去邀功。
　　　　〔乔溪翻身爬起，几个趔趄，窜到皮金跟前，紧紧把他抓住。

皮　金　你……这是干啥？

乔　溪　干啥？我们的事还没有说清楚。你……你为啥要作假……

皮　金　姓乔的，快放开！

乔　溪　你说得脱，走得脱！

皮　金　你再肇，我就毛了！

乔　溪　不说清楚，老爷我更要毛……

皮　金　（急不可耐）你……

乔　溪　你……

　　　　〔这时，幺妹笑嘻嘻地跑了回来。

幺　妹　乔老爷，黄小姐她们走了。

乔　溪　（放开皮金，哈哈大笑）谢天谢地。（捂着腰）哎哟，哎哟……

幺　妹　哟，你还让他们打着了哩。走，我搀你回去！

乔　溪　（摇头）唉，这些大官的娃娃，也太歪了，哎哟，哎哟……

　　　　〔幺妹搀扶着乔溪，慢慢走开。

皮　金　（气得七窍生烟）这个书呆子，误了我的好事，我非收拾他不可。（想了想，恶毒地笑着）老子今晚黑，去到上房，把他偷得精光，看他还神气不神气！

　　　　〔迎贤店外。

　　　　〔夜深人静。皮金走矮子步上。

　　　　皮金偷乔溪，打假叉，说去乡里，以免得店家生疑。听谯楼鼓响三记，我正好越墙穿壁。呀！看对面灯笼亮起……（躲闪观看）

　　　　〔金狗儿提着灯笼上。

皮　金　原来是老贼金奇！（压低嗓门）金狗儿！

金狗儿　（用灯笼照）哟，我默倒是哪个，才是你皮筋筋，把我吓一跳。

皮　金　你半夜三更，打个灯笼做啥？

金狗儿　这阵还能做啥，只有做贼嘛！

皮　金　你做贼还打灯笼？

金狗儿　不打灯笼，咋找得着值钱的东西？不找到值钱的东西，何必耽搁瞌睡？

皮　金　你就不怕被人家逮着？

金狗儿　逮着，你看我灯笼上写的是什么？

皮　金　我认不得。

金狗儿　我写的是光明正大。

皮　金　偷东西还光明正大？

金狗儿　你光明正大地偷，就没得人逮你。你偷偷摸摸，十回就有九回要遭！

皮　金　我不信！

金狗儿　不信！

金狗儿 （唱）你娃只在赌场混，

哪知偷盗学问深。

自古来，只许州官把火放，

谁准百姓点油灯？

公堂上光明正大挂得正，

却不少嘴说清廉暗偷银。

偷颗钉子要废命，

偷座江山坐龙庭。

我行窃，全凭这灯笼来指引。

偷官家，他掉得越多越不吭声。

这个主意灵得很，

不信你也来试试行不行？

皮　金 （摇头）你走你的阳关道，我过我的独木桥！

金狗儿 那你娃娃只好穷一辈子。（提灯下）

皮　金 （讥笑）真是个老瓜娃子，当官的能正大光明地偷，你一个小百
姓学得了吗？哦，那乔溪终于熄灯就寝，待我越墙而入。正是：
灯会上，你把我的财运断，我要你明日哭皇天！

　　　　［迎贤店上房。

　　　　［乔溪沉入梦乡，面带笑容。

　　　　［门外，皮金越墙而入。

　　　　［幕内唱：叹乔溪偶有游兴，

　　　　　　　　　又谁知祸起三更！

第二集

　　　　［迎贤店。

　　　　［深夜。上房。

　　　　［借着月光，可以瞧见乔溪仰卧在床，沉入梦乡。

　　　　［皮金翻上。

皮　金 （唱）风吹影动夜沉沉，

　　　　　　梁上君子是皮金。

　　　　　　乔溪刚睡不会醒，

　　　　　　顺墙而下盗金银！

　　〔皮金顺墙而下，在书案，在抽屉翻找钱财，把书案上的镇纸，
扫落在地。

乔　溪　（一惊而起）噫，啥东西？

　　〔皮金忙学老鼠吱吱叫着，顺墙爬上。叮当几响，一枚小钱，从
兜里滚了下来。

　　〔乔溪下床用火镰点灯。找得镇纸，捡起铜钱，嘟囔着说："这
耗子也太凶了，把啥子东西都弄地上。"他把镇纸放在案上，铜
钱揣进衣兜，望了望窗外："快天亮了，赶紧睡一会儿。"

　　〔他又熄灯就寝。

　　〔皮金蹲在梁上。

皮　金　（唱）他的裹兜没乱放，

　　　　　　定是在他枕下藏！

　　　　　　如何能到我手掌？

　　　　　　我得快些编筐筐……

　　啊，有了。

　　〔乔溪微起鼾声。皮金又顺墙而下，摸到案前，将火石揣入怀
中，去到墙角，吱吱叫着，撕扯乔溪挂在衣架上的长衫。

乔　溪　（醒来）哎呀，不好，咬烂我的拜客衫衫，就惨了！

　　〔他下床用手去摸火石。火石摸不着，就直扑墙角"撵老鼠"。

　　〔皮金吱吱叫着，把乔溪引向一边，乔溪返床，提起衣衫去扑
耗子。

　　〔皮金吱吱叫着。乔溪匍匐在地捉"老鼠"，皮金趁机溜走。到
床头，摸起枕下装钱的裹兜，无声暗笑。

　　〔乔溪还趴在地上，用手去逮："这下看你往哪跑！"

　　〔皮金顺墙而上，多少有些响声。

乔　溪　噫，又跑了？（摸完衣服）唉，硬是梭了哩！算了，可恶，可
恶！（走向床前）耗子精，你要是再吵我的瞌睡，逮着你，就没
得松活的！

〔皮金越墙而去。

〔乔溪又上床睡觉。

〔赌场。

〔深夜。赌场十分热闹。有押宝掷骰的，有打纸牌的。呼幺叫六
震耳欲聋。

〔有年轻的女人，端茶送水，上点心。

〔赌徒们向皮金讨债，皮金大方还债。

〔皮金押红宝，输得两眼发呆，最后开始赖账。

〔皮金被老板和打手推出赌场。

〔迎贤店。

〔账房前。

〔乔溪与店婆争吵，幺妹在劝解。

乔　溪　（痛心地）咆。

　　　　（唱）我乔某愿住迎贤店，

　　　　　　　　就求人财保平安。

　　　　　　　　今日银钱全被盗，

　　　　　　　　叫我如何去岭南？

店　婆　（唱）你钱财未交账房管，

　　　　　　　　遗失与我何相干？

乔　溪　（唱）你不管我就去报案！

幺　妹　（唱）这种事巡检司里堆如山，

　　　　　　　　不如大家都让点……

店　婆　（唱）鬼女子，我看你手杆往外弯！

幺　妹　（唱）和气生财人心暖，

　　　　　　　　大家商量解危难。

　　　　　　　　乔老爷，你还可暂住我们店，

　　　　　〔帮腔：信告亲友求支援。

皮　金　（从外面走来）噫，店里出啥事了？

幺　妹　乔老爷的钱财被盗。

皮　金　（心虚）幸好我不在。不然，你们一定会东猜西猜……

店　婆　你到哪去了？

皮　金　我不是向你大妈禀过，下乡去了吗？

幺　妹　你下乡干啥？

皮　金　唉，我老爹的坟山地，还有个角角空起。我老表的老表的表叔死了，要找块地下葬。我默倒卖给他们，好把欠你家的店钱付清……

幺　妹　卖了吗？

皮　金　（哭丧着脸）冤枉走一晚上的夜路。开始，铁板钉钉，咬口要买。后来，阴阳拿罗盘一打，说拿那个角角做阴宅，全家都死绝。哪还卖得脱！（嬉笑地）乔老爷，你没得钱，恐怕只有到柴房给我搭伴啰！

幺　妹　人家乔老爷有朋友，你有啥？哼，偷乔老爷，不得好死！

　　　　〔皮金打喷嚏"阿嚏！"

店　婆　皮金，你咋个啰？

皮　金　（掩饰地）转了一夜的坟山，着凉了，我去睡一会儿。急忙走开。

乔　溪　（唉声叹气）唉，得赶快写信求援。（往上房走去）

店　婆　幺妹，给他说一声，叫他搬到下房住。

幺　妹　妈，人家刚刚掉了钱……

店　婆　（不满地）这里是客店，不是慈善堂！

　　　　〔街上。
　　　　〔清晨。赵虎威风凛凛，率领差役押着一名重犯走过。
　　　　〔街道两旁，站满看热闹的。他们交头接耳，议论纷纷。

　　　　〔迎贤店。
　　　　〔店婆在擦拭招牌。

店　婆　（唱）店儿开了好几年——为钱，

　　　　　　　黎明即起夜迟眠——艰难。

　　　　　　　知宾待客嘴儿甜——老练，

招牌抹得光灿灿——显眼！

店　婆　（向门里）幺妹，你在干啥？

幺　妹　（手里拿着几支笔上）我在给乔老爷洗笔。

店　婆　啥子乔老爷，钱都没得，喊老乔就对了。这些事，让他自己做。你到柴房把皮金喊起来，就讲是我说的，喂条牲口也要落把粪嘛，他要赖着不走，就给店上挑水！

　　　　〔幺妹点头走开。

店　婆　唉，春节一完，生意就清淡多了。乔溪自从掉了银钱，信打了几封，铜板却没带一个来。伙食号钱，少说也欠了二三两银子。每次问他，都推说没有。大家不给钱，生意咋做？我得去催讨催讨。

　　　　〔迎贤店。下房的一间小门前。

店　婆　（板起脸，用手敲门）噫，老乔，青天白日，还把门关倒。你是月母子，怕冒风是不是？

　　　　〔下房内，乔溪坐在案前读书，听到店婆的话，抬头苦笑："又挖苦我来了，唉，丑媳妇难免见公婆，我只有硬着脑壳乘倒！"

乔　溪　（起身开门）原来是店妈，有礼。

店　婆　（走进房里）有米？有米就拿来煮起。（小声地）先看我的东西还在不在。（接着东张西望）

乔　溪　店妈，我刚才说的是礼，不是米。

店　婆　你是君子，讲的是虚礼。我是小人，讲的是财米。（伸手）请拿来！

乔　溪　（明知故问）拿什么？

店　婆　拿钱买米，买米煮起。

乔　溪　（摇头）鄙哉，钱欤！

店　婆　老乔，你不要孔夫子打屁——文气冲天，快把欠的伙食号钱拿来。

乔　溪　我此时一钱俱无，拿什么给你呀？

店　婆　你不拿钱买米，我拿啥煮给你？

乔　溪　店妈，我是不说过了吗，要钱得等一等。

店　婆　等到何年甚月？

乔　溪　岭南李观察接我过去教书，一定会把钱送来。那时，我连本带息，一并归还。店妈，我乔溪绝非无赖，此事请你不要再问了。

店　婆　我再问呢？

乔　溪　话说三道没人听！

店　婆　嗬，你欠我的钱不给，还嫌我问？

乔　溪　（故意耍笑）如今就是这样，欠账的是爷爷，要账的是孙子……

店　婆　放你娘的……（忍了忍嘴）我今天不想和你多说，要是不拿钱，就对不住了！

乔　溪　（气恼地）好呀，乔老爷就站在这里，看你把我咋样？

店　婆　吪，你硬是把我马干了？没得钱就朝下巴底下看！

乔　溪　（看胸前）下巴底下没啥呀？

店　婆　有。你穿的这件面衫，还有几分新色。要是没得钱，就脱下来拿给我去当。

乔　溪　店妈，你这话说得真笑人。

店　婆　当衣服有啥笑人？

乔　溪　俗话说得好，好汉你莫夸，还有二月桐子花。如今春寒料峭，谁肯脱衣与你去当呀？岂非笑话如何？

店　婆　吪，你今天硬酸够了！这阵，我把话就说清楚，没得钱，就当衣裳！

乔　溪　店妈，这衣裳是万万当不得的！

店　婆　那就拿钱来！

乔　溪　这钱……（急得像热锅上的蚂蚁）这回，她是裁缝脑壳——当真（挡针）了，我又怎处……呵，有了，有了，我去拿。（走向书案）

店　婆　（笑了）有就拿来。（得意地）我说嘛，你不开腔，他就不给钱，这回，干竹子也要把它榨出油！

乔　溪　（从抽屉里取出一副写好的对联，交给店婆）拿去！

店　婆　（接过）啥子？

乔　溪　我写的对联。这墨宝，许多文人雅士求之不得。你拿到街上去卖，定有好价钱。记住，记住，少了纹银二十两，不要脱手。

不然，我乔老爷就掉价了。

店　婆　（鄙夷地用手去摸乔溪的头）哟，你像在发烧！

乔　溪　我不烧呀！

店　婆　（把对联扔在地上）你不烧咋个会打胡乱说？你也不打听打听，我们这地方，书画家多得起窖窖……

乔　溪　多是些附庸风雅、吹出来的假斯文，没得几个上得了台盘……

店　婆　你这人说大话才不要本钱啊！给你说，你写的这些，（捡起对联，数落地）黢麻黑，一饼沾，送给人家糊壁头，倒找钱也没人要。（又把对联扔在地上）我要当衣裳……

乔　溪　（急忙捡起）我还舍不得呢！（把对联放到书案上）你实在要衣服也可以，就请稍等几天。

店　婆　几天？

乔　溪　春去夏至，你再拿去……

店　婆　（背着乔溪，轻蔑地）哼，这个人啰，比保宁醋还酸！我说要当他的衣裳，他叫我等几天。我心头还欢喜了一下，问他几天，他说春去夏至再拿去……明明是个当字，都不说出来，含到嘴里头，这味道好长哟！样子绷得梆老，尽给我两个水。哼，操这些，你倒是行呵！（向乔溪）老乔，你没得钱，又不肯当衣裳，你到底想干啥？

乔　溪　（笑着说）想请店妈开早饭……

幺　妹　（跑上来）妈，皮金说了，做点管人管钱的事可以，挑水不得行。

店　婆　为啥不得行？

幺　妹　他说有伤他大少爷的面子！

店　婆　吔，我硬是遇到了！一个溜酸，一个飞歪，不收拾收拾，我这迎贤店咋个开？幺妹，你去对皮金说，他不挑水就算了，我请他过来一下。

幺　妹　好。（又跑开了）

店　婆　老乔，你就坐在书桌前等着，我要给你上一顿最好的早饭。

乔　溪　不必专门弄菜，将就将就就行了。

店　婆　对你乔老爷，怎敢怠慢？

［她找了两根长板凳，放在房间中央，又搬了一条独凳，放在书

案旁坐下。

乔　溪　（疑惑起来）店妈，这早餐……

店　婆　不要慌，有你好吃的！

　　　　〔幺妹引皮金上。

皮　金　（唱）睡梦中穿绸盖锦，

　　　　　　　　醒来时烂床破门。

　　　　　　　　本来想翻身再困，

　　　　　　　　又害怕店婆吼声。

　　　　　　　　挑水事决不承应，

　　　　　　　　家务败派头要堃。

皮　金　店妈，幺妹说你请我？

店　婆　你皮公爷，我不请你，未必敢喊你？

皮　金　好说好说。哦，挑水的事，你就不必提谈了。如果当个先生管
　　　　事，我还可以屈居几天。

店　婆　我这座土地庙，哪容得下你这尊大菩萨，大少爷请便吧！

皮　金　你要撵我走？你弄清楚，是我们给你们带来财运的啊！

店　婆　我清楚得很！

皮　金　走就走，那破庙桥洞，又不是狗爬光的。住起来，宽敞得多呢！
　　　　（抬脚要走）

店　婆　皮金，你还没有结账呀！

皮　金　（横眉瞪眼）要钱莫得，要命倒有一条。

店　婆　你这条狗命，老娘拿来做啥！

皮　金　那你打算把我皮金咋办？

店　婆　家有家法，行有行规，你应该晓得咋办。

皮　金　（看见板凳，一惊）未必然是要我顶板凳？

店　婆　（冷笑）差不多。皮金，你也晓得老娘，没得几板斧，敢来开栈
　　　　房？今天，你要不扯拐，我们就在这房子里，把你的欠账了结。
　　　　要是扯五扯六，我就把你拖到大街上去出丑，让全县都晓得你
　　　　皮金不过是个烂眼儿……

皮　金　（一想）好汉不吃眼前亏。（向店婆谄笑）店妈，当侄儿的晓得
　　　　咋个做。（他走了两步，跪在地上，把板凳顶在头上）

店　婆　（摇头）不成不成。

皮　金　我懂。幺妹，快去拿碗水来放在板凳上。

店　婆　不，幺妹，你去舀碗油来，里头放根捻子。"

　　　　　〔幺妹下。

乔　溪　这店妈到底要玩什么名堂？

　　　　　〔幺妹拿油碗上。

店　婆　皮金，你起来！去把油碗拿着。

皮　金　（高兴地）啊，你放我一条生路，还打发我一碗清油，道谢道
　　　　谢！（他站起来，接过油碗，转身欲走）

店　婆　（大叫）站住！

　　　　　〔皮金吓得差点把油碗打掉。

店　婆　把油碗顶在头上，拿根火捻子点燃！

　　　　　〔幺妹嬉笑着拿来一根燃着的纸捻。

皮　金　（难过起来）那咋得行啊？

店　婆　不得行，就到街上讲理信！

皮　金　好，好，我告一下！

　　　　　〔皮金几经反复，点燃了头上的油灯。

皮　金　（高兴地用手端下头上燃着的油灯）嘿，总算过关了……

乔　溪　唉，真有点难为人……

店　婆　皮金，快放在脑壳上啊，戏才开台呢！

皮　金　（把油灯放在头上）还要干啥？

店　婆　钻板凳！

皮　金　我钻不过。

店　婆　钻不过我们就到街上钻！

皮　金　（无可奈何）好，好，我钻，我钻……

　　　　　〔皮金顶着碗钻板凳，店婆示意幺妹，让皮金钻了一根又一根，
　　　　弄得皮金气喘吁吁。

乔　溪　（看不过）店妈，皮大哥钻了，就饶了他吧！

店　婆　（讥讽地）哦，乔老爷给你讲情，这板凳就不钻了。

皮　金　多谢多谢！（向外背白）唉，我真不该偷他的东西……（取下油碗）

店　婆　顶起啊，不钻板凳，你……给我翻板凳！

皮　金　顶着碗，咋个翻？

店　婆　你不翻……

皮　金　（学店婆的声音）我们就到街上翻！（叹了一口气）好，我翻，
　　　　碗打烂了，我……

店　婆　（恶狠狠地）赔起！

幺　妹　你把细些嘛！

皮　金　那我又翻嘛！

　　　　［皮金翻板凳，店婆让他做各种高难动作，他都完成了。

乔　溪　皮大哥，你还有两手呀！

皮　金　（得意地）不瞒你说，那些年操大少爷的时候，我让杂耍班的师
　　　　傅教过，这些招式难不倒我。

店　婆　哟，你还能干嘛，那你就再玩一手！

皮　金　玩啥？

店　婆　顶着灯在地上打滚！

皮　金　师傅没有教过，我玩不转。

店　婆　玩不转也得玩，不玩……

皮　金　又上街？

幺　妹　差不多！

皮　金　好，那我就让你两娘母开开眼界！

　　　　［皮金在地上翻滚，油灯仍在头上。

　　　　［乔溪情不自禁地鼓起掌来："好，好！"

皮　金　（边做动作边说）好？等一会死店婆收起你的账来，你才晓得厉
　　　　害！（转向店婆）店妈，过场做完了。

店　婆　那你把灯吹了。

皮　金　好。（用手端头上的碗）

店　婆　把你的爪子放下来啊！

皮　金　那咋个吹得熄？

店　婆　吹不熄你就走不脱！

皮　金　好，我吹！

　　　　［几经周折，他终于把灯吹熄灯，把油碗交给幺妹。

皮　金　（向店婆）我皮金给你道谢了！

店　婆　（一把拉住他）慢！

皮　金　（惊愕地）你……你还要我做啥？

店　婆　幺妹，把火重新点起，给他放在头上。

　　　　〔幺妹点火，把油碗放在皮金头上。

店　婆　皮金，你灯已顶了，我们就算银钱两清。

皮　金　那还顶着干啥？

店　婆　你顶着油碗，翻个跟斗。碗不落，油不掉，火不熄，我送你二
　　　　两银子做盘缠。

皮　金　此话当真？

店　婆　绝非戏言！

皮　金　那我就先谢了。

　　　　〔皮金走了两圈，鼓着气，翻了一个跟斗。油碗落在他的身上，
　　　　滚烫的灯油，烫得他哇哇直叫。

　　　　哎哟！死老孃儿，你把我……烫惨了！

店　婆　（奸笑）哼，我这栈房，好比火锅店，全靠烫你这些畜生！

皮　金　（捂着烫伤，边走边骂）死老孃子，你记倒，你记倒！他踉踉跄
　　　　跄，走出店门。

　　　　〔乔溪坐在那里，还没回过神，店婆就走向他走来。

店　婆　老乔，这顿早饭咋样？

乔　溪　这个这个……

店　婆　（把脸一板）老乔，你是读书人，我也不太为难你。

乔　溪　学生知晓店妈仁爱……

店　妈　再仁爱规矩还是要有。我们店小人少生意淡，实在供不起你。
　　　　皮金总算打发了，你又咋个说？

乔　溪　（战战兢兢）我走，我走。

店　婆　那这账呢？

乔　溪　店妈不是说我这件面衫还能当点钱吗？我脱，我脱……

幺　妹　（忙拉店婆）妈，外头冷……

店　婆　（生气地）外头冷，我心头更冷！（夺过长衫）好了，我也不为
　　　　难你，你的书箱衣物，都可以拿走。还有那副你说能卖大价钱
　　　　的对子，都拿走。二天有钱了，欢迎来住小店。（叮嘱幺妹）盯

倒，不准他拿我们的东西！

　　　　　〔店婆拿起长衫，走出门去。

　　　　　〔乔溪神色沮丧地收拾行李。

幺　妹　（同情地）乔老爷，你不忙走。我再去给妈说说。

乔　溪　幺妹，谢谢你，你们小本生意，实在也难，我走，我走！

　　　　　〔他想了想，提笔写字。

幺　妹　（难过地）乔老爷，你这阵还有心写诗作文？

乔　溪　（摇头）不是诗文。幺妹，这张字条你好好捡着，要是岭南有人
　　　　送钱来，就把此条交给他，让他把欠你们的钱加倍奉还。

幺　妹　乔老爷，你的心真好！

乔　溪　（叹气）光心好不成，要心好又有钱才成。幺妹，愿你二天能找
　　　　上这种好人。

幺　妹　（又羞又喜又难过）乔老爷，这种时候，你还说笑话……

乔　溪　这叫黄连树下弹琵琶——苦中作乐啊！

　　　　　〔街上。

　　　　　〔乔溪背着简单的行囊，手拿对联在街上走着。

　　　　　〔街上行人稀少，冷冷清清。

乔　溪　（唱）凄凉心酸，

　　　　　　　　落拓天涯有谁怜？

　　　　　　　　店婆她耍弄皮金，杀鸡让猴看，

　　　　　　　　逼我离店脱蓝衫。

　　　　　　　　无奈何沿街卖字失脸面，

　　　　　　　　竟无一人问一言。

　　　　　　　　只道是乔某墨宝金不换，

　　　　　　　　谁知不值半文钱。

　　　　　　　　这真是楚王不识和氏璧，

　　　　　　　　秦皇焚书辱圣贤。

　　　　　　　　穷途恶路知己少，

　　　　　　　　谁为我穷生解危难？

　　　　　〔乔溪放下行囊，把对联横在上面，吆喝起来："买字呀，买对

子!"抬头望天:"哟,乌云涌动!天老爷,你……下不得雨啊!"

[赵虎身着便服,走过街市。

赵　虎　(唱)押重犯趋程北上,

偷闲暇游览观光。

东风起云涌如浪,

春雨至乍暖生凉。

见书生穷苦模样,

卖对联呆立道旁。

某虽是侍卫武莽,

也喜爱翰墨飘香!

(上前看字,不觉赞赏起来)唉咃,写得好呀,写得好!真是龙蛇飞舞,铁画银钩,如此才华,为何怆然叫卖?(向乔溪)请问先生,为何在此卖字?

乔　溪　壮士呀!

(唱)问来历,说行藏,

学生本是教书郎。

皆因是一封书信岭南降,

迢迢应聘到他乡。

元宵遇盗失银两,

无钱被赶出栈房。

因而卖字长街上,

说起实在愧难当。

赵　虎　(唱)曾沦天涯知苦况,

莫因世态伤肝肠。

伯乐能识宝驹相,

梅花苦寒仍留芳。

愿君安贫莫失望,

异日天高任翱翔。

乔　溪　多谢壮士吉言。

赵　虎　先生墨宝,润额多少?

乔　溪　壮士见爱，学生奉送就是。

赵　虎　那我就道谢了。（拿出银子）身上携带不多，这里有纹银两锭，送与先生，暂救燃眉之急，望先生以功名为念，勤学发奋，报效国家。

乔　溪　素昧平生，怎敢收取这么多银子？

　　　　［两人相互推让。

赵　虎　我非锦上添花，而是雪中送炭。请先生不要推辞，你我后会有期。

　　　　［赵虎把银子放在地上，扬长而去。

乔　溪　壮士请转……唉，此人萍水相逢，竟赠我白银两锭，真是古道热肠，肝胆照人，可惜我连人家姓名也忘了问。乔溪呀乔溪，你……真是个书呆子、瓜娃子！正是——莫道天涯无知己，穷途有人识马周！（收好银子，背上行囊，自语道）我有银子，又到哪里打店呢？（嘻笑起来）想我近日无钱，那店婆把我百般凌辱，硬是弯酸挖苦够了。而今，我有了银子，正好回去把她耍笑，以泄我心中的愤懑。嗯，就是这个主意。

第三集

　　　　［迎贤店。
　　　　［乔溪用脚踢门。

店　婆　（开门，怒气冲冲地）姓乔的，你今天到底要做啥子？老娘我是吃米长大的，不是被恶鬼吓大的！

乔　溪　我吓你做啥？让开，老爷我要住店！（推开店婆，径直走了进去）

店　婆　你掀啥子？住店住店，人没有钱，声气都不好听，干吱吱的一点油气都没得。

乔　溪　（转身）你还在旋啥子？快叫么妹把那间最好的上房给我打开呀！

店　婆　（诧异）噫，他出去了一下，像转了症啦？（向乔溪）老乔，你的对子卖到好价钱啦？

乔　溪　啊，没有卖脱。我……把它丢给收烂字纸的了！

店　婆　（白眼）哼，我早就说过，你那东西，卖不脱，还想栽给我！

乔　溪　唉，哪是我的字写得不好，都怪你们这里的人，尽是火疤眼，有眼不识金镶玉。（索性坐下来）哎呀，咋个饿了喃，幺妹，幺妹……

幺　妹　（跑了上来）啊，乔……（望了母亲一眼）乔老爷，你回来了！

乔　溪　嗯，只因你这个女娃子说话办事还知情达理，老爷我才回来的。我这阵有些饿了，快去先摆一桌好的饭菜，然后，就收拾上房，酒足饭饱，我要好好睡一觉。

幺　妹　（有些不知所措，望着店婆）妈……

店　婆　（生气地）你给我放倒搁倒啊！姓乔的，你硬来得派，一个钱不带，还想吃酒菜？

乔　溪　那是自然。

店　婆　（瘪嘴）我就把你好有一比！

乔　溪　好比什么？

店　婆　好比那哈巴狗儿烤烘笼——只怕你要歇嘴！

乔　溪　我要掌你的嘴！你既然开店，就得摆饭！

店　婆　我不得侍候你！

幺　妹　妈，算了，我给乔老爷弄点吃的。

店　婆　不行！

乔　溪　不行？我问你，你招牌上写的是啥？

店　婆　迎贤店。

乔　溪　好呀，老爷们不是贤人吗？

店　婆　（笑了起来）哎哟，你一口吃个酸茄子，撕都不撕啊！你贤？你讨人嫌！

乔　溪　呀，羞人、羞人！

店　婆　晓得羞就好，要吃东西就拿钱来！

乔　溪　你开口说钱，闭口说钱，那老爷我就把你的招牌改了！

店　婆　改成啥子？

乔　溪　改成迎钱店！

店　婆　迎钱店？你才怪头怪脑的！

乔　溪　你骂我怪头怪脑的？

店　婆　骂你又咋个，未必端碗凉水把我吞了？

乔　溪　呀呀，该捶该捶！

店　婆　（轻蔑地）你连半点官气都没沾着，敢捶我？

乔　溪　你就谅实老爷我做不到官？

店　婆　浑身不带富贵相，你做啄木官！

乔　溪　胡说！非重捶不可！

店　婆　（蛮横地）嘿，让你三斤姜，你不识戥秤，还要坐我的屋里骂人，起来。（踢乔座椅）

幺　妹　（拉店婆）妈，算啰！

店　婆　我要坐！（推开乔溪，径自坐下）

乔　溪　（生气）你……你是个什么没名堂的怪物东西，你坐？

幺　妹　乔老爷，你也少说两句嘛！

店　婆　幺妹，走开！今天，我非与他理论理论不可！

　　　　〔幺妹冲气走开。

店　婆　呔，把我骂得好惨，我就怪得连名字都安不出嗦？你们读书人，硬是会骂喃！

乔　溪　骂了又怎样？

店　婆　扯筋骂架，老娘还虚火你吗？等老娘把气歇匀净了，让我给你骂个花儿开！

乔　溪　哼，你文墨不通，典故不懂，骂得了啥？

店　婆　那你就尖起耳朵听倒！

店　婆　（唱）我把你饿不死的穷魔，

　　　　　　　冻不僵的酸子，

　　　　　　　亏得你这张厚脸皮，

　　　　　　　全然不顾羞和耻。

　　　　　　　平素间卖弄诗和字，

　　　　　　　为啥子一文不值？

乔　溪　（生气地）你……

店　婆　你处那么拢做啥？口水都溅到我脸上了！

店　婆　（唱）说什么等亲戚候乡里，

　　　　　　　似这样望梅止渴，

　　　　　你怕要等到死……

店　婆　你等着，歇口气我还要骂！

乔　溪　为啥还要骂？

店　婆　没得钱给我，我就是要骂！

乔　溪　要是有钱呢？

店　婆　我自然会奉承……

　　　　　[店婆还没有说完，乔溪用脚踢座椅。店婆惊起，乔溪坐下。

店　婆　（火冒三丈）你像毛病发了？把我吓了一跳！哼，你没得钱还摆
　　　　　架子？你要摆架子，我就要拆架子。

乔　溪　你难拆。

店　婆　易拆，起来！

乔　溪　难拆，我不起来！（从袖子摸出银锭往店婆眼前一晃）你……拆
　　　　　得了吗？

店　婆　（一愣，笑了起来）哎呀，我安心拆他的架子，他从袖子里就取
　　　　　出一锭银子，在我眼睛边边上晃了这么一下。哎呀，我这个人
　　　　　怎么一身就爬了喃！这十个脚拇指才招呼不倒哩，痒得就跟刨
　　　　　算盘子子一样！唉，没得钱，我骂人家，这阵有银子了，我得
　　　　　说些好话，才能下台……（扭捏着满脸堆笑）哎呀，乔老爷
　　　　　（乔不理），人家晓得你拿的是啥东西……

乔　溪　啥东西？

店　婆　是银子，是白生生亮堂堂的银子！

乔　溪　你晓得这银子从哪来的吗？

店　婆　晓得晓得，是朋友给的，亲戚送的……

乔　溪　乱说！我乔老爷自己的钱都用不完，要哪个给，哪个送？

店　婆　你……有钱？

乔　溪　我手一扭，就是钱！你猜我那副对子卖了多少钱？

店　婆　你不是说交给收烂字纸的了吗？

乔　溪　那是哄你的，我卖了！

店　婆　（惊奇地呻吟起来）哟，几个黑不溜秋的字，就卖了一锭银子？

乔　溪　（又摸出一锭）不是一锭是两锭。那位买字的还说，要是身上还
　　　　　有还要给！

店　婆　哎呀，你们读书人硬不同喃！随便舞两笔是钱，随便吼两句
　　　　是钱！

乔　溪　啥子随便舞，随便吼！那是写字吟诗！

店　婆　啊，我们懂不起！乔老爷，我……这个啦。（请安道歉）

乔　溪　（故意地）店妈，你捡了我的啥东西，退出来！

店　婆　我没有呀！

乔　溪　那你的手在抓啥子？

店　婆　抓啥哟，人家在给你老人家请安！

乔　溪　（笑着问）你为啥要请安？

店　婆　（不好意思）店婆子没见识，有些高言低语，得罪了你老人家，
　　　　请你不要与我一般见识，我与你……（又要请安）啊……

乔　溪　谁与你一般见识！来，把这银子拿去称一称，把过去的账结了，
　　　　把我的面衫取来……

　　　　〔他把一银锭递给店婆。

店　婆　（伸手欲接，忽又缩回）哎呀，不忙。和有钱人说话，要先把嘴里
　　　　的浊气吐干净。免得有钱人受症。（店婆"啊啊"地拍胸吐气）

乔　溪　店妈，你在做啥？

店　婆　（装作腼腆模样）：人家……

乔　溪　（皱鼻）啊，哪里来了一股臭气？

店　婆　（微笑）这阵喃？

乔　溪　（嗅了嗅）没得了。

店　婆　那……老婆子就来……

　　　　〔她伸手要拿银子。

乔　溪　（不悦地）你在慌啥？

店　婆　（高喊）幺妹，快把乔老爷的面衫拿来！

　　　　〔幺妹捧面衫进来，店婆接过。

店　婆　（笑嘻嘻地）看，乔老爷，折得巴巴适适的。幺妹，快给乔老爷
　　　　穿好，然后烫壶酒，烧几个好菜，端到上房，外面起风了，我
　　　　去弄火盆……

幺　妹　（接过面衫，惊诧地）妈，你怎么成六月间的灰包蛋——变了？

店　婆　（笑嘻嘻地）死女子，老娘没有变，是乔老爷的这个东西……

（扬了扬手中的银锭）把乔老爷变了！

幺　妹　（高兴地）哦！（为乔溪着衣）乔老爷，你哪来的银子？

乔　溪　卖对子得的！

店　婆　还不止这么多。

幺　妹　乔老爷，既然你的字画能卖钱，你就住在我们这里作些字画，多卖银钱，既可不为生活操心，又可积好盘缠，去岭南做事……

乔　溪　卖字鬻画，乃读书人的穷途末路啊！

店　婆　你自己写的画的有啥卖不得？有些人，还愿意卖自己的肉呢！

幺　妹　（皱起眉头）妈，你说些啥话啊！

店　婆　妈说的是大实话。乔老爷，我们跟倒就把上房收拾出米，给你整间书房，你就好好地写写画画，多卖些钱，我们也沾光。

乔　溪　好说好说。

店　婆　幺妹，快陪乔老爷到上房，把门窗打开，我到厨下弄些好吃的。

幺　妹　（提起乔溪的行囊）乔老爷，我们走！

　　　　〔乔溪点头，与幺妹走向上房。

店　婆　乔老爷，慢点！

乔　溪　什么？

店　婆　门槛，看把你老人家的脚碰倒！

幺　妹　（很不高兴）妈，你硬是……

店　婆　请乔老爷小心点，有啥不好！

　　　　〔幺妹与乔溪相视摇头，走向上房。

店　婆　（还在后面叮嘱）幺妹，等一下透了气，就把窗子关好，免得把乔老爷的脑壳吹倒。（又似自嘲，又似得意）嘿，没得钱我就骂，见到钱我就巴。这就叫——一张脸皮两般用，就看有钱与无钱。

　　　　〔一组镜头。

　　　　〔上房，布置得有些典雅。乔溪兴致勃勃地伏案写字作画。

　　　　〔壁上，挂了些他的书画作品。山水花鸟，构思奇致。篆楷行草，气势豪放。

［街上，乔溪的字画，挂在街头。幺妹在与人讨价还价。观赏者，购买者甚为踊跃。

［春雨潇潇，桃红柳绿。

［迎贤店。

［乔溪正在上房看书休息。

［幺妹送茶上来。

幺　妹　（唱）黄莺啼乱门外柳，

　　　　　　　彩蝶多情花上留。

　　　　　　　老师画笔描锦绣，

　　　　　　　幺妹欢喜有来由！

幺　妹　乔老爷，请用茶。

乔　溪　哦，你这学生，今天的功课做完没有？

幺　妹　没有，因为听到好消息，先来禀报。

乔　溪　啥子好消息？

幺　妹　（唱）阳春三月清明后，

　　　　　　　花田盛会万人游。

　　　　　　　老师若挥兰花手，

　　　　　　　人人定会千金求。

乔　溪　（唱）千金万金难引诱，

　　　　　　　春色无边怎罢休？

　　　　　　　明日踏春花田走，

　　　　　　　人潮花雾纸上留。

幺　妹　那老师就多画几幅！

乔　溪　却不可都拿去卖了！

幺　妹　晓得晓得。

［蓝府花园。

［蓝木斯斜坐在石桌前，桌上摆有酒菜。

蓝木斯　（唱）春光恼人，昏昏沉沉！

　　　　　　　寻不着佳人如得病，

　　　　　　　　　每日里都像掉了魂。

　　　　　　　　　怕看蜜蜂采花粉，

　　　　　　　　　怕听母猫夜叫春。

　　　　　　　　　花街柳巷无游兴，

　　　　　　　　　心烦总想打骂人。

　　　　　　　　　家丁们一个更比一个笨，

　　　　　　　　　到今天，还不知那佳丽的姓和名！

蓝木斯　（大口喝酒）唉，真是愁死我了！

家　丁　（上）公爷，好消息！

蓝木斯　（精神一振）怎么，你把那美人找着了？

家　丁　没有。

蓝木斯　（失望地）那有啥好消息？

家　丁　公爷，明天，花田有扑蝶盛会！

蓝木斯　那又咋样？

家　丁　公爷，那位小姐，元宵节既然会出来观灯，也一定会到花田看
　　　　扑蝶！

蓝木斯　（高兴地）啊，你要公爷，一去散心，二去寻美？

家　丁　娃就是这个意思。

蓝木斯　（赞许地）你总算比他们灵性点。我这就去禀告母亲，明日花田
　　　　一游！

　　　　　〔蓝府起居室。

　　　　　〔秋菊给花瓶插上玉兰花下。

蓝秀英　（询问蓝夫人）母亲唤我，有什么事吗？

蓝夫人　（叹了一口气）你那个烂沙哥（锅）硬是急死人了！

蓝夫人　（唱）你父京中忙政务，

　　　　　　　　　命你哥回乡攻诗书。

　　　　　　　　　哪知他一刻坐不住，

　　　　　　　　　天天都把事情出。

　　　　　　　　　打人骂人无其数，

　　　　　　　　　赌场青楼也敢入，

好劝歹说又诉苦，

恶习不改歪得哭。

近几天更是昏到住，

要寻找无名无姓的美仙姑。

娘真的不知咋个做，

[帮腔：找你来把主意出！

蓝秀英　（唱）哥横蛮首先要怪你和父，

娇生惯养走歧途。

只因他男丁一个要续家谱，

你们就只养不教家法疏。

到而今小苗已成弯弯树，

要想匡正下功夫。

明家规平时不准离蓝府，

聘名师严加管教出高徒。

倘若母亲这样做，

也许能迷途知返石变珠！

蓝夫人　要是他不听呢？

蓝秀英　（唱）再不听，

送他回京父住处，

害怕严父他自攻读。

蓝夫人　（叹气）那我就难得见到他了……

蓝秀英　妈，你处处维护他，怎么能把他教好？

蓝木斯　（进来）妈！

蓝夫人　（板着脸）又是啥事？

蓝木斯　阳春三月，春光明媚。明日，花田又有扑蝶盛会，孩儿打算出
外游春！

蓝夫人　不不，给我在家读书，免得又惹是生非！

蓝木斯　妈，你咋个啰？

（唱）春来不是读书天，

更何况我周身疼痛软绵绵。

要是不让我花田转，

闷出病谨防你儿丧黄泉……

蓝夫人　不准胡说八道！

蓝木斯　当真的，我……不安逸得很！

蓝夫人　（心软了）那……

蓝秀英　（不悦地提醒母亲）妈……

蓝夫人　木斯，妈再让你去一趟。但得由你妹妹陪着，听她的话。倘若又惹事，就送回京城，交给你爹管教！

蓝木斯　以小管大我不干！

蓝夫人　那你就休想出门！

蓝木斯　（无可奈何）好，好，好！

　　　　（小声向秀英）你最好睁只眼来闭只眼！

蓝秀英　为你好代母执法严严严！

　　　　〔蓝木斯叹气。

　　　　〔花田。

　　　　〔春光融融。花田上百花盛开，彩蝶飞舞。踏青观花的，追逐蝴蝶的，卖小吃的，花田坝上到处都是欢声笑语。游人载歌载舞观花上下。

　　　　〔幕后唱：云淡春光好，

　　　　　　　　　游人满田郊。

　　　　　　　　　青山巧似帽，

　　　　　　　　　古柳横为桥。

　　　　　　　　　彩蝶只只俏，

　　　　　　　　　风动花自摇。

　　　　　　　　　花田景色妙，

　　　　　　　　　江山彩笔描。

　　　　〔店婆陪着乔溪，秀英陪着蓝木斯、带着秋菊及家丁，从不同的方向，走向花田。

　乔　溪　（唱）春光融融艳阳天，

　　　　　　　　红男绿女满花田。

蓝木斯　（唱）天热一走就出汗，

不见佳人心更烦。

乔　溪　（唱）牡丹富贵柳丝软，

　　　　　　　但调花露染笔端！

蓝木斯　（唱）不如溜往销魂院，

　　　　　　　免受妹妹铁嘴钳。

蓝木斯　妹妹，这里简直不好耍，我回去了。

蓝秀英　那我陪你回去。

蓝木斯　放心，我不会开横线子，娃娃们，走！（带着家丁，匆匆走了）

秋　菊　小姐，好多花啊，转转嘛！

蓝秀英　好，我们走！

　　　　　　〔她俩融入人群。

　　　　　　〔花田大柳树下。

乔　溪　（兴致勃勃，东张西望）好啊！

　　　　　　（唱）这柳树虎踞龙盘真好看，

　　　　　　　柳絮纷纷飘花田。

　　　　　　　就在这儿摆画案，

店　婆　（唱）那我去把桌椅搬！

　　　　　　〔乔溪点头，欣赏春色。

　　　　　　〔花田。

　　　　　　〔蓝秀英站在花前观花看蝶。

　　　　　　〔坝上，各色鲜花，争奇斗艳。

蓝秀英　（高兴地）好呀！

　　　　　　（唱）桃花红李花白繁华一片，

　　　　　　　果真是风光好春色无边。

　　　　　　　一双双蝴蝶儿迷恋花瓣，

　　　　　　　秀英我无心赏春愁乍添……

秋　菊　（在不远处东张西望）小姐，小姐！

　　　　　　（唱）太阳毒晒得我一身是汗，

　　　　　　　一眨眼小姐她没入花间。

啊，原来她看风景就在前面，

害得我到处找口都喊干！

〔秋菊快步向蓝秀英走去。

〔花田大柳树下。

〔画案已经摆好，乔溪一面磨墨，一面观景。

卖酒人 先生，您是写字的？

乔 溪 是。

卖酒人 我从外地跑来赶会，请为我写副招帖。

乔 溪 你是干啥的？

卖酒人 我是卖酒的。

乔 溪 你的酒好不好？

卖酒人 安逸得很。不信，请尝一口。

〔取下背在背上的酒葫芦，请乔溪尝酒。

乔 溪 （尝了一口）嗯，香，我给你写。（铺张红纸，一挥而就）拿去！

卖酒人 我是睁眼瞎，你写的啥？

乔 溪 铁汉三杯软脚，金刚一盏摇头。要得不？

卖酒人 好，好！

乔 溪 满意就代为传名！

卖酒人 要得。喂，这位先生写得好，吆喝几声换酬劳。快来写，快来写！

乔 溪 （急了）你吼些啥？吆喝归吆喝，酬劳归酬劳！

卖酒人 还是要钱？

乔 溪 不要钱，我吃啥？

卖酒人 （给钱）给了钱，我还吆喝啥？拿着招帖离开。

〔乔溪苦笑摇头，继续作画。

〔花田—花圃前。

〔蓝秀英专心看花。秋菊双手乱舞，嘴里直叫："讨厌、讨厌、你……烦不烦啊！"

蓝秀英 你在骂哪个？

秋　菊　这些蜜蜂，紧在人家脑壳上打旋旋。（一边抹汗）小姐，你热不热？

蓝秀英　（摸出手绢）是有些热。

秋　菊　（用手指远处）小姐，你看那边有棵大柳树，树子周围尽是花。不如到那里去，又能躲太阳，又能看花。

〔蓝秀英点头。

〔花田大柳树下。

〔蓝秀英和秋菊走了过来。乔溪专心作画，没有注意。

〔离柳树不远，有块大石头。

秋　菊　小姐，你在这石头上坐一坐，休息片刻。

蓝秀英　（坐下，轻轻擦拭额上的汗珠）哟，你看，柳树旁的那株芍药花，又大又好看，快去给我摘一朵花。

秋　菊　好。（走到芍药花前）是哪一朵？这朵，这朵？（见小姐点头，她摘了一朵鲜艳的芍药花）

秋　菊　（看花）哟，还有这么多露水！

〔用力甩花上的露水。露水甩到画案上，弄得乔溪的脸上纸上到处是水！

乔　溪　（抬头，不悦地）唉，这位小大姐！（抹脸上的露水）你在干啥子……哎呀，我的画！

秋　菊　（伸舌）哟……（转身跑到蓝秀英跟前）小姐，花来了。

蓝秀英　（接过）你跑啥子？

秋　菊　（指着正在擦脸和擦书案的乔溪，小声说）我把花上的露水，甩了他一脸一桌子……

蓝秀英　（责怪地）你这个冒失鬼！（觑眼观看乔溪）快去给人家赔个不是。看看人家是做啥子的。如果把人家的东西弄脏了，还得赔点钱。

秋　菊　（不情愿地）好嘛！（走到树下）先生……

乔　溪　（生硬）又是啥事？

秋　菊　我们小姐喊我来给先生赔不是……

〔乔溪与蓝秀英对视。蓝秀英有些羞涩。

乔　溪　（笑了）快对你们小姐说，不碍事，脸上的露水，我都擦了。画
　　　　上的水珠，我浸点成几朵花，还更有韵味了。

秋　菊　韵味是啥子味？

乔　溪　你不懂，不必多问。

秋　菊　不必多问？我就是要问：你是干啥的？

乔　溪　哦，我是卖画的。

秋　菊　卖"话"的，好多钱一句？

乔　溪　啥子好多钱一句！我说的是字画的画。

秋　菊　啥叫字画？

乔　溪　你看嘛，就是这些写的、画的。

秋　菊　（观看）哦，我懂了。（回到蓝秀英身边）小姐，他是卖字画的。
　　　　〔蓝秀英点头。

蓝秀英　（唱）那公子挥笔伏案，

乔　溪　（唱）那小姐品貌非凡。

蓝秀英　（唱）施丹青随意点染，

乔　溪　（唱）羞芍药也羞牡丹。

蓝秀英　（唱）是才子偶遭厄难？

乔　溪　（唱）是仙姬降临面前？

蓝秀英　（唱）命秋菊去呈白扇，

　　　　〔交扇子与秋菊并耳语。

乔　溪　（唱）不由我意马难拴。

蓝秀英　（唱）请先生花田写扇，

乔　溪　（唱）变刘氏拜会天仙。

秋　菊　（走向乔溪）先生，我们小姐请你在扇上画景题诗。

乔　溪　（欣喜不已）好，好……（盯着蓝秀英，却不动笔）

秋　菊　（催促）先生快画呀！

乔　溪　（回过神来）好。（略一思忖，画好写好，自吟起来）

　　　　　　　春月春花春意浓，

　　　　　　　春光春色助花容；

　　　　　　　春风吹得春花动，

　　　　　　　春去春花怨春风。

　　　　　　　快拿去请你小姐指教。

秋　菊　（接扇交蓝秀英）先生请你指教。

蓝秀英　（观扇）

　　　　（唱）秀英展开纨扇看，

　　　　　　　字画双绝非等闲。（走到案前）

　　　　　　　先生才华胜子建，

　　　　　　　为何流落江湖间？

乔　溪　（唱）无心功名懒经卷，

　　　　　　　豪情全寄书画间。

　　　　　　　受聘岭南遭厄难，

　　　　　　　落得卖画在花田！

　　　　〔蓝秀英回到石头前。

蓝秀英　（唱）先生教学令人羡，

　　　　　　　举止端庄志不凡。

　　　　　　　欲请高堂把画看，

　　　　　　　聘他府中设杏坛。

　　　　　　　倘若月老肯牵线，

　　　　　　　奴愿与他偕凤鸾。

蓝秀英　秋菊，你去对先生讲，他的字画意境深沉，笔墨洗练，我十分
　　　　敬佩。意欲禀明高堂，延聘他到我家做教习。请他等在这里，
　　　　不要走了，少时就派书童来请。

秋　菊　好。（走到乔溪案前）先生，我们小姐说你的字画易经深沉，笔
　　　　墨稀淡……

乔　溪　是意境深沉，笔墨洗练。啊，谬奖谬奖。

秋　菊　我搞不醒豁。总之，小姐要回府求老夫人聘你到我们府上当老
　　　　师。请你就在这里不要走，免得书童来了找不到。

乔　溪　多谢小姐美意，我不走，就是打炸雷下暴雨，我也不走。你要
　　　　把这棵大柳树记清楚啊！

秋　菊　（打量了一下）记住了。（回到蓝秀英的身边）小姐，我说过了！

蓝秀英　带路回府。（她含情脉脉地望了望乔溪，急速走开）

乔　溪　（唱）啊！

　　　　　　她含情脉脉把我看，

　　　　　　好似话外还有言。

　　　　　　但愿并肩作画卷，

　　　　　　更盼月下情绵绵。

　　〔乔溪眺望蓝秀英远去的方向。店婆从他背后走来，拍他的肩膀："乔老爷！乔老爷！"

乔　溪　啊，请我进府，走嘛！

店　婆　进啥子府啊，是一家饭店老板，请你写招牌。

乔　溪　我这阵有事，改天改天。

店　婆　你抄起手优哉游哉，有啥事？人家在店里等着在。快走快走！

　　　　（向远处喊）黄掌柜，来收你的桌凳！

　　〔店婆收好笔墨纸张，拉起乔溪就走。

乔　溪　（极不情愿地）我真的有大事！

店　婆　挣钱才是大事！（强行拉走了乔溪）

　　〔游人散去，花田上只有这棵大柳树，屹立在那里。

第四集

　　〔花田大柳树下。

　　〔秋菊带着书童跑来。

秋　菊　（惊诧）噫，人嗬？

书　童　这么好的事，还有不愿干的？

秋　菊　哼，该是讨口命，要当绅粮万不能。走，回去禀报小姐！

　　〔蓝府。

　　〔蓝秀英闺房。

　　〔蓝秀英站在窗前，等待消息。

蓝秀英　（唱）有意觅踪，无心插柳。

　　　　　　有意觅踪无身影，

　　　　　　无心插柳柳自成。

　　　　　　花田蝴蝶报春信，

古柳树前遇知音。

笑盈盈淡抹脂粉，

心突突企盼君临。

此时啊，

我好似一半儿梦，

一半儿醒！

秋　菊　（气喘吁吁地上楼）小姐！

蓝秀英　哦，你回来了。那位先生呢？

秋　菊　六月间的雪娃娃——化了！

蓝秀英　此话怎讲？

秋　菊　我们跑到柳树下，没见一个人花花。你看他说话不算话，讨口
　　　　卖画休怜他！

蓝秀英　也许他有急事暂离树下，失之交臂莫怨他。相逢相别凭天意，
　　　　时时留心暗访查。

秋　菊　你不死心？

蓝秀英　为啥要死心？

　　　　[迎贤店。

　　　　[店婆坐在店堂唉声叹气。

店　婆　（唱）可恨乔溪昏了头，

　　　　　　　好宾楼写成好青楼。

　　　　　　　掌柜气得周身抖，

　　　　　　　来到我店闹不休。

　　　　　　　老乔不服斗上口，

　　　　　　　挨了他伙计几拳头。

　　　　　　　我赔钱道歉才脱手，

　　　　　　　老乔从此病忧忧。

　　　　　　　书案起尘垢，

　　　　　　　开销似水流。

　　　　　　　如此不用久，

　　　　　　　只有把店收。

店　婆　幺妹快来！

〔幺妹跑上。

你的那位乔老爷，好些没有？

幺　妹　没有没有。今天，连床都不肯下，还说恐怕不久于人世了……

店　婆　哎呀，那就赶快把他弄走。不然，那间上房，二天就无人住了。

幺　妹　妈，人家乔老爷，还有钱存在我们账上，怎么能推出去？

店　婆　那你说怎么办？

幺　妹　乔老爷病了好几天，你尽是扯点草草药，找些单方来治，要得啥啊！依我说，该找位医生给他看看病，正正经经吃几服药！

店　婆　（想了想）好嘛！听说十字口的文医生，医术高明，脉礼钱又收得合适，你去把他请来。

幺　妹　好。（转身就走）

〔十字口。

〔温德栋挂好"德栋诊所"的招牌，左右打量，自言自语："噫，对门子姓文的，包包里揣得有吸铁石吗咋个？病人都往他那里走，我这里为啥连鬼都不上门？未必我姓温的还能把鬼医死？要那样，我就不当医生，改行当端公算了！"他走入房内，望着桌上的药箱发愁。

温德栋　（唱）我行医，无实学，

　　　　　　　样样都是听人说。

　　　　　　　牛病马病都医过，

　　　　　　　不论内科与外科。

　　　　　　　只要你来找到我，

　　　　　　　打包票，

　　　　　　　死人我都能医活。

　　　　　　　寒病摆子去虚火，

　　　　　　　疔疮背瘩用刀割。

　　　　　　　老年中风多睡卧，

　　　　　　　小儿麻疹用白芍。

　　　　　　　医死几个莫怪我，

是他天寿该戳脱。

就是神仙找到我，

［帮腔：给钱他也敢开药！

［十字口。

［幺妹站在街口张望："这十字口东边一个医馆，西边一个医馆，到底哪家是文老师开的呢？"她迟疑起来。

［温德栋家。

［温德栋还在那里自言自语："唉，不愁病人少，只恨名医多；倘若只剩我，一个都跑不脱！"

［门外传来幺妹声音："文老师！"

温德栋　噫，还有活得不耐烦的人呀？我去看看！

［温德栋家门口。

温德栋　大小姐，你找哪个？

幺　妹　我妈喊我到大十字找文老师！你是不是文老师？

温德栋　（背白）妈哟，又是找老文的。这回我得把他的生意抢了。（笑对幺妹）你找对了，我就是文老师。

幺　妹　（指着对面）那家医馆呢？

温德栋　他姓温，是温老师。

幺　妹　好多人看病啊，医术一定很高。

温德栋　哎呀，这都是徒有虚名。只要肯花钱找人吹，再找几个游子打假叉，仙娘婆都会说成华佗。

幺　妹　你里头一个人也没有呀！

温德栋　你不晓得，找我看病，头天晚上就要抱被盖睡到我的大门口等。我早就出了告示，今天知县大人请我吃酒，我不看病，所以没得人。后来，知县有急事到州里去了。我想闲着也是闲着，既然悬壶济世，就得挂起招牌。小大姐，算你运气好。你家哪个人拐了？

幺　妹　我家没得人拐了，是我们店子头有位客人病了。

温德栋	（摆起架子来）哎呀，我这种大名望的医生，一般都只是坐诊，不出诊。
幺　妹	为啥？
温德栋	出诊的车马费高啊，你的客人出得起吗？
幺　妹	文老师放心，他是住上房的。
温德栋	（喜上眉梢。背白）那就狠狠啄他一嘴。（向幺妹）那老师我就破例走一趟。（又一想）还是去不了！
幺　妹	又是为啥？
温德栋	今天，我把徒弟放了，总不能让我这大国手抱药箱箱呀！
幺　妹	人家病得好恼火哟，我帮你抱。（提起药箱）文老师，你在门口等着，我去给你喊轿子。
温德栋	喊啥轿子，走几步，舒筋活血。
幺　妹	那你把车马费免了？
温德栋	不，干折就对了。
幺　妹	那我们就走。（走出温家）
温德栋	（出门）啊，我还得吩咐一下，"玄参"听着，吩咐"丁香"、"藿香"守好"广木香"，谨防"金钱虫"咬坏了我的"大黄""龙衣"，"腹皮"袍子、"桂皮"靴子，如果"橄榄"，我就拴你在"桑枝"上，拿"光条"打得你"沙头"起包，"龙眼"上翻，"青皮"发红！
幺　妹	老师，你说的些啥子啊！
温德栋	全是药名，你看我老师的学问怎样？
幺　妹	客人吃了你的药才晓得。老师，快走！
温德栋	好。

　　　　〔温德栋锁门后，下了台阶，颇为得意地向着对面小声说，"姓文的，今天，你总遭我的恍手了……"

　　　　〔十字口。
　　　　〔幺妹往前走，回头瞧温德栋。
　　　　〔温德栋站着不动。

| 幺　妹 | 文老师，走呀！ |

温德栋　小大姐，往哪走？

幺　妹　走东街，到我家近些。

温德栋　（把幺妹拉到路边，小声地说）小大姐，东街走不得！

幺　妹　（莫名奇妙）为啥走不得？

温德栋　（略显难堪地）你听我说嘛！（淡出）

　　　　〔某员外家。

　　　　〔某员外日夜数钱，两眼红肿。

　　　　〔温德栋被请去治眼疾。

　　　　〔温德栋挖出员外两颗眼珠，放在盘子里，转身倒水，打算清洗。

　　　　〔一条黄狗窜出，一口吞下盘子里的眼睛。

　　　　〔温德栋急中生智，按住黄狗，挖出狗眼珠。

　　　　〔温德栋给员外安上狗眼珠，用布缠好员外的头。

　　　　〔员外眼睛好了，夜里不用油灯，愉快地数着银两、铜钱。

　　　　〔员外带着家人，为温德栋披红挂彩，让家丁在门口挂上"剑胆
琴心"的匾额。

　　　　〔画面外，是温德栋的声音。

温德栋　（唱）东街有位富员外，

　　　　　　　日夜数钱把眼病害。

　　　　　　　请我去把病情解，

　　　　　　　我快刀把眼珠挖出来。

　　　　　　　本想洗净莫安拐，

　　　　　　　没料到桌旁黄狗大口开。

　　　　　　　它吞下眼珠尾巴甩，

　　　　　　　我急得脑壳一嗡发了呆。

　　　　　　　还算我机灵搞得快，

　　　　　　　挖出狗眼往人眼埋。

　　　　　　　嘿，我的手艺硬莫摆，

　　　　　　　病好后，他夜晚也不用灯台。

　　　　　　　富员外给我披红又挂彩，

　　　　　　　黑漆大匾八人抬。（淡入）

[十字口。

[幺妹诧异地问："那你为啥不敢走东街？"

温德栋　因为自从安了狗眼睛，他看到钱就想拿，看到屎就要吃。想钱还可以，吃屎就太恶俗了。后来，晓得我给他安的是狗眼睛，就来找我赔他原来的眼睛。你想，要是碰着，走得脱吗？

幺　妹　那我们走南街转回去。

温德栋　对，转几步。

[他们一起往南走。

[街上。

[温德栋跟着幺妹走了几步，忽又停住。

温德栋　哎呀，小大姐，南街也走不得！

幺　妹　为啥也走不得？

温德栋　你听我说嘛！（淡出）

[一平常人家。

[小儿得了惊风病，不断痉挛。全家人围着病儿，惶恐不安。

[温德栋被请来。他略一观察，满有把握地指点述说。

[家人把小儿搬上竹板床，床下堆满晒干的陈艾。

[温德栋命人点燃陈艾，用烟熏床上的小儿。

[浓烟滚滚，竹床着火，小儿被窒息而死。

[温德栋被病家棍棒赶出。

[温德栋披麻戴孝为小儿送丧。

[画外，是温德栋的声音。

温德栋　（唱）南街小儿得惊风，

　　　　　　　请医治病急匆匆。

　　　　　　　此病陈艾要重用，

　　　　　　　我将他搬上竹床用烟烘，

　　　　　　　谁知烟浓火又猛，

　　　　　　　窒息丧命我错凶。

要我戴孝把丧送，

赔了银子还遭轰。

倘若南街把面碰，

脑壳要起大洞洞。（淡入）

[街上。

[幺妹与温德栋站在街边。

幺　妹　你咋个会那么整嘛！

温德栋　虽说整死，惊疯病硬是医倒了。快说，咋个走？

幺　妹　（想了想）东街、南街不能走，只有从里仁巷穿过去。

[迎贤店上房。

[乔溪头缠丝巾，神情萎靡，在室内徘徊。

乔　溪　（唱）春梦乍醒，意志消沉。

　　　　都怪我俯首听命，

　　　　弄断了情丝红绳。

　　　　气恼时手笔错命，

　　　　恍惚中"宾""青"不分。

　　　　求字的大骂我蠢，

　　　　我不服酿成纠纷。

　　　　店婆她贪财话冷，

　　　　我乔溪伤皮伤心。

　　　　抱残体树下苦等，

　　　　眼望穿不见伊人。

　　　　心烦乱借此装病，

　　　　卧床榻失魄掉魂。

　　　　店婆她哪知究竟，

　　　　弄草药苦我口唇。

　　　　听店中又有动静，

　　　　我赶快上床呻吟！

[乔溪躲到床上，呻吟起来："哎哟……"

[迎贤店门口。

[店婆站在门口张望："这幺妹怎么还不回来？"

幺　妹　（出现）妈，我把文老师请来了。

温德栋　店家万福。

店　婆　（一愣）温德栋，怎么是你？

温德栋　（故作镇静）怎么不该是我？

店　婆　（指幺妹）我喊她请文老师！

幺　妹　他说他是文老师呀！

温德栋　唉，小大姐，你不能卷起舌头说话啊！你明明说请温老师，我
　　　　说我就是温老师。

幺　妹　（急了）你听错了！

[两人争吵起来，幺妹生气走开。

店　婆　（制止）算了，不说了。温德栋，你自便吧！

温德栋　自便？没得那么松活！请神容易送神难。不给半两银子，我姓
　　　　温的不得走！

店　婆　不看病就要半两银子，看病呢？

温德栋　看病还是只给半两银子。（装作叹气）店主呀，我这两年，因为
　　　　出了点事，就被同行转得稀烂。其实，我辨症投药，哪回拐过？
　　　　过错都和治病无关。不信，找我看看病，就晓得了！

店　婆　当真？

温德栋　我温某人好久乱吹过？这样吧，你让我给你的客人医病，脉礼
　　　　半两银子，先给你分二钱回扣。药钱对半分。将来吃了药，你
　　　　的病人没有好，我退一两银子。（低声）只要给我介绍病人，都
　　　　按这个办法。钱又不是你的，你心痛啥子？

店　婆　（左右打量）你红口白牙说话算数吗？

温德栋　（小声）我若哄你，头顶上生疮，脚底下流脓！

店　婆　（一想）那好，跟我进去！

[温德栋跟在后面，暗自喜笑：脑壳顶上，脚板底下，关我
　　　　屁事！

〔迎贤店上房。

　　　〔店婆引温德栋走进乔溪房中。

店　婆　乔老爷，我们请了一位先生，来给你看病。

乔　溪　哎哟……（躲在帐内，小声自语道）不能让他看出我在装病，
　　　　得给他来猴子拉琴——胡扯。（有气无力地）啊，先生，请坐
　　　　嘛……

温德栋　（拿起架势）有坐，先生哪里不好？

乔　溪　（唱）哎呀，哪里不好难说清，

　　　　　　　　横竖不对周身疼。

　　　　　　　　肚子胀来手足冷，

　　　　　　　　两耳嗡嗡脑壳晕。

　　　　　　　　吃不下又睡不稳，

　　　　　　　　心惊肉跳噩梦频。

温德栋　哦，你的病深沉喃，让我号号脉。

　　　　〔乔溪把手伸出帐外。

温德栋　（号脉，闭目思忖）你头有些胀。

乔　溪　嗯。

温德栋　不想吃东西？

乔　溪　嗯。（又加了一句）还有点想发翻……

温德栋　发翻？硬是啥都不想吃？

乔　溪　（讥笑地）不，酸的东西还是想吃……

温德栋　（一下子从座位上站了起来）原来如此！不是病，不是病，恭喜
　　　　恭喜，你有喜了！

店　婆　（拉开帐子）温德栋，你说些啥哟，人家是位相公！

温德栋　（一下子尴尬万分）哦，对不起，我脑壳走溜了。重来，重来！

乔　溪　（背白）原来是个庸医，不用担心，还可耍笑……

　　　　〔乔溪让他摸脉，他却把摸乔的手背。

温德栋　（煞有介事）哦……

　　　　（唱）脉相昏沉，手冷如冰。

　　　　　　　　天河水干是绝症，

　　　　　　　　快备棺材和衣衾，

　　　　　　　请几个带发的花和尚，

　　　　　　　哐当，哐当送出门。

温德栋　　没脉了，准备后事吧！

乔　溪　　先生，你摸我的手背，哪有脉象？

温德栋　　噫！（自我解嘲）嘿，我咋个摸滑了！还算好，没有隔多远，又

　　　　　来又来！（摸脉）

　　　　　（唱）你的脉象很有劲，

　　　　　　　　吃了麻辣火攻心？

　　　　[乔溪摇头。

温德栋　　（唱）那就该是肺痨病？

乔　溪　　（摇头叹气）非也。（咳了一声）

温德栋　　（接唱）那为啥脸黄咳不停？

乔　溪　　（唱）我害的本是忧郁症，

　　　　　　　　难有灵丹能回春！

温德栋　　（唱）我有秘方医百病，

　　　　　　　　价钱给够一用灵！

乔　溪　　你要多少钱？

温德栋　　蜡制蜜丸，一颗见效，三颗病除，每颗纹银一两……

乔　溪　　这个……

幺　妹　　乔老爷，不要听他鬼吹火！

店　婆　　（反对）鬼女子，钱财如粪土，康健值千金。乔老爷，试它三

　　　　　颗！温先生有言在先，无效退款！

温德栋　　就是就是，我们医界同仁，都是这么说话。

乔　溪　　好，我就花钱试试，看能不能梦想成真！

　　　　[温德栋和店婆相视而笑。

温德栋　　那我就卖三颗给你。

　　　　[温德栋开药箱。刚打开，就窜出一只老鼠。

幺　妹　　（惊叫）打耗子，打耗子！

　　　　[随即拿起扫帚，在房中挥舞。

温德栋　　小大姐，你不必费心，它跑不远的，我的耗儿药，四海驰名。

　　　　[拿出三颗丸药，交给乔溪。

乔　溪　　怎么服法?

温德栋　　既可冲服，也可干嚼。其实，干嚼起来，就像花生米，香
　　　　　得很!

乔　溪　　那我就干吃。拿起一颗，准备放入口中。

幺　妹　　慢，乔老爷，让我看看!（抢过乔溪手中的丸药观看）

乔　溪　　这丸药难道哪里不对?

幺　妹　　有些像我昨天在街上买的耗子药……

乔　溪　　啊?

幺　妹　　硬是像耗子药!

温德栋　　唉，你这个女娃子，咋个尽在散我的生意嘛?

幺　妹　　你说不是耗子药，那你吃一颗!

温德栋　　我吃了哪个给钱?

乔　溪　　（也怀疑起来）我给。

温德栋　　那好，我吃一颗你给一两，吃两颗给二两。

乔　溪　　对，你先吃!

温德栋　　好。（略转一念）我还是要把细看看。（看药丸）哎呀，硬是拿
　　　　　错了! 嘿，幸好你相公没有吃，要是吃了，又是一场人命官司!

店　婆　　（大怒）你硬是瘟得痛，滚吧，滚吧!

温德栋　　（耍起无赖）滚? 是你把我请来的，又不是我自己跑来的!

幺　妹　　是你骗来的!

温德栋　　骗不骗，总是你把我接来的。要走，没得那么松活!

乔　溪　　店妈，给他一钱银子，把他打发走!

　　　　　〔迎贤店。
　　　　　〔店婆把温德栋推出门。

温德栋　　（大叫）噫，说好分成，未必你要吃独食子?

店　婆　　你差点给我闹出人命，还在想钱? 鬼想钱挨令牌，庸医想钱胡
　　　　　乱来!（关门）

温德栋　　（忽想起药箱还在房中，狠狠敲门）死老孃儿，我的药箱!

　　　　　〔迎贤店。

[幺妹给乔溪送来饭菜，店婆跟在后面。

店　婆　乔老爷，吃点东西压压惊。今天，真把我吓出一身冷汗。

乔　溪　总算菩萨供得高！

店　婆　都怪幺妹把医生请拐了！

幺　妹　（不服）都怪你没有说清楚！

乔　溪　你们母女不用再争，大家都是为了我好。再说，若不是幺妹眼尖，那三颗耗子药吞下去，我就一命呜呼了！

店　婆　（摇头）那也不会。如今遍街都是假药，耗儿药也没啥劲仗了。

乔　溪　那至少也得真病几天呀！

幺　妹　真病几天？这么说，你没有病？

店　婆　（莫名其妙）这……是咋回事？

乔　溪　（面带惭色）你们听我说……

　　　　[县衙二堂。
　　　　[知县愁容满脸，在房中徘徊。

知　县　（唱）有人鄙我是捐班，
　　　　　　　岂知我捐班也是官。
　　　　　　　上堂一样把民管，
　　　　　　　暗中一样弄银钱。
　　　　　　　只是官场根底浅，
　　　　　　　随时担心坐不严。
　　　　　　　今日这事就难办，
　　　　　　　脑壳想胀心头悬……

师　爷　（上）县台叫我？"

知　县　我怕你又钻古董字画去了。快看这个！
　　　　[知县把一封公文交给师爷。

师　爷　（一看，略感惊诧）哟，刑部文书！

知　县　你看咋个整？

知　县　（唱）蓝公子虽然骄横霸全县，
　　　　　　　更怨子民太刁顽。
　　　　　　　出了事本官会揉包包散，

又何必上告京中怎斡旋？

刑部命我细查管，

我七品怎敢管天官？

师　爷　县台，在下在衙门头混得久，知道遇见这种事，只宜拖！

知　县　怎么拖法？

师　爷　刑部才来第一封文书，你就拖着不查。如果再来催促，你就查而不动。只有蓝天官垮了，才能抓蓝木斯邀功。

知　县　哦，有道理，但又怎么个管法呢？

师　爷　（走近知县，俯耳道）如此这般……

知　县　（点头，大声呼叫）许贵快来！

　　　　［许贵醉醺醺地上。

许　贵　哼，明明白白是人差我，偏偏叫我差人。（他踉踉跄跄，向知县行礼）大人！

知　县　（生气地）以后，不准喝早酒！

许　贵　是。

知　县　近日，常有刁民，到天官府外，聚众闹事，你去给我看倒。

许　贵　如何看法？

师　爷　许贵，你在衙门头牙齿都吃黄了，还不知道怎么看吗？一是不要百姓聚集，二是请蓝公子不要动武。如有什么动静，就回衙禀报。

许　贵　小人明白了。（得意地小声自语）天官府对门有一座小酒店，正好喝酒。

知　县　旋啥子？还不快去！

　　　　［街上。

　　　　［幺妹背着几幅字画，手执一幅山水，沿街叫卖："买字画、买字画，买乔溪先生的字画，鉴赏收藏，价值无比。"

师　爷　（上）把你手中的字画，给我看看。（接过翻看，惊喜。忽又变得平静）一般，一般。这位先生寓居何处？

幺　妹　就在我们迎贤店。先生，人家都说好。买几幅嘛，一两银子一件。

师　爷　好啥哟！不够收藏水准，只能应酬用。半两银子一件，我就挑四件。不然，就算了。

幺　妹　好，优惠你四张。

　　　　　〔师爷挑字画，给银子，转身讯速走开。

　　　　　〔师爷喜形于色："嘿，今天睃到老丫了！"

　　　　　〔街上。

　　　　　〔秋菊行色匆匆。

秋　菊　（唱）奉命四处勤打听，

　　　　　　　要找花田画画人。

　　　　　　　不知名来不知姓，

　　　　　　　犹如海底捞花针。

　　　　　　　走得我脚炮腿发硬，

　　　　　　　晒得我两眼不想睁。

　　　　　　　这个差事硬难整，

　　　　　　　为小姐我只好再劳神。

　　　　　〔幺妹从对面走来："买字画，买字画……"

秋　菊　嘿，今天才碰到个卖字画的，待我问问。喂，卖字画的，你过
　　　　来一下。

　　　　　〔幺妹走到秋菊面前。

　　　　　〔幺妹、秋菊相互打量。

第五集

　　　　　〔迎贤店上房。

　　　　　〔乔溪正在作画。

　　　　　〔幺妹笑吟吟地跑入。

幺　妹　乔老爷，你看我把哪个给你带来了？

乔　溪　（风趣地）那天是瘟得痛，今天下午一定是瘟得凶……

　　　　　〔秋菊进屋，向他行礼："先生……"

乔　溪　（惊喜得目瞪口呆，好一会儿才说出话来）你……今天咋个来了？

秋　菊　（结结巴巴）这个……那个……

234

乔　溪　这下好了。快说小姐家住哪里，大姓芳名，学生好去拜会。

秋　菊　我们家住在城西天官府，小姐名叫蓝秀英……

乔　溪　（一惊）她是蓝天官的千金小姐？

秋　菊　（笑着说）当然嘛，难道是我们这些当丫头的？

乔　溪　那到处惹事的蓝公子……

秋　菊　是我们小姐的哥哥。

乔　溪　（失望地）哦，算了算了。我一介寒儒，权势之家，还是不去
　　　　为好！

秋　菊　（不悦地）不去？我们小姐那么看重你，你却狗屎鸳箢——拗
　　　　起了？

乔　溪　哎呀，不是你家小姐，是……

秋　菊　哦，你怕我家大少爷？

乔　溪　（昂着头）我乔老爷怕哪个？我是看不得他那飞扬跋扈的样子。

秋　菊　乔先生，那你就大错特错了！
　　　　（唱）蓝氏兄妹同根生，
　　　　　　　犹如泾渭两分明。
　　　　　　　少爷行为欠端正，
　　　　　　　小姐她温文尔雅誉名门。
　　　　　　　老爷夫人爱如命，
　　　　　　　少爷见她也让几分。
　　　　　　　她玉洁冰清好人品，
　　　　〔帮腔：切莫要一叶障目头发昏。

乔　溪　（大喜）原来如此。请你回去，禀报小姐，请小姐定下日期，学
　　　　生好前去拜望。

秋　菊　那你等着，哪里也不要走，听我的回信。（诡谲地笑了笑）我们
　　　　小姐是个急性子，说不定，听到消息，今天就要来看你呢！

乔　溪　那我就一步不离，恭候小姐光临！

秋　菊　（叮嘱）先生，记住，你一定要等着，没有见到我，天王老子喊
　　　　你，你也不要走哈。

乔　溪　这回，我用定身法，把自己定在这里，一动不动。

秋　菊　（笑着说）那就好。不然，过了这个村，就没有这个店了！

[秋菊又向幺妹告别，飞快离去。

[乔溪喜形于色，手舞足蹈，想象着与蓝小姐相会的情形。

幺　妹　乔老爷，恭喜你！

乔　溪　同喜同喜，快去对你妈说，再也打岔不得啰！

幺　妹　放心，我和妈会把你这里收拾得干干净净，让你迎接贵客！

乔　溪　那你们……

幺　妹　（嬉笑）知道你们想说悄悄话，我和妈晓得去赶夜市，吃过街嘴儿……

乔　溪　（摸出一锭银子）幺妹，拿去买点瓜果。剩下的，你们随便花。

幺　妹　那就道谢了！

[两人愉快地笑着。

[蓝府。

[大门紧闭，侧门也关着。

[秋菊用力敲打侧门。

秋　菊　（不满地）大白天，到处关着干啥？

[侧门开了，走出门卫。

门　卫　哎呀，秋菊，你跑到哪去了？

秋　菊　（进门）是小姐叫我出去办事的！

[门卫又把小门关住。

[秋菊抬头观看。府里的人慌慌张张，来来往往，抬柜搬箱。

秋　菊　（问侍卫）出子啥事？

门　卫　我不敢说，你去问小姐吧。总之，夫人有话，全府上下，任何人不得出门！

秋　菊　哦？（快步往里走）

[蓝府。

[蓝秀英的闺房。

[蓝秀英在向秋菊解释。

蓝秀英　（唱）兄长行为太放纵，

　　　　　　　本地官民全不容。

封封诉状京里送，

刑部有文复县中。

担心州县有行动，

老父知情怒冲冲。

传书责兄太懵懂，

速搬湖口避避风。

秋　菊　我们天官府，还害怕小小州县官员？

蓝秀英　（唱）官场之事你不懂，

告兄长，

是给家父把羞蒙。

那知县虽是捐班糊涂种，

有人怂恿也敢逞凶。

因此上，

全府上下勿妄动，

深夜搬家府室空。

湖口老家根叶茂，

要动兄长难重重。

那时再把家法用，

管教规劝我家兄。

秋　菊　乔先生那里又怎么办？

蓝秀英　（沉思片刻）这里事态紧急，大家心慌意乱，乔先生的事，难向
　　　　　母亲说明。只有到湖口安顿好，再派人来请乔先生。

秋　菊　（无奈）看来只好如此了！

　　　　　［县衙二堂。

　　　　　［黄昏时分。

　　　　　［知县在独自品茗，闭目养神。

　　　　　［师爷抱着几张字画，兴冲冲地走来。

师　爷　大人，让你老人家久等了。

知　县　（不悦地）你跑到哪儿冲壳子去了？

师　爷　不是不是，我走会仙桥过，搞了几张好字画。

知　县　（叹气）唉，你们这些读书人硬是恼火。天天写写画画不说，还要买这种东西！

师　爷　大人，收藏字画古董是最赚钱的买卖！

知　县　哦？

师　爷　这是我花半两银子一张买的。这位乔溪，笔墨精妙，韵致古朴……

知　县　本官看不出什么名堂。

师　爷　如今，他还没有成名，所以卖得相因。二天，他名气大了，或者短了阳寿，一百两银子一幅，也难买到。

知　县　这么能赚钱？

师　爷　哄你我是龟儿了。

知　县　那你帮我买它几十张。

师　爷　要是大人愿意，简直可以无本万利。

知　县　这本官就更不懂了。

师　爷　（唱）那乔溪就住迎贤店，

　　　　　　　他本是落魄一生员。

　　　　　　　大人若肯摆酒宴，

　　　　　　　请他衙中来叙谈。

　　　　　　　大人是礼贤下士多体面，

　　　　　　　他定然受宠若惊愿高攀。

　　　　　　　那时节你若向他求画卷，

　　　　　　　累死他也不会要你半文钱！

知　县　（高兴地）真不愧是红鼻师爷。你去吩咐下人准备酒菜，我叫许贵，到迎贤店去请这位姓乔的。

师　爷　遵命。（满意地）只要他把乔溪笼住，我便有利可图。（急下）

知　县　（大声地）许贵快来！

许　贵　（摇摇晃晃地上）来了，来了！（向知县行礼）大人传唤小差，不知……有何吩咐？

知　县　（皱起眉头）还没有吃夜台，你咋个醉成这个样子？

许　贵　小人没有醉，刚才只喝了两杯。

知　县　天官府那边，有什么动静？

许　贵	回老爷，啥动静也没有。那蓝公爷连大门也没出，一整天，府门紧闭。小人才有闲心吃点酒。
知　县	你的酒钱呢？
许　贵	大人亲自赏的，怎么忘了？
知　县	我啥时赏你的钱？
许　贵	老爷今天不是审了一桩案子：一个和尚把尼姑的胡子扯了一撮，这尼姑又把和尚的头发抓走一饼。你让我各罚他们纹银二十，放他们走。然后，就赏了我一串铜钱。对吧？
知　县	嗯，好像有这回事。
许　贵	得了钱，我就到酒馆要了一壶烧刀子，喊了一个黄糖炒白糖，一个酱油煎麦醋。吃得我甜哇哇、酸溜溜的。这点东西只是倒口瘾，咋会醉？不说一酒壶酒，就是一夜壶酒，我姓许的也照喝不误。
知　县	那好，你拿上我的帖子，到迎贤店，请乔老爷来喝酒。
许　贵	遵命，小人立刻去办……
知　县	去请！
许　贵	是，去请。小人说惯了，请老爷包涵。
知　县	快去快去。

〔迎贤店。

〔暮色渐浓，廊上的纱灯已经点燃。乔溪在房前的花园里徘徊。

乔　溪 （唱）日落入暮，

月上东山照楼阁。

不见情人来会我，

似后羿心绪万端望嫦娥。

待月东厢坐，

梦想西厢曲。

且回房燃起那宝炉香火，

候玉人临书斋情话慢说。

〔乔溪转身入室。

新乔老爷奇遇

239

[路上。

[许贵醉意十足地往前走。

许　贵　头戴如漆黑帽子，身穿皂隶长褂子，腰间系根铁链子，手上捏根麻绳子——啊，是红帖子……噫，往天吃酒，醉在头上，今天吃酒，怎么醉在腿上？唉，你要稳当点，不要崴着啊！

许　贵　（唱）头昏脚炽，

　　　　　朦胧里醉眼看花。

　　　　　步履催，

　　　　　辨不出高低平洼。

　　　　　俺用这手儿爬，

　　　　　恰似那激流里折舵的舟，

　　　　　好教俺难撑难驾。

　　　　　弄得俺气喘身乏，

　　　　　恰好似乌龟刨沙。

[他挣扎着站起来，又偏偏倒倒地往前走。

[迎贤店。乔溪的书斋。

[乔溪等得心烦意乱，索性坐到椅子上，用一本书，盖在头上。暂作休息。

[迎贤店。上房前的小花园。

许　贵　（边走边吆喝）喂，人里头有没有门？唉，怪，门大打开，却没得门。没得门，倒有一个小院子。（他醉眼惺忪地张望）啊，这花台几座，迎风飘香。书房一间，灯火明亮。

[他走到书房门口："读书人的书房，女娃子的闺房，闲人莫能进，我有帖就能闯！"

[他抬脚进门，差点被门槛绊着，几个趔趄，这才稳住。

[迎贤店书斋里。

[乔溪坐在椅子上，迷迷糊糊地睡着了。

[许贵盯着他傻笑："他比我的瞌睡好。他，他……是哪个？"敲

自己的头，瞧见手中请帖，"呵，想起来了，姓……乔。"走近
乔溪招呼。

许　贵　乔先生，乔先生……

〔乔溪一惊，以为是蓝秀英，甩开盖在脸上的书本，"哎呀，我
的蓝……"定眼一看，发觉不妥。

乔　溪　啥人？

许　贵　（笑着）你说对了，我是男人！

乔　溪　我问你是干啥的？

许　贵　俺本是县堂皂爷。

乔　溪　啊，一位差爷。请问到此做甚？

许　贵　我们老爷请我来叫你去吃月赏酒。

乔　溪　你说错了，想是你们老爷叫你来请我去吃酒赏月。

许　贵　我记不清了，不是吃月就是吃酒。

乔　溪　那就拿来。

许　贵　拿啥子？

乔　溪　赴宴的请帖呀！

许　贵　我拿给你了得嘛！

乔　溪　你何曾给我？

许　贵　吔，我两只手拿给你，你三只手接倒的呀！

乔　溪　太不成话了。没有请帖，我乔老爷是不会去的！

许　贵　（周身摸找）有，有，你这红东西，还给我两个藏猫猫呀！（终
于找到）看，这不是老爷的请帖，这不是老爷的请帖？

乔　溪　（接过细看）咋个皱成这个样子了？

许　贵　（不服地）管他皱不皱，只要有张纸飞飞，都能逮人！

乔　溪　（不理他）哟，真是县台的请柬，我得去应酬应酬。哦，我在等
蓝小姐的消息，不能去，不能去！差爷！

〔许贵打起瞌睡来。

乔　溪　（高声）皂隶，皂隶！

许　贵　（一惊）你像有毛病？敲得乒乒乓乓的。

乔　溪　回你们老爷，感谢相邀，因故不能前去拜会，祈请见谅。我不去了。

许　贵　你硬是有毛病喃，县太爷喊你，你竟敢不去！

乔　溪　我是有病，不过不是毛病。

许　贵　啥子病？

乔　溪　我昨晚冒了风寒。

许　贵　你为啥会冒风寒？

乔　溪　因为深夜作画。

许　贵　你为啥要深夜作画？

乔　溪　为了穿衣吃饭呀！

许　贵　算了。我只问你一句，到底去不去？

乔　溪　不去。

许　贵　不去，你看这是啥子？（他从腰间取下链子。）

乔　溪　啥子？

许　贵　这是链子，你不去我就把你拉去！

乔　溪　（生气地）岂有此理！

许　贵　（唱）他那里徘徊观望眼儿巴，

　　　　　　推三阻四将人戏耍。

　　　　　　又不是临江赶宴索荆襄，

　　　　　　为什么如此恋家？

　　　　　　他生气我就撕他的字画……

乔　溪　哎呀，你……干啥？

许　贵　你去不去？

乔　溪　我……

许　贵　我正想发呕，你再不去，我就吐在这上头……

乔　溪　我去，我去。快把我的画稿放下。

许　贵　（颇为得意地）哦，去！哼，你再不去，我当你是贼娃子，把你拉去！

乔　溪　好，请到外面转转，待我稍稍穿戴。

许　贵　好。

　　　　〔打个转身，突见镜中身影，就对镜笑了起来。

　　　　伙计，你好久来的嘀？是不是老爷叫你来请我回去？我给你说话，你咋个不开腔，光学我眼眨毛动嘀？

　　　　（唱）看我这须眉人簌簌惊怕，

他也将须眉比作咱。

他与俺香腮相对唇相应，

无缘无故装哑巴。

咱手捡石，

他手也抓，

俺岂能甘休罢？

扭他到公堂面礼，

绝不肯饶他。

许　贵　你骂我？学学学，捡臭脚，看老子给你几下。（拿起一个小凳就要砸去）

乔　溪　（慌忙阻拦）不要打，那是镜子。

许　贵　他是禁子，我是差哥，我更要打！

乔　溪　（拦腰将许贵拉住）哎呀，要打坏……

许　贵　打怀？吧，你……调戏我哇？

乔　溪　（摇头）太不成话了！

许　贵　就是你不成话！

　　　　（唱）你读书人儿妄尊大，

把我当成井底蛙！

知你们爱把娈童耍，

把我皂隶当娇娃。

这下闹了大笑话，

看你脸皮搁哪搭？

许　贵　走，见老爷去！

乔　溪　（气极）你与我出去！（把许贵推出，唉声叹气）伤哉呀伤哉！

　　　　〔迎贤店。

　　　　〔许贵站在门外。

许　贵　你……你不开门？怪哉呀怪哉！

　　　　（唱）我这下怎回爷的话？

得打主意想办法……

呵，有了，

待俺娇滴滴学说女人话，

骗他开门好拿他！

［迎贤店书斋内。

［乔溪站在门旁，沮丧万分："唉，我的好事，全让这个酒鬼搅散了……"

［这时，门外传来女人的声音："乔先生，奴来也，请开门！"

乔　溪　（大喜过望）好，学生开门！

　　　　［乔溪把门打开，许一见，狞笑着说："哈哈，正等你。"他将手中的链子，朝乔溪套去。

　　　　［乔溪见势不妙，连忙躲闪。

　　　　［许贵恍恍惚惚，一下将链子套在自己的脖子上，他高兴地开怀大笑："这下，我看你往哪跑？走，见老爷去！"

　　　　［他拉着自己，步履蹒跚地走出迎贤店。乔溪望着他的背影，摇头苦笑。

　　　　［县衙二堂。

　　　　［桌上的酒菜已经凉了。

知　县　（十分不满）这个姓乔的，架子也太大了，老爷的肚子早就唱起空城计，他还不来。师爷，坐，我们吃！

师　爷　大人，还是再等等。虽说他是你的子民，却又是你的客户……（听见脚步声）噫，来啦？

　　　　［两人上前张望。

　　　　［许贵拉着自己，吆喝着："你再扯拐，等会儿到了大堂，我就莽整！"

师　爷　许贵，你回来啦？

许　贵　回来了，哼，好费神啊！

秋　菊　（莫名其妙）他在搞啥名堂？

师　爷　乔先生呢？

许　贵　（扬了扬手）这不是，我把他拉来了……

知　县　（破口大骂）你这个酒鬼！（用手拍打许贵的脑袋）这到底是乔

溪的脑壳，还是你的脑壳？

许　贵　（一下子醒了）啊！

　　　　（唱）霹雳击顶酒乍醒，

　　　　　　　错把自己当乔生。

　　　　　　　若认错，饭碗丢定。

　　　　　　　我只得卷起舌头赖他人。

　　　　　　　禀老爷，非是我酒醉不醒，

　　　　　　　是乔溪横蛮得不近人情。

知　县
　　　　哦！
师　爷

许　贵　（唱）他狗坐鸳笼，生得油黑不受粉，

　　　　　　　不来赴宴还乱叨人……

师　爷　他说些啥？

许　贵　（唱）他说道老爷捐班非正品，

　　　　　　　除了整钱事事昏。

　　　　　　　师爷你红鼻鼠眼烂得很，

　　　　　　　编筐打条害好人。

　　　　　　　他圣贤不与狐狗混，

　　　　　　　还给我颈上套绳绳……

知　县　（气得火冒三丈）这个不识抬举的东西，我非狠狠收拾他不可！

师　爷　大人息怒，在下自有办法。（向许贵）你先下去候着。

许　贵　是。（擦了擦额上冷汗）嘿，总算遮掩过去了。（快步走开）

知　县　师爷，快说咋个整治那个不进油盐的四季豆？

师　爷　大人呀！

　　　　（唱）许贵的话不可信，

　　　　　　　多半是自己有错乱咬人。

　　　　　　　那乔溪若是以高雅自命，

　　　　　　　不听话，

　　　　　　　再让他把苦果吞。

知　县　咋个整？

师　爷　（唱）就说是富家失盗丢珍品，

有人举报疑乔生。

一张签票让他把牢房进，

不写供状作丹青。

知　县　他会干吗？

师　爷　（唱）这种人迂得很，

三天不摸怕手生。

书画弄到好几捆，

再提他过堂上法庭。

给他个查无实据，

事出有因，

无罪释放出牢门。

吃了他的字画他不省，

还把老爷当恩人！

知　县　（大喜）师爷，你硬是爱吃草帽子，肚里圈圈多喃。就是这个主意，（走到桌面，大喝了一口酒。呼喊）许贵快来！

[迎贤店上房。

[乔溪正向店婆、幺妹叙说情况。

[门外传来一阵急促的敲门声。

乔　溪　哪个又敲门？

幺　妹　这下，恐怕才是蓝小姐她们！走。

[幺妹带头朝大门走去。

[乔溪、店婆跟在后面。

[迎贤店大门内。

[幺妹把灯交给店婆，打开大门。

[皂隶许贵冷冷地站在门外，另外两名差役手提县府正堂的大纱灯。

乔　溪　（气不可遏）怎么又是你？

许　贵　（冷笑）是我，可来头不同了！

乔　溪　此话怎讲？

许　贵　刚才，是县台请你，你敬酒不吃。这回是奉命拿你！（他扬了扬

　　　　　手中签票)

幺　妹　乔老爷犯了何罪，你们要拿他?

许　贵　城东吴员外家，遗失一大批珍贵字画。有人控告，是乔溪所为。

乔　溪　(气得结结巴巴)这……这简直是诬陷!

许　贵　诬陷不诬陷，公堂上慢慢辩! 走! (他一条链子，终于套在乔溪
　　　　　的脖子上。)

　　　　　〔幺妹要去阻拦，被店婆拉住。

许　贵　(正要拉乔溪走，忽又驻足)哦，我差点忘了。老爷吩咐，坐牢
　　　　　期间，除了写供词，允许你练习书画。走，进去把你的笔墨纸
　　　　　张带上!

　　　　　〔迎贤店上房前。

　　　　　〔许贵带着差役，押着乔溪走到门口。

许　贵　店妈，你这上房，除了两边的窗户，有没有后门?

幺　妹　(抢答)没有后门。

许　贵　(放下手中的链子，对乔溪)那你进去快些收拾东西，跟我
　　　　　们走!

　　　　　〔乔溪还没有从这个巨大的打击下清醒过来。

幺　妹　走，乔老爷，我帮你收拾! (把乔溪推进门内)

许　贵　(吩咐差役)你们一人守一扇窗户，我守住房门。(催促幺妹)
　　　　　让他快些!

　　　　　〔迎贤店上房内。

乔　溪　(还不相信是事实)唉，真是一场噩梦……

幺　妹　啥子噩梦，是你伤了知县的面子，故意整你的!

乔　溪　(焦急万分)那我咋办?

幺　妹　事不宜迟，你只有赶快躲到蓝小姐家，他们就不敢找你了。

乔　溪　差狗儿守着门口窗户，我……怎么逃得脱?

　　　　　〔幺妹想了想，向乔溪耳语。

　　　　　〔迎贤店上房门外。

［幺妹抱着字画纸张，走了出来。

许　贵　乔溪呢？

幺　妹　说是要换汗衫儿、小衣……

许　贵　真他妈穷讲究，坐班房还要换干净衣裳。（他高声呼喊）喂，
　　　　快点！

　　　　［幺妹把抱着的纸，往站着的一差役身上一放，撞倒了纱灯笼。
　　　　这一角变得昏暗。

幺　妹　哎呀，灯笼燃了！

　　　　［她与差役急忙扑灭燃着的纱灯。

　　　　［许贵与差役走进上房，哪还有乔溪的影子？

许　贵　（大叫）人嗬？

　　　　［这时，店婆提着油壶子，与幺妹及两个差役走入。

幺　妹　（显得十分惊恐）唉，他明明在脱长衫子，怎么不见了？

许　贵　（恶狠狠地指着幺妹骂道）哼，就是你这个小妖精，故意撞倒灯
　　　　笼，让他逃了。（向店婆）你两个一步也不准离开。待我回衙禀
　　　　报后，再拿你们是问。（吩咐两个差役）去把大门守好！

差　役　是。

　　　　［许贵和差役离开。

店　婆　（拉着幺妹）鬼女子，乔溪呢？

　　　　［幺妹面无表情，也不回答。

　　　　［两差役守在门门外。

第六集

　　　　［迎贤店上房前。

店　婆　（焦急地拉着幺妹）鬼女子……你说话呀，乔溪到底钻到哪里
　　　　去了？

幺　妹　（小声地）钻地洞跑了。

店　婆　他咋晓得有地洞？

幺　妹　你给我讲过呀！说怕棒老二拉上房客人当肥猪，专门挖的。妈，
　　　　趁差役守在大门口，我们拿些金银细软也从地洞快些溜。

店　婆　唉，我这份家当，就这样葬送了！

幺　妹　总比坐班房好噻！

店　婆　我真把他遇着了！

幺　妹　妈，做好事不会吃亏。

　　　　　〔县城蓝府外。

　　　　　〔时近初更，天色昏黑，路断人稀，偶尔传来几声犬吠。

　　　　　〔乔溪身影背个小包袱，从墙边钻出，打量蓝府。

　　　　　〔蓝府大门外的灯笼，并无光亮。正门紧闭，侧门也关着。

　　　　　〔乔溪悄悄走进侧门，用手敲门。

　　　　　〔门内无人回应。他十分着急，只得喊叫："开门，开门！"

　　　　　〔从对面走出一位老丈。

老　丈　快起更了，你在这里吼啥子？

乔　溪　我……有要紧事……

老　丈　那就惨了。半炷香前，他们一家大小，坐轿骑马，全走光了！

乔　溪　出了啥事？

老　丈　我们这些穷邻居，咋晓得？多半是老天官在京城闯了啥祸。不
　　　　然，咋会搬月亮家？（叹气）唉，伴君如伴虎，晓得皇帝老倌儿
　　　　心头想啥？

乔　溪　（仰天长叹）我到底是啥子命啊！

乔　溪　（唱）一场春梦兴正浓，

　　　　　　　　醒来眼前全是凶。

　　　　　　　　狗官无理将我控，

　　　　　　　　求救又遇府室空。

　　　　　　　　长夜漫漫心惶恐，

　　　　　　　　我乔溪为啥天地均不容？

老　丈　看，那边火光闪闪，喊声震天。你快些走开，免得血溅在身上！
　　　　（快步离去）

乔　溪　（唱）看那边，

　　　　　　　　灯笼火把闹哄哄，

　　　　　　　　一队差役跑得凶。

　　　　　　　　恐怕是捉拿我乔某，

　　　　　　　　要不然查抄蓝府要充公。

　　　　　　　　大祸临头休硬碰，

　　　　　　　　赶快逃走隐行踪。

　　〔乔溪离开蓝府，消失在夜幕中。

　　〔郊外。

　　〔徐子元手持竹弓，别别扭扭骑在马上。因为害怕跌下来，全由
　　家丁护着。可他嘴里还充英雄："哼，人说徐公爷，是狗屎做
　　鞭，闻（文）不得也舞（武）不得，我偏要春郊试马作射猎！"

　　〔他摇摇晃晃地边舞边唱，洋相百出。

徐子元　（唱）暮春三月野味鲜，

　　　　　　　　执弓驰马过山川。

　　　　　　　　但愿囊中雕翎箭，

　　　　　　　　射得鸟兔一串串。

　　　　（兴冲冲地）娃娃们，唆狗撵兔子！

　　〔众家丁护着他，向田野飞奔而去。

　　〔柳树下。

　　〔阳光灿烂，气候燥热，乔溪走到树下歇肩。

乔　溪　（唱）逃离鬼门真侥幸，

　　　　　　　　多亏店女仁慈心。

　　　　　　　　前途茫茫心烦闷，

　　　　　　　　不知何处是归程？

　　〔柳树旁。

　　〔张三东张西望地上。

张　三　（唱）元宵骗钱戳了笨，

　　　　　　　　徐子元逮着我定要整伸。

　　　　　　　　李四打得病床困，

　　　　　　　　设法救他找善人。

张　三　看那树下，有个人背着包袱在歇肩，我去碰碰运气。

　　　　　[柳树下。
　　　　　[乔溪又欲动身。

张　三　（打着哈哈走了过来）哎呀，我默倒是谁，才是你哥子。好久没
　　　　见面了，你好嘛！

乔　溪　你……你把我哥子哥子地喊，你认得我？

张　三　咋个认不得？那回子在茶馆，就是你给我开的茶钱，你忘了？

乔　溪　哦，事隔久了，我记不清了。

张　三　你记不清，我记得清噻，哥子，你这是往哪走？

乔　溪　我往岭南去！

张　三　哎呀，硬是有缘，我也是到岭南做生意，正愁没有伴呢！走，
　　　　一路一路。

乔　溪　（高兴地）那好，我俩结伴而行，可免许多寂寞。

张　三　那还消说！
　　　　　[两人结伴前行。

乔　溪　（唱）险途遇友心高兴。

张　三　（唱）要骗钱财装殷勤。

乔　溪　（唱）天热出汗衣衫浸。

张　三　（唱）遮阳的草帽送先生。

乔　溪　（唱）仁兄情义堪尊敬。

张　三　（唱）前世修得今同行。
　　　　　　　　先生背包累得很，
　　　　　　　　不如交我好轻行？

乔　溪　那咋要得喃？

张　三　（唱）我下力之人身板硬，
　　　　　　　　两手空空无精神。（抢包袱背上）
　　　　　　　　小小包袱我背定，
　　　　　　　　恭听先生说古今。

乔　溪　（轻松地）那好。（一面走一面想）我给你讲点什么呢？

张　三　（背唱）说三道四全都听，

新乔老爷奇遇

251

只为今天要哄人。

［他悄悄溜走。

乔　溪　（毫不察觉）哦，说道朋友信义，我给你讲个季札挂剑的故事。
　　　　话说春秋时，吴王诸樊，有个弟弟，名叫季札……（掉头一看）
　　　　咦，人嗬？（有些急了）喂，仁兄……仁兄……

［上下左右，哪有人影？

乔　溪　（痛心疾首）哎呀，我……又遇到拐子了！（呼天抢地）天啊，
　　　　你硬不让我活啊！（两眼一黑，昏倒在地）

［乔溪慢慢醒来，悲痛欲绝。

乔　溪　（唱）屋漏又遭连夜雨，

　　　　　　　马临深潭收缰迟。

　　　　　　　今日才知我蠢无比，

　　　　　　　不如自尽化为泥。

［乔溪走到树下，将腰间丝绦取下，搭到树枝上，引颈自缢。

［"喳"的一声，树枝折断。

乔　溪　（愤愤地）哼，你断，我晓得找根粗的！（向粗的树枝甩上丝绦，
　　　　挽上结，用肘试了试。树枝不断，惨笑）树枝啊，树枝，你得
　　　　乘住我啊！

［乔溪把脖子伸进套中。

［田野。

［徐子元骑马在田野驰骋。

小　厮　（指远处）公爷，看，那里有只岩鹰！

徐子元　好，看公爷的箭法……

［他好歹拉开了弓，左瞄右瞄才把箭射出，差点摔下马背，但却
　　　　高兴万分。

　　　　嘿，射着了，射着了！快跑，拣岩鹰去！

［树下。

［乔溪把脖子伸出套内，"叭"的一声，又掉了下来。

［乔溪从地上坐起，摸着脖子，望着树枝，感到困惑不解。咦，

树枝未断，怎么又下来了？怎么这丝绦成两节？难道阎王也不收我？气得倒在地上。

〔这时，徐子元及小厮等跑上。

徐子元 （问小厮）岩鹰呢？

小　厮 没得岩鹰，只有一个人倒在地上。（他捡丝绦，又找到箭翎，笑着对徐子元）公爷，你的箭法好，没有射着岩鹰，却射断了他的丝绦。

徐子元 没有射中岩鹰，还算啥好箭法？

小　厮 你射断丝绦，救了一个吊颈的，难道不是好箭法？

徐子元 你说得对。快把他扶起来。公爷我要问问他，这么好的花花世界，他为啥不想活了？

小　厮 是。（走到乔溪身边）喂。起来起来，我们公爷有话问你！

〔徐府书房。
〔徐子元笑嘻嘻地在书房中走动。

徐子元 我头戴一顶花花巾——崭新；身穿绫罗亮眼睛——光生。三年读本《百家姓》——聪明；方知家父叫"严尊"——尊称！嘿，春来不是读书天，驰马涉猎过山川。捡得一个倒霉汉，把他喊来耍一番！

〔他走到书房门口。
单非英，你来一下。

〔书房外。
〔乔溪慢慢走来，喃喃自语："一时愁火攻心，毅然断此残生。既然苟得性命，暂时隐名埋姓。"他走向书房。

〔书房内。

乔　溪 （进门，向徐子元行礼）见过公爷。

徐子元 （有些惊奇）哎呀，你还见得来礼呀？

乔　溪 公爷不知，是我进得府来，看见他们都会行礼，我也就依样画葫芦，会了。

徐子元　嘿，看不出倒还灵醒嘣！公爷今天有桩大事想叫你办，办得来，就留下当跟班，办不来，就走人。

乔　溪　请公爷吩咐。

徐子元　倒茶！

乔　溪　哦？（他转身讥笑，小声地）原来是个半瓜精……

徐子元　（担心地）未必你倒得来茶，我肯信！

　　　　〔乔溪用手抓茶叶，提壶往杯里冲水，然后端给徐子元。

乔　溪　公爷请用茶。

徐子元　（接杯在手，注视乔溪）咃，看不出来，你真还有点本事嘣！

乔　溪　这也算本事？

徐子元　我那小厮，学了一个月，才没烫着手。你一来就会，咋不算本事？（饮茶，又吐了出来）喂，你抓的啥子茶叶？

乔　溪　云南普洱茶。

徐子元　公爷不吃这种茶。以后，要给我泡槐树尖尖上结的果果，吃了开胃健脾。

乔　溪　小人记下了。

徐子元　（高兴地）你还麻利，要得。去叫厨房给我送些点心来。

乔　溪　是。（转身往外走）

徐子元　单非英，你转来。

乔　溪　（上前）公爷还有啥吩咐？

徐子元　你到街上给我买顶新帽子，你也顺便买一顶。我有点癞毛儿，最见不得光头儿。

乔　溪　多谢公爷！

徐子元　（毫不在意）小意思。只要你听话，钱，公爷有的是。

　　　　〔黄丽娟家门外。

　　　　〔这是一户小康人家，门楼虽小，倒也整洁。

　　　　〔皮金拄着竹棍，拿着破碗走来。

皮　金　（唱）客店被撵穷游荡，

　　　　　　　又害梅毒又生疮。

　　　　　　　深宅大户无人赏，

　　　　讨口只得溜巷巷。

　　　　不给我就胡乱嚷，

　　　　估吃霸赊最在行。

　　想不到我皮大公爷，真成了大家供的爷了！此时日上三竿，不知么儿媳妇儿，把我的早饭做好没有？待我问问。

　　〔走到门前，先小声喊："王女儿！"（又大声叫）"开门！"

　　〔里面有个男声相应："哪个？"

皮　金　啊，是么儿在答应。（高声地）怎么连我的声气你都听不出来呀？

　　〔门开了，走出黄义。

黄　义　你是干啥的？

皮　金　（嬉笑背白）哟，不是么儿是么爸儿！（对黄义）啊，么爸儿，你还看不出来呀？我本是伸手将军，快把粮饷交来！

黄　义　（生气地）哪里钻出个恶吃恶讨的？走，走！

皮　金　有，有就端出来呀！还要老爷自己动手？

黄　义　（气愤地去推他）你给哪个充老爷？滚，滚……

　　〔这一下，皮金扯横耍起来："哎哟，打死人啰，打死人啰！"

　　〔黄丽娟和春英闻声走了出来："发生什么事？"

黄　义　他恶讨恶吃，还诬赖我打他！

皮　金　小姐……（突然住口）噫，我在哪里看见过这位美佳人……（终于想起元宵节的事，翻身站起，指着黄义）你狗仗人势，狐假虎威，今天，看到你小姐的面子，老爷我不与你计较。此处不养爷，自有养爷处……（离开门口）

　　〔黄义还要与他理论，被黄丽娟劝住："不要和这种人计较，把门关上。"

　　〔黄家的门关闭。

皮　金　（哈大笑笑）

　　（唱）只说是又讨没趣，

　　　　谁料到遇着西施。

　　　　赶快找蓝家公子，

　　　　再不愁缺钱少吃！

［徐府花园。

［徐子元摇头晃脑，在读一本《千字文》："天地玄黄，宇宙洪荒，日月盈仄，辰宿列张，寒来暑往，秋收冬藏……"长叹一声："唉，这些东西，太无聊了。"他东张西望，看见园中秋千架，就随手将书扔在石桌上，"嘿，待我唱支曲儿解闷。"

［他走到秋千前，坐在踏板上，荡起秋千，装模作样地唱起来。

徐子元　（唱）好一个艳阳天，

　　　　　　　有个女娃子打秋千。

　　　　　　　上要蹬得圆，

　　　　　　　一扭一转，

　　　　　　　一扭一转，

　　　　　　　扭得她的手儿酸。

［他仍觉得无聊，又坐下打起呵欠来。

［小厮手拿帖儿走来。

小　厮　公爷，公爷。（见徐子元不应，故意一跳）公爷！

徐子元　（一惊）呸，这你狗东西在做啥？

小　厮　娃在禀事。

徐子元　禀事要学单非英，斯文些嘛！啥事？

小　厮　公爷，考期快到了，那个考官是老太爷的门生。启程之时，老太爷再三关照。所以，昨天一到馆驿，今天就来拜老夫人，还留下题目一道。老夫人叫公爷照题做文，将来好去赴考。

徐子元　（不安地）把它搁到石桌上。

小　厮　是。（暗笑）今天，要逼牯牛下儿了。（幸灾乐祸地走开）

徐子元　（走到石桌前坐下，摇头叹息）哎，我好不明白的老父亲，好不懂事的老母亲，你儿有什么学问，做得来什么文章？唉，逼死人啊！

［这时，乔溪端着一盘点心走近："公爷，吃点东西打个尖。"他见徐子元摇头。

乔　溪　公爷，怎么啦？

徐子元　哎呀，不好了……

乔　溪　那我去禀报老夫人，给公爷请医生。

徐子元　唉，不是病，是我妈在逼我……

乔　溪　啥事逼你？

徐子元　他叫人送来一道题，要我照题做文……

乔　溪　公爷就做嘞！

徐子元　哎呀，单非英，你又不是不晓得。我这个人，正事不足，邪而有余。就是把我倒吊三天三夜，也滴不出一点墨水，怎么做得起文章啊！

乔　溪　再恼火也得做嘞。走，公爷，我陪你回书房。

徐子元　（唉声叹气）唉！

　　　　　〔书房。

　　　　　〔徐子元坐在桌前发呆。

乔　溪　（一面擦拭桌椅，一面问）公爷，你怎么还不动手写文章？

徐子元　文章？我连题目还不晓得呢！

乔　溪　不是在你面前吗？

徐子元　我不想看，你帮我看一眼算啰！

乔　溪　（从桌上拿起一看）"子曰，学而时习之"这个题目好做嘛。

徐子元　好做啥啊！

　　　　（唱）听说是要做文心如刀绞，

　　　　　　　肚儿内无墨水怎么开交？

　　　　　　　平素间老师他不敢管教，

　　　　　　　走花街宿柳巷任我逍遥。

　　　　　　　那四书和五经只知名号，

　　　　　　　坐书房我犹如在坐监牢。

　　　　　　　单非英与公爷把墨磨好，

　　　　　　　这回子要逼得冷汗长漉！

　　　　哎哟，一家人吃饭，拿我一个人遭罪，好气人啊！

乔　溪　公爷，再气人也得做，快些写。

徐子元　哎哟，你在催命呀！（拿起笔，却又不知如何下笔）哎，单非英，公爷做文，硬是比爬皂角树还恼火。

乔 溪　那平时的习题呢？

徐子元　老师都被撵怕了，哪个还敢叫我做习题？可这回，我总不敢把老母亲撵了呀！单非英，你脑壳灵醒，快帮我出个主意。

乔 溪　（想了想）这……公爷实在做不出，府里人多，不如请个人帮你做。

徐子元　帮我做？对，你这一脚把我啄醒了。（注视乔溪）单非英，你本来也读过几天书，就请你帮我做。

乔 溪　我？……恐怕不行啊！

徐子元　行。你茶倒得来，点心端得来，这文章也一定做得来。

乔 溪　端果倒茶是小事。

徐子元　未必做文章就是大事？吃也吃不得，穿也穿不得。

乔 溪　（故意戏弄他）可我没有座位，怎么做文？

徐子元　（连忙让座）吔，吔，这不是座位是啥？

乔 溪　哎呀，这天气硬是热，刚才磨的墨就干了，待我去找个人来磨墨。

徐子元　不要去叫，不要去叫。旁人看见你替我做文章，岂不笑我？公爷我还是想要点面子噻！

乔 溪　（故意刁难他）咋办？公爷，你不晓得，要我做文章，就不能自己磨墨……

徐子元　为啥呢？

乔 溪　自己磨墨，把手磨软了，文章又咋个写？

徐子元　（思忖片刻）那倒也是，这……嘿，我来磨墨嘛！

乔 溪　（装作吃惊）公爷还会磨墨？

徐子元　（得意地）嘿，磨墨是我们的家传。我家三代，都会磨墨。

乔 溪　请问公爷，这话怎说？

徐子元　我曾祖父写字，是我爷爷磨墨；爷爷写字，是我爹爹磨墨；爹爹写字，是我磨墨。

乔 溪　（讥笑地）今天小的写字呢？

徐子元　还是我……（急忙捂嘴）哎呀，我说失格了。

　　　　〔乔溪略为思忖，提笔写文章。

乔 溪　（唱）可笑可笑真可笑，

宦门公子多草包。

一挥而就做好了，（对徐子元）

公爷拿去把卷交。

徐子元 （唱）接过文章来用目瞟，

我只认得人口刀。

假绷内行把斯文冒，

你硬是一点如桃，

一撇如刀！

这文章真是写得好，

老夫人一见定说高！

乔　溪 多谢公爷夸奖。

徐子元 老实话，单非英，今天把你费心了。先赏你五百文，你出府去
想吃啥吃啥，想买啥买啥。二天，有文章你帮我做，有官也帮
我当……

乔　溪 你文章都做不来，能当官吗？

徐子元 你呀，当官哪是靠文章！

乔　溪 那靠啥？（拿着剩下的点心欲下）

徐子元 靠后台呀！你好好跟着我，日后一定有你做官的时候。哦，等
一会儿教我念几遍。

乔　溪 遵命。（摇头地走出书房）

徐子元 （拿着文章，左看右看，前看后看）哎呀，这单非英偷懒了！到
处都留些空空。等会儿他回来，非叫他给我补满不可！（开始数
了起来：一空，两空，三空……）

　　〔徐府起居室。

　　〔徐子元在逗铜架上的鹦鹉。

徐子元 喊公爷早，公爷早！

鹦　鹉 公爷背不倒，公爷背不倒……

徐子元 （生气地）哼，你也敢羞我？再胡说八道，我拿你喂猫！

鹦　鹉 公爷乖，公爷乖……

徐子元 （高兴地）哦，这就对了。

［小厮跑来。

小　厮　公爷……

徐子元　（一下子又拉长了脸）啥事，未必第二道题又来了？

小　厮　不是不是。夫人叫公爷赶快打扮打扮，过江招亲。

徐子元　（长叹一声）天呀，这真叫福无双至，祸不单行！是不是过江去
　　　　崔侍郎家？

小　厮　就是。

徐子元　我不去，我不去。日前请李伯父提亲，人家不是一口回绝了吗？
　　　　我自己跑去吃碰，除非脸比城墙倒拐还厚。

小　厮　老夫人说，门当户对，你非去不可。不然，老太爷就要从京城
　　　　回来收拾你。

徐子元　他们硬要包办嗦？

小　厮　娃哪敢多嘴。娃给你备马去了。

徐子元　滚下去。

　　　　［小厮嘟嚷着走出书房。

徐子元　妈咧，未必你还不晓得自己娃儿的长相才学，为啥非要我去丢
　　　　丑不可？

　　　　［乔溪剥着花生，嗑着瓜子，乐呵呵地上。

乔　溪　公爷，吃花生瓜子。

徐子元　（愁容满面）这阵，山珍海味我都吃不下去！

乔　溪　又咋个啰？

徐子元　妈让我命过筋，估倒我过江招亲。

乔　溪　招亲是喜事嘛。

徐子元　单非英呀，你看公爷这副尊容，必定是祸事。若是还要谈诗论
　　　　文，就更要你公爷的命了。

乔　溪　（仔细打量）公爷的人才十分……

徐子元　哎呀，你不要乱刷糨子。公爷为了这副尊容，随时都在埋怨爹
　　　　妈，伤心憋气，恨不得自寻短见，重新做人。

乔　溪　哪有那么凶啊。

徐子元　你不晓得，我的那些同窗书友，把公爷挖苦惨了，他们给我作
　　　　了一首打油诗……

乔　溪　　公爷还记得？

徐子元　　这是公爷的终身恨事，哪会忘了？你听：

好个徐子元，

容貌世无双。

两只招风耳，

一座歪鼻梁。

额头起皱皱，

眼睛光框框。

嘴巴生得敞，

板牙焦马黄……

　　　　　〔乔溪哈哈大笑。

徐子元　　（不悦地）单非英，你不帮公爷想法，还笑巴片！

乔　溪　　（摇头）没法，公爷。文章可以请人做，未必招亲也请人？（他
　　　　　又嗑起瓜子来）

徐子元　　咃，他这话听得喃！（打量乔溪）不要说，单非英这娃，还丑乖
　　　　　丑乖的。文章做得来，招亲也一定得行，不如也请他帮个大忙？
　　　　　对！（拉乔溪）单非英，坐下。（他把手中的扇子交给乔溪）你
　　　　　把这个拿着，就当是家法，假如乱动，重责不贷！（他边说边给
　　　　　乔溪叩头行礼）

乔　溪　　（惊愕）公爷，你在做啥？（起身想走开）

徐子元　　（高声地）哎，不准动。（指着乔溪手中的扇子）谨防家法从事！
　　　　　（他行礼完毕，不住嘻嘻大笑）这下你说不脱了。

乔　溪　　（莫名其妙）啥子事说不脱了？

徐子元　　你受了我的大礼叩拜，还敢赖着不替我过江招亲？（傻兮兮地笑
　　　　　着说）你……这下……遭了！嘻嘻……

　　　　　（唱）单非英，休胆小，

快替公爷走一遭。

若应允，还罢了，

若不应允惹我恼，

我……先作揖来再跪倒。（跪）

乔　溪　　你就是把地上跪起坑，我也不能去！

徐子元 你……再不去，我就要喊……

乔　溪 你喊什么？

徐子元 （耍起无赖）我……喊：

单非英太荒唐，

估倒公爷扮新娘。

扮了新娘还不放，

估倒与他拜花堂。

拜了堂还不放，

估倒与他上牙床……

乔　溪 （惊慌地）哎呀，你不要乱吼；我……去就是。（他寻找借口）只是我这身穿的……

徐子元 （高兴起来）只要你答应，到里屋去随挑随选。快去，快去！

乔　溪 （无可奈何）哼，竟有这种差事！

［徐府起居室外。

小　厮 （牵马走来）公爷，哇，公爷，哇！

徐子元 （从书房走出）哇，没大没小，把公爷喊成娃！

小　厮 哪里，娃是一面吆马，一面请公爷。

徐子元 哦，我不去了。

小　厮 你不去谁去？

徐子元 我请单非英帮我去。

小　厮 （不满）他去不该我去！

徐子元 你？你去不该我去！

小　厮 那我就不跟他去！

徐子元 （举手欲打）你敢说不去？

小　厮 （告饶）娃去娃去。（想了一下）那我怎么称呼他？

徐子元 当然喊公爷嘛。

小　厮 我不喊他公爷。他算老几？

徐子元 他是替我，你不喊咋装得像？啊，这样吧，你喊一声，我给你一百钱。

小　厮 那十声……

徐子元　十百钱。

小　厮　喊百声……

徐子元　一百钱噻!

小　厮　公爷，你硬是瓜进不瓜出喃!

徐子元　不要说那么多。你喊一声就在丝绦上打疙瘩，回来公爷给你慢
　　　　慢算疙瘩账!

小　厮　这还差不多。

　　　　﹝乔溪穿戴一新走来。徐子元一见，开心大笑。

徐子元　哈哈，人是桩桩，全靠衣裳。

小　厮　请公爷上马。（忙结疙瘩）

　　　　﹝乔溪没有理会。

徐子元　单非英，喊你呢!

乔　溪　（恍然大悟）哦……

小　厮　公爷小心，公爷慢点……（他一面说，一面打疙瘩。）

徐子元　（拉小厮）你给我慢点! 过了江的疙瘩，才上算。

小　厮　那……单非英，上马!

乔　溪　（为难起来）哎呀，我只会坐轿，不会骑马。

徐子元　（命令小厮）去，把他搀扶好!

　　　　﹝路上。
　　　　﹝乔溪骑在马上，惶恐不安。

乔　溪　（唱）乔溪我，推不脱，
　　　　　　　我替公爷渡银河。
　　　　　　　初次提缰马背坐，
　　　　　　　磨痛屁股夹痛脚。
　　　　　　　你是小厮该搀扶我，
　　　　　　　否则休怨骂声恶!

小　厮　（唱）这家伙，孬火药，
　　　　　　　假的竟当真的做。
　　　　　　　好比那丫头当小姐把瘾过，
　　　　　　　脾气比夫人还要恶。

新乔老爷奇遇

263

发号施令惹我火，

整他个冤枉我才快活！

〔突然，风起云涌，惊雷滚滚，暴雨骤至。

乔　溪　（唱）狂风起，暴雨落，

脸上雨水忙起梭。（注视）

哦，岸边路窄好颠簸，

滔滔洪水满大河。

风狂雨急难稳坐，

你快牵好马缰索！

小　厮　（唱）牵缰索，我放缰索，

狠狠一鞭打马脚。

〔乔溪的坐骑受惊，在桥上狂奔。乔溪被高高抛起，乔溪高喊：
"救命！"掉入河中。

小　厮　（唱）哎呀呀闯大祸，

〔帮腔：快溜走管他死活！

第七集

〔田间小道。

〔晨雾飘忽。道旁禾苗，一片翠绿。

〔李四手提破麻袋，从远处的破庙走来。

李　四　（埋怨地）那张三也太恶了！说昨天洪水暴涨，有艘官船停靠，
一定有方饷。他睡着不动尽喊我，我简直成了他的奴才了！

（唱）元宵节他逼我把阔少骗，

惹怒了公子徐子元。

后来我硬挨得惨，

差点就到鬼门关。

也是靠他到处旋，

弄到钱，医好我，

才在破庙把身安。

就因对我有恩典，

我做活路他享清闲!

嘿,不知不觉,来到江边。(一阵张望)哟,张三娃真是个水晶猴子,硬有搞头呢!(急忙走下。)

[江边。

[李四站在水边打捞货物。

[芦苇丛中。满身是泥的乔溪,微微动了几下,渐渐醒了过来。

[晨光照着乔溪那全是泥垢的面孔。他的眼睛睁开了,艰难地支撑起身子,四下打量,"噫,怎么地狱里不是血河,而是水河?不是剑树而是芦苇?莫非……我没有死?哎哟,我周身疼痛,饥饿难当,我……真的还在阳世上?"瞧见了站在水中的李四。

乔 溪 哎呀,善人伯伯……快拉我……一把……我……

李 四 (一惊,转身朝芦苇丛张望)善人伯伯!是哪位同行在招呼我?

乔 溪 我……善人伯伯……(从芦苇丛中挣扎着站了起来)

李 四 (看见一张乌黑的脸,看不清颜色和样式的衣衫,大叫一声)哎呀,有鬼!(吓得不顾货物,拔腿就跑)

乔 溪 我……不是鬼,善人伯伯,你听我说嘛!(急了,想大步向前,对李四说明缘由。谁知力不从心,跌倒在地,又呻吟起来)哎哟,哎哟……

李 四 (跑了几步,回头一看,见乔溪卧地呻吟,迟疑起来)是不像鬼……咳,我李四也行行善,积点德,免得来世再讨口。

[他试探着朝乔溪走去,但仍有些不放心。于是,捡起一块石头,握在手中。

[破庙。

[庙里的泥塑菩萨,早已缺手断脚,神光褪尽。殿堂里没有钟磬香火,僧尼信众,只有众乞儿来来往往。到处是破衣烂衫,火塘草窝,以及石头支起的砂锅。

[张三坐在石阶上,晒着太阳,翻着破衣捉虱子。

张 三 李四兄弟快来。

李 四 (手执破水壶,边喝边上)又是啥事?

张　三　（数落地）你呀，狗咬耗子，多管闲事，从江边背回个开口
　　　　　货……

李　四　我借给你的钱，是从他身上弄来的。我们不能太无情无义。

张　三　正因为这样，我才答应留他几天，如今，将息好了，也该走了。
　　　　　两个人要饭，三个人吃，咋供得起？

李　四　你把他喊出来，讲了就是。

张　三　你弄来的，你说。

李　四　好，好，好。（向厢房高喊）乔先生！

乔　溪　（应声）来了。（神色憔悴地走出厢房）

　　　　　（唱）死里复逃生，

　　　　　　　　破禅院中寄残形。

　　　　　　　　衣衫褴褛，

　　　　　　　　语言无味，

　　　　　　　　面目堪憎。

　　　　　两位尊长叫我，不知有何训教？

李　四　张三哥说，你将息得差不多了，走得啰！

张　三　（背白）龟儿子，溜肩膀！

乔　溪　（难过地）走，我……往哪走？

张　三　那就敬悉尊便了。

乔　溪　二位尊长！

　　　　　（唱）学生我交华盖运，

　　　　　　　　走投无路多见怜。

张　三　你去寻徐子元嘛。

乔　溪　（唱）是坐骑风雷受惊，

　　　　　　　　也不愿求情豪门！

张　三　那咋办？我们总不能把你白养起来呀！

乔　溪　学生也不愿拖累二位尊长。可除了琴棋书画，我……啥也不
　　　　　会呀！

张　三　你那些东西，在我们这里吃不到钱！

乔　溪　（咬牙）那我跟着你们学讨口算了！

张　三　（讥笑）我的乔老爷，你以为是不是人都能当讨口子啊？

乔　溪　一个破碗，一个棍子，沿街乞讨，这有何难？

李　四　乔先生，你不晓得，讨口也不容易啊！

张　三　（唱）要人家把银钱送给你，

犹如钝刀剥肉皮。

遇着来人是孝子，

你要装卖身葬父惨兮兮。

遇着的要是一妇女，

你就说被人拐骗悲声急。

得人怜悯不容易，

你还得装瞎子、装跛子，

黄龙缠腰、烂腿膝。

还要会降龙伏虎，

耍蛇耍狗唱猴戏，

乱跳加官把人迷！

乔　溪　（面呈难色）这些……我咋学得了啊！

张　三　把脸揣到包包头，啥也学得了！

乔　溪　就是把脸面丢到河里，我乔溪也不会哄人呀！

张　三　那你只有喝西北风。

李　四　张三哥，他落魄到这个地步，我们也带了过，不要太难为他。

乔先生，我们教你数莲花算了。

张　三　（勉强地）好嘛。

李　四　（拿起竹板）乔先生，你记好。

（唱）斑竹丫，苦竹丫，

不结果来不开花。

今朝落在我的手，

张起嘴巴吃千家。

张　三　（唱）莲花闹，莲花开，

那街唱了唱这街。

刘备打过草鞋卖，

朱买臣当年打过柴。

唐王房州落过难，

　　　　　　　吕蒙正当年也赶斋。

　　　　　　　我乞儿，时运败，

　　　　　　　残汤剩饭快端来……

李　四　乔先生，你看如何？

乔　溪　音律单调，又少文采……

张　三　（不屑地）你那些文绉绉、又拗口的东西，谁听得懂？听不懂，谁给你赏钱赏饭？

乔　溪　哦，哦，学生明白了。

张　三　这里没有学生先生，要讨口就跟着做。

乔　溪　（拿起竹板）是。

　　　　〔竹板声声。

　　　　〔一组短镜头。

　　　　〔竹板声中，乔溪与李四一起，打着莲花闹，在店前乞讨。乔溪还有些羞惭之色。

　　　　〔锣鼓声中，张三、李四牵着小猴子、小狗耍猴戏。乔溪扮成小丑，捧着铜锣，向围观者讨赏钱。乔溪已少窘态。

　　　　〔丝弦声中，张三扮酒鬼，乔溪扮妻子，李四扮索债的典库，演唱《踏摇娘》。乔溪已完全自如。有泼皮调戏，他也敢与之争吵。

　　　　〔黄丽娟闺房。

　　　　〔黄丽娟坐在窗前刺绣，她心烦意乱，停针长叹："唉！"

黄丽娟　（唱）秋风示警，愁锁芳心。

　　　　　　　梧桐雨寒透疏林，

　　　　　　　孤雁鸣哀怨声声。

　　　　　　　自从皮金来说聘，

　　　　　　　苦了我孤儿寡母，

　　　　　　　犹似挣扎在鬼门。

　　　　　　　他那里仗权势威吓用尽，

　　　　　　　我这里心志坚紧守闺门。

要学傲霜红梅，

　　〔帮腔：白璧岂容青蝇！

黄　　母　（匆匆走来）哎呀，不得了，不得了！

黄丽娟　　母亲，有话慢慢说！

黄　　母　（急促地）那天，皮金来为蓝木斯送聘礼，你不是把他骂走
　　　　　了吗？

　　　　　〔黄丽娟点头。

黄　　母　今天，那蓝公子带着聘礼，亲自来了。

黄丽娟　　你还是谢绝就是。

黄　　母　谢绝？我的话还没有说完，他就吼了起来……

黄丽娟　　他吼什么？

黄　　母　（学蓝木斯的声音）我难得和你啰唆，快把你女儿喊出来，我要
　　　　　把求婚话亲口对她讲。（惊慌失措地）这……咋办？

黄丽娟　　这是我的家，何必怕他？你到客厅对他说，我立刻去见他。

黄　　母　（担心地）这……咋要得啊！万一他下黄手……

黄丽娟　　你悄悄通知黄义，要男仆女佣都拿起棍棍棒棒等着，要是他敢
　　　　　胡来，就将他打出门去。

黄　　母　（摇头）不成不成，打出祸事来……

黄丽娟　　大不了丢监坐牢。我就是去死，也不愿与这种恶少相处。妈，
　　　　　快去吩咐，我收拾一下，就去见他。

　　　　　〔黄家客厅。

　　　　　〔桌上摆着各种礼品，蓝木斯站在门边，笑眯眯地东张西望。

蓝木斯　　（唱）我好色又好动，
　　　　　　　　成天寻女踪。
　　　　　　　　村姑太懵懂，
　　　　　　　　名媛脾气凶。
　　　　　　　　才女把书捧，
　　　　　　　　艺女尽装疯。
　　　　　　　　小家出碧玉，
　　　　　　　　滋味定不同。

哪怕腿跑痛，

也要弄成功。

　　　　　[黄丽娟冷冷走来。

蓝木斯　（高兴地）啊，黄小姐，多蒙赐见，告谢，告谢。

黄丽娟　蓝公子请坐呀！

蓝木斯　谢座，谢座。

黄丽娟　公子来到寒舍，不知有何贵干？

蓝木斯　黄小姐这是明知故问。皮金不会办事，所以，我亲自来一趟，（他指了指桌上的礼物）这些是小意思。只要小姐答应婚事，聘礼另备。黄小姐喜欢什么，我蓝某人就送什么！

黄丽娟　你我门户悬殊，不便开亲。

蓝木斯　哪个说的啊！皇帝老儿娶了民女，那民女不是一样地当皇后娘娘？我虽是天官之子，只要我喜欢你，你还不是一样当少夫人？没来头，没来头！

黄丽娟　你没来头，我却有来头！

蓝木斯　有啥来头？

黄丽娟　你喜欢我，我却不喜欢你！

蓝木斯　你不喜欢我？（本想生气，马上又嬉皮笑脸）我却喜欢你呀！

蓝木斯　（唱）元宵节，你似仙女从天降，

　　　　　　　　我一下为你发了狂。

黄丽娟　（正色地）请不要言语轻薄！

蓝木斯　（唱）小姐不必现怒相，

　　　　　　　　我有话儿你听端详。

　　　　　　　　我父京中把高位享，

　　　　　　　　我家有上千的良田与街房。

　　　　　　　　我生来就是富贵相，

　　　　　　　　早晚间说亲的媒婆像赶场。

　　　　　　　　我若喜欢谁家女，

　　　　　　　　从来没有放过黄。

　　　　　　　　只因你运气来得旺，

　　　　　　　　我才屈驾求鸾凰。

黄丽娟 （唱）奴小家寒门心清凉，

　　　　　从来不羡富家郎。

　　　　　不慕银丝芙蓉帐，

　　　　　不慕金谷白玉堂。

　　　　　相思担儿请往别处放，

　　　　　我这里是翠竹、黄花地，

　　　　　敬请公子休轻狂！

黄　丽　黄义！

黄　义　（与家仆执棍棒上）老奴在！

黄丽娟　送客！

　　　　〔家仆捧起礼物，黄义提起竹棒："蓝公子，请！"

　　　　〔蓝木斯本想发作，但见形势不妙，只好退出客厅。

蓝木斯　（冷笑）哼！少装这般清高相，三五天，定要与你共牙床！

　　　　〔蓝木斯下，黄母上。

黄　母　（放心地）嘿，总算把这恶少打发走了！

黄丽娟　（思忖地）看样子，他还会再来纠缠的。

黄　母　那我们咋办？

黄丽娟　等黄义回来，商量商量。依女儿之见，待在这里，难逃魔掌。不如作些安排，找家远在外地的亲戚，到那里住些时日。那种浪荡公子，只要寻到新欢，就不会找我的麻烦了。

黄　母　这倒是个好主意。

　　　　〔大街。

　　　　〔乔溪手执竹棍，拿着破碗，乐呵呵地自言自语："俗话说，讨口三年，官都不想做，我才不足两月，既愿意讨口，更盼望做官。可现今而论，做个堂倌也难啊！"

乔　溪　（唱）叹乔溪，命太臭，

　　　　　内忧外患总不休。

　　　　　抹下脸面来讨口，

　　　　　千愁万苦心底留。

　　　　　说浑话，把食求，

新乔老爷奇遇

271

嬉笑怒骂傲王侯。

住破庙，宿桥头，

睡卧碉堡当高楼。

打狗棍，拿在手，

五湖四海任我游，

任我游！

想我乔溪，命运多舛。几经波折，终于落入丐帮。是我生性开朗，才免再走自绝之路。俗话说，到哪坐山，唱哪首歌。我乔某文章魁首，丹青妙手，讨起口来，也该自成一派。今天，我要全凭文才口才，弄个满载而归，让众位讨口兄弟也知道知道，就是当乞儿，也以有学识为高！啊，那边就是面铺，待我去试试自己的才学！

〔乔溪走向面铺。

〔面铺。

〔早堂时刻，掌柜忙着兑调料，丢面煮面。老板娘在喊堂："西二席两碗荤面，干捞带红。"三两食客正在埋头吃面。

乔　溪　（来到面铺前）掌柜的，请赏碗面吃。

老板娘　（奚落地）啊，是乔老爷呀！

乔　溪　嗨，不敢不敢。

老板娘　听说你出口成章，要吃面，咏诗一首。

众食客　乔老爷，咏一首，咏一首！

乔　溪　要得嘛，你们听好：

面白味佳赛珍馐，

好似鲜鱼碗内游。

条条银丝如白雪，

早卖丞相晚卖侯。

众食客　（大为高兴）说得好，说得好！

掌　柜　顾客再高贵，我还是个卖面的。你再咏一首，我给你一个双上。

乔　溪　你知道我是说一不说二的，请把面端来！

掌　柜　不说就不给吃的！

众食客　乔老爷，说嘛，说嘛。

乔　溪　（向着掌柜）你真的想听？

老板娘　当然啊！

乔　溪　那你们听嘛：

　　　　面条乌黑不新鲜，

　　　　又生又硬又没盐。

　　　　两天才卖一碗面，

　　　　三天就把铺子关…。

掌　柜　（生气地把一瓢开水向他泼来）滚！

乔　溪　（躲过）哼，你弯酸我，我只得回敬你一下呀。这就叫来而不往
　　　　非礼也！

老板娘　（厉声）滚，滚，滚……

乔　溪　（扬起脖子）嗟来之食，乔某还不吃呢！你们还如此无礼，真是
　　　　岂有……

　　　　　［他怕第二瓢开水，就迅速走开。

　　　　　［酒店。
　　　　　［全是面店的人景改装的。
　　　　　［"面"字招牌，翻了一面，成了"酒"字。多了一副对联：铁
　　　　汉三杯软足，金刚一盏摇头。
　　　　　［掌柜摇头一变，多了一撮小胡须，老板娘成了酒保，头上多了
　　　　一支银簪。两三顾客，不再吃面，而在品酒。

老板娘　东席二位，再添一壶状元红，随上两个盐蛋，一碟薛涛干。

乔　溪　（走上张望）嗨，面没有到嘴，喝杯早酒也不错。（走向掌柜）
　　　　掌柜的，恭喜发财，请赏杯酒喝。

掌　柜　（讥笑地）啊，乔老爷。

乔　溪　不敢。

老板娘　（奚落地）乔老爷，请进来坐嘛。

乔　溪　惭愧、惭愧，今日落魄，来讨点酒食。

掌　柜　乔先生，听说你满腹文章……

乔　溪　那倒也是。（抬头张望）啊，你这副"铁汉三杯软脚，金刚一盏

摇头"的对子，就是不才我乔某编的……

顾客甲　壳子！乞儿都会编对子，那酸萝卜都栽得活了！

乔　溪　不信你就到花田坝去问问，是我给一个卖酒人写的……

顾客乙　（嬉笑）哼，到扯谎坝去问还差不多！

乔　溪　（生气地）不信我就赌咒……

掌　柜　算啰算啰！既然有学问，你吟诗一首，我送酒一杯！

乔　溪　好呀，请听：

　　　　造酒之人是杜康，

　　　　杜康造酒满缸香。

　　　　八仙寻香来贵店，

　　　　醉倒洞宾吕纯阳。

掌　柜　好，我送一杯……

老板娘　慢！（小声对掌柜说）这是陈词滥调，算不了事。（她转向乔溪）

　　　　乔老爷，你能再说一首，我们送上双杯，外加两个豆腐干，一

　　　　盘花生米。

乔　溪　乔某人说一不二，喝一杯就走。

老板娘　我早晓得你只有这一招，不说就没得喝的！

乔　溪　（背白）哼，不挖苦他们两句，心头不自在……（向掌柜和老板

　　　　娘）你们真的还想听？

众　　　想听！

乔　溪　（嘲弄地）那就听好：

　　　　酒帘本是三尺布，

　　　　卖来卖去少主顾。

　　　　轻我无才诗两句，

　　　　十缸酒变成九缸醋。

老板娘　（气得冲了出来）讨打！

乔　溪　（边逃边笑）是你估倒我说的呀！

〔街旁。

〔乔溪喘着粗气，站在街边休息。停了片刻，他捂着肚皮，自嘲

地："劲倒是提了，可肚皮空空如也，实在难以招架。一个人再

清高，顿顿没得饭吃，未必去学伯夷、叔齐，饿死在首阳山？再说，我和这些卖面的、卖酒的，又不是冤家对头，何必那么认真？我索性转去美言几句，混点吃的……"他转身欲走，忽又迟疑，"俗话说，好马不吃回头草，我这样回去央求饮食，岂不为他们耻笑？可不回去，这五脏庙，又拿啥东西供奉？……"

〔乔溪踌躇思忖。

〔不远处，传来开道的锣声。

〔乔溪抬头张望：远处，一队兵校，拥着一乘大轿，吼道而过。

〔有人跑去围观。

乔　溪　（询问一位前往追看的中年人）大哥，哪来的大员，这么气派？

中年人　是八府巡按王大人到大佛寺进香。

乔　溪　嗨，我也去看看热闹……

中年人　（嗤之以鼻）你？不要把讨口的事耽搁了啊！（疾速走开）

乔　溪　（一愣，站在原地生起气来）噫，这讨口的就这么下贱嗦，连看热闹的资格都没有？我就不信，我偏要去看看！（他挪动脚步）要是那些差役卫士不让我这讨口的看呢？我……我就说我要告状，他们总不敢撵我。可我又告谁？这个这个……（经过城隍庙）

（打量庙门，嘻嘻一笑）有了，我就告那五殿阎君。告他哪桩？这……告他和魁星，克扣了我的功名富贵。这样，既显我胸中才学，又吐我胸中闷气！嗯，就是这个主意！哎呀，好倒是好，没有纸笔墨砚，我怎写状子？啊，那里有家纸笔庄，待我去讨。乔溪呀，这一次，你先唱一首赞美诗，人家要再听，就多吐寿字，千万不要使性子。小不忍，则乱大谋。切记呀，切记……

〔纸笔庄。

〔老者坐在案前，专心整理各色纸张。

乔　溪　（上前）老丈，这竹儿原本出南山，造纸之人是蔡仙。虽然不是龙泉剑，万里江山纸笔拴。

老　者　啊，说得好。先生要点啥子？

乔　溪　讨点笔墨纸张。（背白）这才说了纸，再说，就说笔……

老　者　（取纸墨笔砚）拿去。

乔　溪　（接过）多谢多谢。（转身边走边说）老年人是要慈祥些。

　　　　（他走到一僻静处）待我写状。

[大佛寺外。

[山门外。

[差役侍立，警卫森严。

[乔溪手捧诉状上。他稳了稳神，走向山门。

差　役　哪来的闲杂人等？走开走开！

乔　溪　（不理，高叫）申冤啰，申冤啰！

差　役　站住！哪里所管，哪里去告！

乔　溪　案情重大，见官就告。

差　役　（一惊）等着！（他急速走入山门）

　　　　[顷刻，差役陪将校打扮的赵虎走出。

赵　虎　告状人在哪里？

乔　溪　小人在这里。

赵　虎　（上前）你状告何人……啊，你是乔先生……

乔　溪　（定睛一看）哎呀，你……是……

赵　虎　我是王大人的侍卫赵虎，先生怎么成了这般光景？

乔　溪　哎呀，一言难尽。

　　　　[乔溪述说过场。

赵　虎　（同情地点头，看了状纸）乔先生，你……怎么告起阎王、魁星
　　　　来了？这案子怎么公断？

乔　溪　（狡黠地）赵大哥，小弟是这样想的……（向赵虎耳语）

赵　虎　哦！乔先生，王巡按虽是封疆大员，也颇喜诙谐幽默。若能好
　　　　好对答，定有益处。

乔　溪　多谢大哥指教。

[大佛寺西厢房。

王巡按　（看着词状大笑）哈……告阎王，告魁星，本官比包公还厉害！

赵　虎　大人，这乔溪醉翁之意不在酒。他危言耸听，不过是想引起大

人关注，重视他的学问。

王巡按　臭假寒酸，冒充斯文人，老夫见得太多了。今天本也无事，看看你推荐的这位乔溪，到底有几斤几两。

赵　虎　多谢大人。

王巡按　（起身坐到上首）那就传喊冤人！

赵　虎　（走到厢房门口）乔溪过来，大人有话要问。

　　　［大佛寺。
　　　［"遵命。"乔溪站在西厢房外的走廊上急促地回应。他放下手中的竹棍，破碗。

乔　溪　（唱）写词状我气冲牛斗，
　　　　　　闻传唤两足发抖。
　　　　　　定定神稳步往前走，
　　　　　　若受贬，
　　　　　　我还是讨口！
　　　　（他抚摸双腿）你……们听话些，千万要……给我……扎起啊……

赵　虎　（从厢房里走出，小声地）乔先生，快点，大人都有点不耐烦了……

乔　溪　哦！来了，来了……（踉踉跄跄，朝厢房走去）

第八集

　　　［大佛寺西厢房内。
　　　［王巡按坐在上首，赵虎侍立于侧。

乔　溪　（跪地，向王巡按叩头）小人乔溪，叩见大人。

王巡按　起来说话。

乔　溪　谢大人。（恭敬地站在下方。）

王巡按　（打量乔溪，笑着说道）乔溪，你这个词状，本官不能受理，快拿到玉皇观去告……

乔　溪　（微微吃惊）大人是八府巡按，连告皇亲国戚的状纸也敢接，小人的这个词状，怎么不能受理？

王巡按　皇亲国戚的案子，本官当然要接。本官只管人间的诉讼，你告
的是地下的阎君、天上的魁星，我怎么管得了？

乔　溪　（舒了一口气）大人管得了。

王巡按　（饶有趣味地）怎么管法？

乔　溪　大人为官，除了得到官声，还能得到什么？

王巡按　还有俸禄。

乔　溪　这就对了。若是小人胜诉，就下令把城隍庙、魁星阁关他三月，
让他得不到香火、祭品，不就惩罚了他们？

王巡按　嗯，也算有点道理。（拿过状纸，又看了看）你说你是饱学生
员，只因他们克扣了你的功名，才落得这般境地……

乔　溪　大人明鉴。学生讨口呢，是个瘟症。要是做文章，我见山讴歌，
遇水吟诗，虽赶不上李、杜，倒可与三苏唱和……

王巡按　哦，本官倒想见识见识。（想了想）走，随我到寺中转转，我要
出题考考。

乔　溪　（颇为自信地）大人随便出题，学生若是不能应对，甘愿认输。

〔大佛寺。
〔韦驮堂前面的小照墙，画了一幅两军对垒厮杀的图画。
〔王巡按一行来到照壁下。
〔王巡按看图，赵虎在小声叮嘱乔溪。

王巡按　乔溪，你看这上面画的是啥？

乔　溪　从服饰、兵器看，应是秦晋交锋图。

王巡按　（点头，忽儿又问）禅院乃清静之地，怎么画厮杀场面？

乔　溪　这个……对面的韦驮堂，八成是秦家和晋家捐建，照壁上画他
们祖上的事迹，也在情理之中。

王巡按　（赞许地）嗯，你倒也言之成理。那你赋诗一首，言明这场干戈
何日才得太平。

乔　溪　（搔了搔头）太平？画上的人马，白天厮杀，晚上也厮杀，学生
哪里知道他们何时放下武器？

王巡按　（戏谑地）回答不上，你就无才！

乔　溪　（眼珠两转）哪有答不上的？大人请听！

乔　溪　（唱）秦晋争霸狼烟滚，

　　　　　　　将对将来兵对兵。

　　　　　　　若问何日玉宇静，

　　　　　　　风吹雨打就太平。

王巡按　为什么风吹雨打才能太平呢？

乔　溪　大人，这秦晋交兵，本是画的。只要画在，这场战斗，下辈子
　　　　也还在打。只有哪天吹大风，把照壁吹倒；或者下大雨，把画
　　　　上的人马淋掉，就太平了。

王巡按　哈哈，说得不错。

　　　　〔赵虎也高兴地望着乔溪。

王巡按　（接着又说）不过，本官还要考你。

乔　溪　大人，学生从来说一不二。

王巡按　当然，我要另出新题。

　　　　〔王巡按离开照壁向前走。

　　　　〔乔溪跟随其后。

　　　　〔大佛寺。

　　　　〔大殿前的钟鼓楼，坐落在翠柏丛中。

　　　　〔巨大的柏树下，竖着几座碑阙。

　　　　〔王巡按在观赏一座巨大的碑阙，碑文记载着大佛寺的历史。

王巡按　乔溪，你说这碑文写得如何？

乔　溪　（淡淡地）一般，尚可。但……

王巡按　（笑着说）不评文章，我另有试题。

乔　溪　（一愣）学生候题。

王巡按　你看这座碑，碑下压着龟。两边盘着龙，中间刻着字。你来吟
　　　　诗一首，说碑不准犯碑，说龟不准犯龟，说龙不准犯龙，说字
　　　　不准犯字。四句成韵，要一并包含在内。怎么样？

乔　溪　哎呀，那咋行啊！

王巡按　那你就妄称饱学了。

新乔老爷奇遇

279

赵　虎　（鼓励地）乔先生，好生想想嘛！

乔　溪　好，我想……（搓手、皱眉，搜索枯肠）

王巡按　（故意地）本官只数三下，这一……二……

乔　溪　嘿，有了！

王巡按　哦？

乔　溪　（唱）大佛寺中一石阙，

　　　　　　　左右盘着两巨蛇，

　　　　　　　中间刻的仓颉写，

　　　　　　　王八老子玳瑁爷。

王巡按　如何拆解？

乔　溪　大人，庶民立石为碑，王侯立石曰阙，都是一样的东西，我说碑未曾犯碑。蛇大成蛟，蛟大成龙，龙蛇同义，我说龙未曾犯龙。这字都是仓颉夫子造出来、写出来的，所以说字又没有犯字。这王八是乌龟，玳瑁也是乌龟，我连说两次乌龟，都没有犯龟。该承认我是饱学之士了吧？

王巡按　哈哈，说得有些道理，不过，我还想再考考。

乔　溪　还考呀？

王巡按　这才两题呢！（注视乔溪）

乔　溪　那就请出题。

王巡按　哦，有了……

乔　溪　学生候题。

王巡按　乔先生，我看你脸上有几颗白麻子……

乔　溪　（以手掩面）惭愧，惭愧！

王巡按　不妨事，黑麻丑，白麻有。

乔　溪　惶恐，惶恐。

王巡按　昔日曹植七步赋诗，本官今天要你四步成韵，吟一首麻脸之诗。但不能犯麻字。

乔　溪　（苦笑）这种诗，学生能吟几十首。

王巡按　那就念一首听听。

　　　　〔乔溪走一步唱一句。

乔　溪　（唱）大雨冲打沙包地，

穿起钉鞋走稀泥。

后花园中虫吃菜，

用手剥开石榴皮。

王巡按　（哈哈大笑）有意思，有意思！

赵　虎　乔先生，说来听听。

乔　溪　（尴尬地）这有啥讲头！雨打沙包成一个个窝窝。钉鞋踏稀泥，
定有一个个眼眼。小虫吃菜叶，留下一个个洞洞……

赵　虎　那手剥石榴呢？

乔　溪　吃了石榴，那皮上的坑坑，不是比我脸上的白麻子还多得多吗？

赵　虎　（开怀大笑）真有你的！

王巡按　老夫有些累了，回转厢房。

乔　溪　大人，还考吗？

王巡按　（神秘地笑着）你说呢？

〔大佛寺西厢房。

〔王巡按坐在太师椅上，一面喝茶，一面愉快地暗笑。

〔乔溪紧张地站在下方，听候王大人发落。

〔赵虎向他递眼色。

乔　溪　大人，你老人家考也考了，问也问了，准了我的词状吗？

王巡按　（笑着说）本官确实考了问了，但这都是一面之词。那阎王、魁
星为啥要克你的功名，还得听他们陈述呀！

乔　溪　（惊愕地）这……

王巡按　（正色地）为了弄清缘由，本官给你签票两张，命你暂做正差，
先到天官，后到地府，将阎王、魁星全都带来，以便当堂对质。
赵虎，去取签票来！

赵　虎　（不解地）这……遵命……

乔　溪　（叫了起来）哎哎哎，大人！阴阳相隔，天地不通，我咋个去得
了呢？

王巡按　你既然知道去不了，为啥要告他们？

乔　溪　（惊惶地）这……

王巡按　（脸色一变，微笑起来）你呀，哪里是告状喊冤，明明是想在本

官面前显露才学，对吧？

乔　溪　（松了一口气）呃，你老人家把我的心都看穿了。

王巡按　你现住何处？

乔　溪　城北破庙。

王巡按　那你暂时仍住原地，不要去外地流浪。待我知会吏部，若有任命，再来传你。

乔　溪　多谢大人垂怜。

王巡按　去吧！

〔乔溪叩头退出。

〔大佛寺外。

〔手执竹棍，拿着破碗的乔溪，乐滋滋地从庙内走出，他口中念念有词："今朝时转运又来，讨口二字收招牌。棒棒破碗一齐甩，恭候吏部文书来！"

〔他开心大笑，把竹棍破碗，甩得老远老远。

〔黄丽娟家门外。

〔大门紧闭。

〔蓝木斯、皮金带着四个家丁悄悄上。

蓝木斯　（唱）不害怕月夜秋露，

　　　　　　　不畏惧西风刺骨。

　　　　　　　想佳人想得好苦，

　　　　　　　说不好我就动粗。

　　　　　　　娃娃们守好门户，

　　　　　　　人到手生米成粥。

〔众家丁四处散开。

皮　金　公爷，黄家关门闭户，鸡犬无声，会不会有变？

蓝木斯　有啥变？孤女寡母，不把门关紧，未必是晓得我蓝公爷来了，大开中门，等着我拿轿子抬她？

皮　金　公爷，还是打听打听为好，免得误事。

蓝木斯　好嘛，快去问个明白。

〔皮金用帽遮脸，上前敲门。

〔无人回应。

皮　　金　（思忖）嗯，有些不妙……（转身动问近邻）请问大妈，这黄家人有人在吗？

〔小房走出一位中年妇女。

中年妇女　你是做啥的？

皮　　金　哦，我是黄家远房侄儿，我妈和黄夫人是拈香姊妹……

中年妇女　你们在哪里住家？

皮　　金　中江县的老山里，我妈和黄夫人是在庙子里烧香结识的……

中年妇女　哦……

皮　　金　上个月我妈病得凶，一清醒就叫我来看她的结拜姐姐。我是个山老坎，好不容易才问到这里。

中年妇女　（同情地）哎呀，你运气不好，昨天一早，他们全家都走了……

皮　　金　（背白）撮火！（对中年妇女）唉，硬是霉登啰！大妈，你晓不晓得他们到哪里去了？

中年妇女　不清楚。只晓得他们是在躲花花太岁蓝木斯……

皮　　金　咋个嘛？

中年妇女　（唱）蓝木斯不是人，

　　　　　　　　　估倒黄家要开亲。

　　　　　　　　　黄家谢绝他不听，

　　　　　　　　　恐吓威胁要成婚。

　　　　　　　　　蓝家有势难理论，

　　　　　　　　　全家搬走躲瘟神！

〔蓝木斯在一旁气得咬牙切齿。

皮　　金　（装傻）哎呀，我……啷门整嘛？

中年妇女　快走，弄不好，你脱不倒爪爪。（她疾速转身，关了房门）

皮　　金　（双手一摊）公爷，咋办？

蓝木斯　（气呼呼地）就是跑到天边，我也要把她抓到湖口，拜堂成亲！

皮　　金　人海茫茫，哪里去找？

蓝木斯　活人还会拿给尿憋死？

（唱）你陪我打店城中来坐镇，

　　　他四个一人一方追佳人。

　　　谁发现赶回城里来报信，

　　　我们就快马加鞭紧紧跟。

　　　伺机会连劝带拖把家进，

　　　她再犟，也难逃我的手板心！

皮　金　（逢迎地）公爷高明。

蓝木斯　（得意地）那还用说！

〔破庙。

〔乔溪在神龛下假寐。

〔张三拿着竹棍、破碗走来。

张　三　（不悦地用脚踢乔溪）喂，乔老爷，升官梦做醒没有？

乔　溪　（惊醒，坐起来揉了揉眼睛）尊长有何吩咐？

张　三　清醒得啰，快拿起家什，该出去找吃了！

乔　溪　（叹息）唉！

　　　（唱）一枕黄粱邯郸梦，

　　　　　荣华富贵须臾空。

　　　　　醒来云暗寒气重，

　　　　　蟒袍玉带留梦中。

　　　　　鸿雁不把喜讯送，

　　　　　我只得重操旧业做乞翁。

　　　〔乔溪起身，接过家什。

张　三　这就对了。那巡按不过是和你散心，何必把它当真？

乔　溪　对，对。

　　　〔这时，李四与几个乞儿跑了进来。

李　四　乔老爷，吏部文书到了！

乔　溪　（苦笑）你们不要再逗。从今天起，我乔某不再乱想汤圆开
　　　水了！

李　四　真的？

乔　溪　煮的也是一样。（觉得大家是故意取笑，就径自往外走）

［对面来了一位官差。

官　差　请问哪位是乔老爷？

　　　　　［乔溪一愣，不知怎样回答。

众乞儿　（指着乔溪）就是他，就是他！

官　差　（施礼）小人给乔大人叩头。

　　　　　［乔溪不答，用劲拧自己的脸，害怕又是做梦。

　　　　　（取下背着的文书，双手呈上）乔大人，小差送来吏部公文，委

　　　　　大人为玉州通判，请大人立即到任视事……

　　　　　［乔溪迟迟疑疑，接过公文，取出观看。他眼睛睁得老大，结结

　　　　　巴巴地："嘿，白纸黑字红官印，我……真的是……当官了！"

众乞儿　恭贺乔老爷，恭贺乔老爷……

乔　溪　（惊喜过度）我……（一下子昏了过去）

张　三　（扶着他）乔老爷，你……走不得哟……（大家也跟着喊）

乔　溪　（睁眼）走不得，你们还要我讨口？

张　三　（连连否认）乔老爷，小人不是这个意思……（众乞儿也跟着说）

乔　溪　（笑了）我晓得，我晓得。

张　三　大家听着，一人五十文，给乔老爷摆酒庆贺！

众乞儿　要得要得。

　　　　　［破庙里充满欢笑声。

　　　　　［一组镜头。

　　　　　［破庙里，欢声笑语，喜气洋洋。众乞儿纷纷与乔溪敬酒，祝贺

　　　　　他荣升。

　　　　　［江边。众乞儿站在江岸上，为乔溪送行。李四等乞儿，对乔溪

　　　　　依依不舍。

　　　　　［幕后唱：惊心岁月无涯，

　　　　　　　　　　极目秋火黄花。

　　　　　［江上。

　　　　　［艄翁驾舟，顺流而下。

　　　　　［乔溪坐在舱中，望着吏部公文出神。

乔　溪　（唱）人生命运如转蓬，

难知东风与北风。

一时间寄人篱下，

行乞朱门多惶恐。

红运至脱去蓝衫，

高车驷马好威风。

兴衰谁弄？

　　　　〔帮腔：得问天公！

艄　翁　乔老爷，这里风景如画，请出舱观赏。

乔　溪　好呀！（他走上甲板，四处眺望）

乔　溪　（唱）碧水青山透枫林，

满眼全是好丹青。

艄　翁　（唱）山上还有好风景，

金湖天宫仙铸成。

乔　溪　（唱）真想停舟把笔命，

又怕流连误行程。

艄　翁　（唱）老爷尽管看美景，

篙竿撑快搞得赢。

乔　溪　（唱）那就请把船靠定，

秋色不负我斯文人。

　　　　〔艄翁将船撑向岸边，乔溪欲上岸。

　　　　〔艄翁下水，将缆绳拴在岸边的一株柳树上。

　　　　〔乔溪跳上河岸。

乔　溪　（唱）趁艳阳好把山登。

衣物等请多照应。

艄　翁　（唱）乔老爷尽管放心。

捕鲜鱼清烧红焖，

摆好酒恭候大人。

请大人把柳树认准。

乔　溪　（唱）我眼水好，

不必担心。

艄 翁	乔老爷，山陡路窄，弄个树枝当拐杖。
乔 溪	不妨事，不妨事。（他左顾右盼向山里走去）
艄 翁	时候不早，我快些拿网打鱼！

[驿道上。

[四轿夫抬着两乘小轿疾走，黄义在后紧紧跟随。

轿 夫	（边走边吆喝）踩左、踩右、瞻前、顾后。
黄丽娟	（唱）蓝木斯逼人太甚，
	避纠缠远离家门。
黄夫人	（唱）受颠簸心中气愤，
	蓝木斯人面兽心。
黄 义	（唱）累得我汗浸两鬓，
轿夫甲	（唱）肚子饿，轿子放平！
	（吆喝）落轿！

[众轿夫放下小轿。

黄丽娟	（拉开小窗）咋个不走了？
轿 夫	抬不动了，打个尖再走。
黄 义	（附和地）对，歇口气，喝口水！

[黄丽娟出轿，走到路边打量。驿道弯弯曲曲，伸向远方。

[黄丽娟注视后面。

| 黄丽娟 | （招呼母亲）妈，你快来！ |

[黄义陪着黄夫人过来。

黄夫人	啥事？
黄丽娟	（指着后面的行人）我看有些不妙！
黄丽娟	（唱）那几位形迹可疑费思忖，
	为什么不前不后紧紧跟？
黄夫人	也许是游山玩水的。
黄丽娟	（唱）观光客必离驿道看风景。
黄 义	（担心地）未必是棒客？
黄丽娟	（唱）是强盗前面山坳就该抢人！
黄夫人	那……

黄丽娟　（唱）我担心蓝家得音讯，

　　　　　　　　派人盯梢查行程。

黄夫人　那又怎么办？

黄丽娟　（唱）我们上轿往前进，（向黄义）

　　　　　　　　你躲到林中看分明。

〔驿道。

〔蓝木斯乘马，带着皮金和四个家丁。

〔树丛中，黄义惊愕地望着他们。

蓝木斯　（唱）急匆匆驿道行进，

　　　　　　　　随香风追赶佳人。

　　　　　　　　出笼鸟儿自庆幸，

　　　　　　　　岂知仍在我手心。

　　　　　　　　成好事把时机看准，

　　　　　　　　为什么走走停停？

蓝木斯　（向皮金）咋个又不走了？

皮　金　少爷，你不是吩咐过吗？只能尾随，不要打草惊蛇。前边，黄
　　　　小姐的轿子又停下来了。

蓝木斯　（冷笑）黄小姐，你硬是把公爷我弯酸够了，依得我的脾气，索
　　　　性追上去，把你抢到湖口算了……

皮　金　使不得，使不得。你不是说过吗，这驿道上人来人往，弄得不
　　　　好，有碍老太爷官声……

蓝木斯　可这样当跟班，也难过呀！

皮　金　（向前指）看，轿子又抬起来了，我们快些跟上。

蓝木斯　唉，黄小姐，你把我摔摆够了。等你进了我蓝家的门，你才晓
　　　　得公爷我的脾气！（翻身上马）

　　　　〔众家丁在他的坐骑后面奔跑。

　　　　〔黄义从树丛中钻了出来。

黄　义　（唱）多亏得我小姐聪明绝顶，

　　　　　　　　猜到他狼子野心。

　　　　　　　　抄小路赶去报信，

管教他阴谋难得逞，

美梦难成！

（向路边的一个农夫问）大哥，有到下个场口的近路吗？

农　夫　有，少说也有四五里……

黄　义　麻烦带路，我给你五钱银子。

农　夫　那就道谢了，快跟我走。

［山间。

［林边山岩处，乔溪还迷恋着眼前的景色。

乔　溪　（感慨地）好呀！

（唱）自古逢秋多寂寥，

我观秋日胜春潮。

青山绚丽景色好，

碧水如练舟慢摇。

秋光示我好征兆，

脱去蓝衫换紫袍。

晴空雁阵排天际，

便引诗情上碧霄！

嘿，这山好，水好，树好，石好，我真流连忘返了……

［山林中，有钟声传出。

（唱）枫林中山雀噪闹，

古寺里铁钟慢敲。

抬头看秋日夕照，

望眼前暮霭轻飘，

快下山把船寻找，

［帮腔：免得那艄翁唠叨！

［乔溪跑道下山，走到江边，不觉大惊地唱。

（唱）哎呀呀船不见了，

连柳树也逃之夭夭？

（高喊）艄翁，艄翁……

（唱）未必然他图财溜了？

　　　　　　　　我受罪他却逍遥！

　　　　　　　　哎哟哟银钱事小，

　　　　　　　　失公文大大糟糕……

　　　　〔一老农牵牛而过。

乔　溪　老丈，老丈！

　　　　〔老农不理，乔溪只得去拉他。

　　　　〔老农比画，幕后伴唱。

老　农　（唱）我本是山村一哑汉，

　　　　　　　客官有话用手谈！

乔　溪　（点头）哦！

乔　溪　（唱）我本是上任一通判……

　　　　〔老农摇头，表示不懂。

乔　溪　（唱）我本是上任一官员。

　　　　〔老农点头。乔溪比画着。

乔　溪　（唱）贪风景漫山游玩，

　　　　　　　返江边不见柳树不见船……

老　农　（唱）小船舟可以往返，

　　　　　　　那柳树怎把家搬？

　　　　　　　八成是客官你把位置记乱，

　　　　　　　哑汉我愿陪你寻找一番！

乔　溪　（拱手）多谢多谢！

　　　　〔老农拴牛，引乔溪在江边寻找。

老　农　（唱）这有柳树你仔细看。

　　　　〔乔溪摇头。

　　　　〔老农引他又走一处。

老　农　（唱）这棵柳树你再看。

乔　溪　（大叫）

　　　　（唱）对，就在这里把船拴！

老　农　（唱）那艘客舟早不见，

　　　　　　　你只好蚀财蚀物另雇船！

乔　溪　（唱）蚀点财物不哀叹，

　　　　　　　公文遗失我怎做官？

老　农　什么东西？

乔　溪　（比画）吏部公文……

老　农　（唱）这可是一桩大案，

　　　　　　　赶快上衙门报官。

乔　溪　哦？

老　农　（唱）那年发生一盗案，

　　　　　　　一艄翁偷得文书做了官。

　　　　　　　贪赃枉法把罪犯，

　　　　　　　刑场斩首丧黄泉。

　　　　　　　那官员失文不报也遭判，

　　　　　　　发配沙门永不还！

乔　溪　（痛苦地）我的妈呀！

第九集

　　〔黄界驿场口。

　　〔暮色苍茫。

　　〔两乘小轿，来到场口。黄义从路边闪出，前来迎接。

　　〔驿道。

　　〔蓝木斯快马加鞭，催促随从："快些，美人已进场口，不能让她溜了！"

　　〔黄界驿。

　　〔黄家三人，站在场口，紧张商议，四轿夫在旁等待。

黄　母　（唱）想不到蓝木斯如此大胆，

　　　　　　　竟然会紧追踪前来纠缠！

　　　　　　　他仗势来者不善，

　　　　　　　趁夜色快些走以求安全。

黄丽娟　（唱）走夜路行人少更加危险，

黄界驿是大镇他不便耍蛮。

倒不如先住下来再作打算，

细筹划设计谋摆脱危难。

〔黄夫人点头。

黄　义　我去打店。

〔迎贤店。

〔店婆与幺妹站在门口招呼客人。

店　婆　（唱）避牵连在此重开迎贤店，

生意清淡心头烦。

都怪春天把闲事管，

竟成了钟馗的店房鬼都嫌！

幺　妹　妈，你在叽咕啥哟！

店　婆　我还在想春天的那件事。要是不遇着那倒霉的乔老爷，我们咋

个会到这鬼不生蛋的地方来开栈房！

幺　妹　妈，不要再说这些。有客人来了！

店　婆　（看见黄家一行，眼睛一亮）哟，夫人、小姐、老管家，你们是

住店吗？

黄　义　正是住店的。

店　婆　那就请进嘛。

（唱）我家这座店，

服务最周全。

庭院花烂漫，

饭菜味道鲜。

不住下三烂，

迎的贤与官。

客官肯光临，

〔帮腔：优惠不待言！

〔黄义望着黄丽娟，黄丽娟点头。

黄　义　店妈，这是我家夫人、小姐，今晚这店，不要再住外客，我们包了。

店　婆　（喜出望外）是是是，请夫人、小姐到上房歇息。幺妹，快去给

贵客备办最好的酒菜。

〔店婆与幺妹引黄家一行入内。

轿　夫　管家……

黄　义　哦，我把你们的脚钱给了。

〔他给钱与轿夫，轿夫称谢离开。

黄　义　店妈，轿子放在这里，不会遭贼吗？

店　婆　（不屑地）谁稀罕这种笨东西！

黄　义　那就请多加关照。

〔迎贤店上房。

〔黄家母女愁坐桌前，黄义侍立在侧。

〔幺妹端着酒菜上。

幺　妹　（热情地）夫人、小姐、老管家，请用餐！

（唱）做好了蒸炒炖煮，

　　　　是家母亲自主厨。

　　　　蒸龙眼油而不附，

　　　　炒鸡丁海椒不煳。

　　　　炖甲鱼最是滋补，

　　　　煮肉片辣得汗出。

　　　　请贵客快举杯箸，

　　　　多品尝好饱口福。

黄丽娟　哟，你还会讲话哟！

幺　妹　都是妈教的，快请用膳。（行礼退下）

〔黄丽娟注视着幺妹。

黄　义　夫人小姐，快请用餐。

黄夫人　心中烦乱，就是龙肝凤胆，我也吃不下去。

黄丽娟　（苦笑）我也是。放在轿内的点心，我连看也没看呢！

黄　义　（叹气）那蓝木斯像影子一样紧跟着我们，硬是焦人啊！

黄丽娟　（望着酒菜，思忖片刻，抬起头说）我倒想了一计。

黄夫人
黄　义　哦？

黄丽娟　唉，不说也罢。

黄夫人　说来听听嘛！

黄丽娟　（唱）店家女引得我心生一计，

　　　　　　　让姑娘假扮我把恶少迷。

　　　　　　　你和她乘坐小轿往他地，

　　　　　　　我独自改扮男装找亲戚。

　　　　　　　到他地打发姑娘再离去，

　　　　　　　那时节他想找我已太迟。

　　　　　　　怕只怕天真活泼一少女，

　　　　　　　恶少心歹把她欺。

黄夫人　多给店妈银两，她会答应的。再说，那蓝木斯要的是你，他不
　　　　一定会打姑娘的主意⋯⋯

黄丽娟　不怕一万，只怕万一，真的出了事，给人家再多的钱，我们也
　　　　于心不安。

黄夫人　这倒也是，可你又如何脱身呢？

黄　义　我倒有个主意。

黄夫人
黄丽娟　哦？

黄　义　倒不如让我来扮个女的，那蓝木斯总不能拉我成亲嘛！

黄丽娟　（苦笑）不，那太难为你老人家了。

黄　义　（唱）你家对我大仁大义，

　　　　　　　只要小姐平安，

　　　　　　　老奴愿剃白鬓画上蛾眉⋯⋯

黄丽娟　（感动地）老人家，你先去休息，容我想想再定。

黄　义　小姐，情况紧急，耽搁不得啊！

　　　　〔黄义退下。

　　　　〔黄家母女，相对无言。

　　　　〔黄界驿。

　　　　〔蓝木斯等，站在黄界驿的十字口。

蓝木斯　（生气地）哼！

（唱）来此地她母女踪影不见，

想必是未停留已出城垣。

一不做二不休赶快追赶，

若发现就给我抢回家园。

走！

皮　金　公爷，这黄界驿，我们时常来耍，又不是不晓得。出了场口，四方都有驿道，我们咋知道他们走哪条？万一撵镳，就太冤了！

蓝木斯　这……

皮　金　再说，出了黄界驿，几十里都没得村落大院。漆黑天气，她两个妇道人家，也不敢走。我看多半是在场上哪家栈房落脚……

蓝木斯　那就带人，把场上的大街小巷，旅馆客店，给我梳个篦透！

皮　金　是。（向家丁）走！

蓝木斯　慢！先就近给我打个店。我简直累瓜了！

皮　金　请公爷稍候，我赉即办好。

蓝木斯　（揉着自己臀部）哎哟……

　　　　　［迎贤店外。

皮　金　（上前敲门）喂，开门，开门！

店　婆　（手执灯盏，很不高兴地边走边嘟囔）是哪个背时砍脑壳的，在外头叫得好凶。把老娘的门打烂了，要你龟儿子赔啊！

皮　金　（在外大吼）喂，再不来，老子就要打进来了！

店　婆　哪来的野物，这么歪？老娘先给你讲清楚，刚才进店的，是有钱人家的小姐，你不要在门外装疯迷窍的！

皮　金　你才装疯迷窍！再不开门，我要你永世开不了张！

店　婆　噫，哪来的对红心？老娘也不是吓大的，我倒要看看你龟儿子是啥角色？（开门，一看皮金，顿时变成笑脸）

　　　　　哟，原来是皮管家！又陪蓝公爷到场上来耍呀！过去，你走迎贤店过，也从不瞟我们一眼。今天，未必是月亮从西方爬起来啰？

皮　金　（愤愤地）我怕你再喊我顶碗滚灯呀！

店　婆　你怎么还提谈那些事？而今，就给我吃雷的胆子，我也不敢难为皮大管家嘛!

皮　金　闲话少说。快把你的客店打扫干净,我们公爷要进来住宿。

店　婆　(为难地)皮大管家,要是往天,我求之不得。只是今晚……今晚不成……

皮　金　(竖眉横眼)为啥不成?

店　婆　这店子人家包了……

皮　金　(蛮横地)包了,哪个包了?叫他滚出来给我看看!

店　婆　哎呀,大管家,人家……人家是女流之辈。你们男不和女斗,这黄界驿还有的是旅店……

皮　金　(仗势欺人)我们公爷不想走了,就是要住这个店,你喊他们爬。

店　婆　(摇头)那咋个要得啊,人家是有身份的人,又不是暗娼野鸡……

皮　金　那又是什么人?

店　婆　(颇为得意)人家姓黄,是位夫人。除了母女俩,还有位瞻前跑后的老管家。你看,这就是她们乘的轿子!

　　　　[皮金定眼注视。

　　　　[两乘小轿放在门外的暗处。

皮　金　(惊喜自语)妈的,真是缺牙巴咬虱子——碰倒了!(和善地笑着对店婆说)既然是有根底的妇道人家,我们也不会难为她们。我去禀报公爷,到对面高升店看看。

店　婆　哟,大管家,这就叫跟着好人学好人,跟倒端公学跳神,今非昔比呀!

皮　金　(矜持地)那还用说!好,你关门吧!

店　婆　多谢多谢。(小声地)阿弥陀佛。(关了店门)

皮　金　(一脸奸笑)哼!我皮金的运气,硬是来登了!

　　　　[黄界驿十字口。

　　　　[皮金走向蓝木斯。

蓝木斯　店打好了?

皮　金　哎呀,那家店子邋里邋遢的,公爷哪里住得惯,我们对面去吧!

〔迎贤店。

〔黄家母女与黄义迎着掌灯的店婆。

黄　义　店妈，刚才哪个那么凶地敲门？

店　婆　蓝天官宝贝儿子的管家嘛。

黄夫人　（惊惶的）他要干什么？

店　婆　他要进店……

黄　义　（惶恐地）那……

店　婆　夫人放心，我在这黄界驿，也不是一盏省油的灯。我说了，生
　　　　意人讲的是信用，这店房人家黄夫人已经包了，你就是天王老
　　　　子，也不能进来住！

黄丽娟　他怎么说？

店　婆　（得意地）他还能怎么说？我这老面子，他还是要给的，就到对
　　　　面高升店住下了。你们安心休息吧！

〔店婆执灯走开。

黄丽娟　（小声叮嘱黄义）看来，今晚不能安心睡觉了，请你老人家注意
　　　　他们的动静。

〔黄义点头，黄夫人叹气。

〔黄界驿。

〔高升店前。

皮　金　（敲门）店家，店家！

〔店老板手持蜡烛，开门走出。

店老板　是哪个？（不悦变成笑脸）哦，是皮大管家。

皮　金　呃，我们公爷今晚要住你的店子，就不能住外客了。

店老板　当然当然。

皮　金　已经住下的，也得全部赶走！

店老板　（为难地）这个……

皮　金　啥子这个那个？公爷住在这里，未必哪个敢说半个不字？

店老板　是，是。请蓝公爷上房歇息，小人立刻去办。

〔迎贤店二楼。

［上房侧室。黄义在室内徘徊。黄义心烦意乱，拉开房门，站在走廊上，扶着栏杆，打量对面的高升店。

［高升店的上房影影绰绰。

［高升店上房。

［灯火通明，桌上已经摆好酒菜。

蓝木斯　（端起杯子，不悦地对皮金说）你还站着做啥？吩咐他们去寻找黄小姐的下落呀！

皮　金　（故作可怜相）公爷，你骑在马上不觉得，我们跑了一天，腿也酸了，肚也空了，衣裳也汗湿了……

蓝木斯　哎呀，不要说这些，只要找着黄丽娟，定有重赏。快去，快去！

皮　金　真有重赏？

蓝木斯　公爷们好久说过黄话？

皮　金　那小人就道谢了。

蓝木斯　（一惊）你这是什么意思？

皮　金　公爷，你的意中人，已在我的掌握之中。

蓝木斯　（站了起来）她在哪里？

皮　金　就在对门客店内。

蓝木斯　（笑骂）你这狗东西，怎么不早些与公爷言明？（一拍筷子）快带人与我抢过来！

皮　金　（连连摇摇头）公爷呀，使不得，使不得！

蓝木斯　有啥使不得？天垮了，有我顶着！

皮　金　（规劝地）小人知道公爷乘得住。但这黄界驿是个大镇，来往客商甚多，若是抢亲，我们倒也不怕，只是这样大闹大嚷，弄得满城风雨，小人怕二天老太爷不好下台……

蓝木斯　（失望地）难道就罢了不成？

皮　金　哪能啊！我们就在这里，暗中观察他们的动静。明天早晨，只要黄小姐一上轿，我们给他来个脚板擦油，抬起就跑！

蓝木斯　他们不吼吗？

皮　金　（笑着说）吼？轿子里的小姐，细声细气的，哪个听得到？那两个老东西，就更不在话下。让他撵，也撵不到呀！

蓝木斯　（兴奋地竖起拇指）高，高！

皮　金　公爷，这里离我们湖口不远，下午就能抬到，明天就能拜堂成亲。你看娃这个主意如何？

蓝木斯　好，好，有赏有赏！

皮　金　（甜言蜜语）公爷，金秋天气好，湖口景色好，小姐模样好，这天时、地利、人和，你老人家都占齐了！

蓝木斯　嗯嗯！

皮　金　明年，娃定能吃上公爷的红蛋！

蓝木斯　那还用说！啊，你今晚就不要睡觉了。拿根板凳，坐在楼口，眙起眼睛，给我盯倒，不得误事！

皮　金　公爷放心

蓝木斯　啊，黄小姐一上轿，就叫他们抬起跑。

皮　金　知道知道！

蓝木斯　皮金，你一定要办好啊！

皮　金　包在小人身上。公爷放心饮酒睡觉就对了。

蓝木斯　哈……皮金，你说明年生个娃儿会像哪个？

皮　金　当然像公爷啊！

蓝木斯　像我——还是像黄小姐好些！

皮　金　那就像黄小姐嘛。（转身离开）

蓝木斯　你转来！

皮　金　公爷还有啥事？

蓝木斯　快倒杯酒，扯个卤鸡腿，拿到楼边，边吃边守。

皮　金　多谢公爷！

　　　　［黄界驿街头。

　　　　［夜色沉沉，街灯若明若暗，大街上已无行人。

　　　　［乔溪气喘吁吁，走进场口。

乔　溪　（叹气）嗨！

　　　　（唱）千悔万悔悔不转，

　　　　　　　不该任性上山玩。

　　　　　　　要上山就该把公文带上岸，

包里也该揣点钱。

更不该忘记在哪上的岸，

东寻西找不见船。

暮色苍苍把路赶，

此时已近初更天。

关门闭户人难见，

今夜何处把身安？

（边走边张望）这灯笼上写的是"未晚先投宿，鸡鸣早看天"，一定是家客栈。看看招牌……高升店。老爷我刚刚高升，咳，该住这店。住进店里，吃点东西，睡他一觉，明早好赶往州衙报案……

（走上街沿，用手敲门）店家，店家！

〔高升店里。

老　　板　（披上衣服，手持蜡烛，睡意未消地）这么晚了，哪个还敲门啊？

〔高升店外。

乔　溪　（裹着衣衫）店家，店家！

店老板　（开门）客官……

乔　溪　你是店老板？你的店子还歇客吗？好，好！（他径自入内）

店老板　（为难地拦住他）客官，我这里是客店，只是……

乔　溪　没来头，老爷我随和得很，只要被褥干净，有热水洗脸烫脚，再来一壶好酒，几碟好菜，老爷就……

店老板　相公，不是这些。我是说，我这店今晚你不能住。

乔　溪　为啥不能住？

店老板　这个……

乔　溪　哪个？

店老板　（四顾，小声地）相公！

　　　　（念）相公你请听，

　　　　　　店中住一人。

　　　　　　　势力大得很，

　　　　　　　全州都闻名。

　　　　　　　生个坏禀性，

　　　　　　　一气就把手伸。

　　　　　　　轻则打成病，

　　　　　　　重则活不成。

　　　　　　　他曾吩咐我，

　　　　　　　不准住外人！

乔　溪　（念）我生就犟牛性，

　　　　　　　最爱惹歪人。

　　　　　　　让我进店去，

　　　　　　　会会这凶神。

店老板　（念）相公莫多心，

　　　　　　　看你是外乡人，

　　　　　　　这人恶得很，

　　　　　　　打手一大群。

　　　　　　　你若惹了事，

　　　　　　　小店要关门。

乔　溪　（同情地）好，好，店老板，你不要害怕，我不住就是。

店老板　多谢相公关照！

乔　溪　（转身张望）对面是不是也是客栈？

店老板　倒是一家客栈，可店主是母女俩。过了一更天，就是大炸雷，
　　　　她们也不会开门的！你还是到别处找吧！

乔　溪　好，好！

　　　　〔店老板关门。

乔　溪　哎，我又往哪里去找？

　　　　〔迎贤店。

　　　　〔黄义担心地望着对面高升店的上房。

黄　义　（唱）扶楼栏用目察看。

　　　　　　　我小姐处境危难。

［高升店。

［皮金坐在楼栏前，一面啃着鸡腿，一面喝酒。

皮　金　（唱）边吃喝边睁醉眼，

　　　　　　　她岂知陷在深潭？

［街头。

［路暗人杳，乔溪愁锁双眉，孤单地行走着。

乔　溪　（唱）各客店我已走遍，

　　　　　　　拒入门皆因无钱。

［迎贤店。

［有更鼓声。

黄　义　（唱）听谯楼更鼓三点，

　　　　　　　无他计暂扮红颜。

［高升店。

皮　金　（唱）只等那美人出现，

　　　　　　　我皮金好处得完。

［街头。

乔　溪　（唱）夜沉沉行人难见，

　　　　　　　风飕飕露重霜寒。

　　　　　　　此时我眼花脚软，

　　　　　　　只恐要病倒街边……

［走近迎贤店。

　　　　　（接唱）咦，这是啥漆黑一片？（摸）

　　　　　　　是小轿搁在墙沿。

　　　　　　　嘿，天赐我生机一线，

　　　　　　　到轿内权且安眠……

［他试探着掀帘入轿。

〔迎贤店、高升店。

〔黄义、皮金惊愕地扶栏眺望。

黄　义　（唱）那墙边人影一闪，
皮　金
　　　　　　　掀动了小轿门帘。

　　　　　　　快禀报情况有变，

　　　　　　　出了岔罪责难担。

〔两人各自往自己主人住处奔跑。

〔高升店上房。

〔蓝木斯坐在床上，听了皮金禀报，十分兴奋。

蓝木斯　（唱）小佳人打算逃窜，

　　　　　　　却正好钻进圈圈。

　　　　　　　快抬走不得迟缓，

　　　　　　　喜得我发狂发癫。

〔皮金跑下。蓝木斯急速地穿衣下床。

〔迎贤店。

〔听了黄义述说，黄丽娟思忖片刻。

黄丽娟　（唱）休慌张静观其变，

　　　　　　　明情由再与周旋！

　　　　妈，快些吹熄灯火，我们悄悄躲到楼口，观看动静。

〔黄母吹灯。

〔街头。

〔两家丁扶着轿杆，皮金等站立轿旁。

〔轿内，乔溪已沉沉入睡。

〔蓝木斯衣衫不整，匆匆走出。

蓝木斯　（问皮金）咋样？

皮　金　（小声地）人在轿内。

蓝木斯　（压着嗓门）那就抬起跑嘛，还在等啥？

皮　金　（比画）起轿！

　　　　　［两家丁抬起小轿，就往前跑。蓝木斯和皮金等，紧紧追随。

　　　　　［迎贤店楼口。

　　　　　［黄氏母女和黄义，站在那里，观看门外动向。

黄　义　这……这是咋回事？

黄丽娟　我看，他一定误以为轿里是我。所以，不等轿夫出现，抬起
　　　　就跑。

黄夫人　阿弥陀佛，这下，我们可以放心大胆地上路了。

黄丽娟　不，一旦他们发现抬错了，就会回来的。

黄　义　那又咋办？

黄丽娟　事不宜迟，我们这就离开店房，悄悄去到江边，改乘客舟。这
　　　　样，他就找不到我们的踪影了。

黄夫人　那就快些收拾。

　　　　　［迎贤店内。

　　　　　［店婆与幺妹掌灯，迎着黄家三人。

店　婆　哎呀，还不到四更，你们就要走嗦？幺妹，快去给夫人、小姐
　　　　打水。

黄丽娟　不用了，到了下个场口，我们再作洗漱。

店　婆　那……幺妹，你先开门去看看轿子。

　　　　　［黄家三人，相视不语。

幺　妹　（应声开门，大声惊叫）妈，拐了，轿子只有一乘了！

店　婆　（不信）哪有那么怪的事，是不是眼屎还粘着眼睛？

幺　妹　不信你自己看。

店　婆　我就是要看。（快步出门。黄家一行，跟在他的后面暗笑）

　　　　　［店婆拿着灯，在另一乘轿子前来回走着，喃喃自语：嘿，这就怪
　　　　了，我这里从来就没有掉过轿子，是哪个背时鬼……（打自己的
　　　　嘴）……呸，呸，这么早就抬起跑了！天啦，我咋个赔得起哟！

黄夫人　算啰算啰，掉都掉了，我们就不坐轿了，把这乘小轿也送给你。

店　婆	夫人，你硬是菩萨心肠！那这店钱我也不收了！
黄丽娟	店钱我们照付！
幺　妹	那咋个要得啊！
黄丽娟	要得要得。
店　婆	那你们又咋个走？
黄　义	我们……
黄丽娟	（急忙插嘴）我们到场口另外设法。（她瞪了黄义一眼）
店　婆	这……
黄夫人	店妈，劳烦你了。（将银子交给店婆，然后与女儿、黄义快步离开迎贤店）
店　婆	（拿着银子，对幺妹说）要是住店，都像她们这样仁义，我们也早发财了。

第十集

[驿道上。

[蓝家的家丁，抬着乔溪迅跑。

[乔溪在轿内沉睡不醒。

[押后的蓝木斯还在催促："快走啊！"

蓝木斯	（唱）家丁们抬起人快些跑。
皮　金	（唱）一口气跑过十里桥。
蓝木斯	（唱）佳人已经到手了。
皮　金	（唱）她纵然插翅也难逃！
蓝木斯	（唱）叫他们快把轿子来放倒，
皮金问	公爷要做啥？
蓝木斯	（唱）我要把佳人容貌瞧！
皮　金	哎呀，公爷，这里离黄界驿才十来里。依娃看还是莫耽搁，跑快些，早些抬拢湖口。那时，你想咋个看就咋个看，未必还看不够？
蓝木斯	好，好，这阵就算啰。到了湖口，我可以一天看到黑。 （唱）那你们就给我加劲跑，

拢了家给你们赏钱又犒劳！

众家丁　多谢公爷！

　　　　〔众家丁加快脚步。

　　　　〔乔溪沉入梦乡。

　　　　〔官衙（梦境）。

　　　　〔乔溪身着官服，在衙中批阅公文。

　　　　〔差衙送来信札："三江县学政，已在馆驿候了多日，等候大人
　　　　接见。

乔　溪　知道了。

　　　　〔差役退下

　　　　（拿起信札，瞟了一眼，摇头哂笑）嘿，真是怪事！

乔　溪　（唱）公文复得，

　　　　　　　来到玉州做通判，

　　　　　　　政务繁忙难偷闲。

　　　　　　　三江县学政求接见，

　　　　　　　此人竟是徐子元。

　　　　　　　他胸无点墨堪哀叹，

　　　　　　　怎么能做这种官？

　　　　　　　我不如暗把衣衫换，

　　　　　　　到馆驿与他作作玩！

　　　　〔馆驿（梦境）。

　　　　〔衣衫褴褛的乔溪，站在徐子元的房门前。

　　　　〔小厮坐在门槛上，斜倚门框，也在酣睡。

乔　溪　（一看，生气地）原来是你！（用脚把小厮钩倒在地）

小　厮　（迷迷糊糊）哪个这么歪？把我挤下床了！

乔　溪　我！

小　厮　（揉眼）啊，原来是个讨口的……

乔　溪　把你的眼睁大点，我是讨口的？

小　厮　（认出乔溪，翻身就跑）哦，鬼……鬼……

乔　溪　（一把抓住他）我就是鬼，要找你讨命债！

　　　　〔连续变脸。

　　　　小厮（跪地，颤抖告饶）单非英，我本想是吓你一下，哪晓得那匹马乱颠乱蹦，让你成了淹死鬼。你要我当替代，也再等两年嘛，我……我还没有接婆娘啊！

乔　溪　这阵就去阴间报到，免得阳世又多个守寡的。（用手一推，小厮像断了线的风筝，消失在黑暗中）

乔　溪　（惊诧）咦，我是变了鬼，还是成了仙？（他飘了起来，飘进房间。）

　　　　〔馆驿（梦境）。

　　　　〔徐子元的房间。

　　　　〔乔溪坐在桌上，打量假寐的徐子元。

乔　溪　（讥笑）这么久，毫无长进，还是一副梦虫相。（下桌，在徐子元耳边喊道）公爷，醒来了！

徐子元　（一惊）请来了？快去打轿！

乔　溪　打轿干啥？

徐子元　进衙见乔大人呀！

乔　溪　乔老爷就在你的面前，打啥轿？

徐子元　（吓得连声说）呀，呀……下官失礼，下官失礼……（慌乱地作揖叩头）

乔　溪　（哈哈大笑）你这个徐子元……

徐子元　（感到不对劲，抬头一看）大人……哎呀，你不是乔大人，你是……

乔　溪　那我是谁？

徐子元　你是……单非英的鬼魂！（拔腿就跑）

乔　溪　（飞起，一下把房门堵住）你怎么晓得我是鬼？

徐子元　你不是骑马过桥，掉到河里淹死了吗？

乔　溪　我命大，被人救起来啰！

徐子元　真的？

乔　溪　我骗你干啥？

徐子元　那为啥我那跟班小厮会吓跑了？

乔　溪　他跑了？我刚才在门口还看见他……

徐子元　不会啊？除非遇着鬼了！

乔　溪　哪有那么多鬼哦。

徐子元　不管那个瓜娃子，只要你没有死，我心头就好受多了。

乔　溪　为啥子？

徐子元　你是给我帮忙掉下河的，我能心安理得？跟你说，我派了好多
　　　　人沿河找你的尸首，找不到，我还给你烧了几大堆纸钱。

乔　溪　多谢你如此仁义！

徐子元　仁义不敢说，但我真的时常想你。

乔　溪　啥时候？

徐子元　没人帮我干正经事的时候。

乔　溪　没人帮你干正经事，你……又怎么当上了学政？

徐子元　这里头深沉得很，我们坐下来慢慢说。

乔　溪　公爷在上，哪有小人的座位？

徐子元　你帮了我那么多的大忙，还拘什么礼！坐，坐！

乔　溪　那小人就谢座了。

　　　　〔馆驿（梦境）。
　　　　〔场景变了。乔溪和徐子元坐在馆驿的庭院里。
　　　　〔桌上摆了些简单的酒菜。

徐子元　单非英，看你这般模样，日子一定过得很艰难。

乔　溪　就是，就是。

徐子元　这里啥都不好吃，你权且充饥，等我拜见了通判，换了公文，
　　　　心头没得事了，找家好酒店，我们畅饮几杯！

乔　溪　多谢公爷！

徐子元　你客啥气？吃呀！

乔　溪　好，好。（他装出一副饥饿相，吃喝起来）

徐子元　哎，单非英，你活转来，为啥不来找我嘛？

乔　溪　我怕你再喊我冒充门客，那就非死不可了。

徐子元　这倒也是，那你又以何为生？

乔　溪　开始，我卖文度日……

徐子元　如今文章不值钱呀！

乔　溪　就是就是。所以，后来我就沿街卖字画……

徐子元　（撇嘴）那更没眼，恐怕连游娼野鸡进账都赶不上。

乔　溪　当然嘛，如今她们红火得很。

徐子元　所以，你索性讨口，方便些。

乔　溪　就是就是，我又流落街头。听说你在这里候差，特地前来拜望。
　　　　（转过话锋）你怎么不当耍哥，竟做起官来了？

徐子元　哎，这真是一言难尽啊！
　　　　（唱）这都是老爹爹把我害，
　　　　　　　说什么官宦家没有功名最不该！

乔　溪　可你哪是学政的料呀！

徐子元　（唱）我也说当个巡察不得拐，
　　　　　　　酒馆妓院红黑两道我操得开。
　　　　　　　老爹说，老夫多年游宦海，
　　　　　　　什么职位也能待。
　　　　　　　睁眼看个个都把官帽戴，
　　　　　　　各人打的是自家牌。
　　　　　　　有的像哈巴狗尾巴直甩，
　　　　　　　有的像应声虫装得很乖。
　　　　　　　有的是肥猪行酒囊饭袋，
　　　　　　　有的是贪婪鬼乱吞钱财。
　　　　　　　你虽是草包一个心不坏，
　　　　　　　有老夫，自然有人把轿抬。
　　　　　　　只要你不乱整，照着沟沟踩，
　　　　　　　不满三年就升阶。
　　　　　　　到那时政务自有师爷代，你只管签署画卯，
　　　　　　　视察剪彩，吃喝玩乐，优哉游哉！

乔　溪　啊？这就是老太爷的为官之道？

徐子元　他是算得上官油子。不然，咋能左右逢源？再说，他也想得周
　　　　到，那三江县是边远地区，知县是新招安的棒客，大字不识。

我虽说不能解半部《论语》，总算读了半本《千字文》！

乔 溪　这倒也是。（放下杯筷）啊，公爷，时候不早，小人得走了。

徐子元　（叹气）也好。哎，单非英，这阵，我自己的屁眼儿都在流血，没法给你医痔疮。走，回到房中，我送你点钱，先对付对付。

乔 溪　那就道谢啰！（背白）他的心真不算坏。不过，学政是万万不能当的。

徐子元　（给了乔溪些碎银）单非英，我手头紧，你包涵点。

乔 溪　（接过）哪里哪里，公爷，祝你官运亨通。

徐子元　（失望地）那通判不接见，换不了公文，我当得成啥官啊！

乔 溪　那乔大人为啥不见你？

徐子元　我也弄不明白。

乔 溪　依小人看，恐怕在想出什么题考你。

徐子元　咳，你我真是英雄所见略同！

乔 溪　那你就临时抱佛脚，专心读几天书嘛！

徐子元　你又不是不晓得，我从来不和书本做朋友。

乔 溪　那小人就帮不了你的忙了。

徐子元　帮忙？（拍打自己的脑袋）哎呀，我真是个昏君！上天安排你来救我，我却打发你走。真是太蠢了，太蠢了！

乔 溪　我能救你？

徐子元　（笑逐颜开）当然嘛，老办法！你可以冒充我，去见通判大人。二天，我们一起到任所，你帮我做官，薪俸归你。只要老太爷不晓得，这笔生意，我们就一直做下去！

乔 溪　主意虽好，就是搞不成！

徐子元　为啥搞不成？我倒补你些银子，总对了嘛！

乔 溪　不是银子，是通判大人认得我！

徐子元　认得你？你是找话摆啊！

乔 溪　哎，那通判大人在员外家见过我。

徐子元　那我就惨了……（忽又转念）既然如此，我只好破釜沉舟……

乔 溪　公爷打算咋办？

徐子元　你陪我到州衙，把我引见给通判大人。我就给他明说，学识是没得的，官是要当的。如果他放我一马，我在老把子面前，为

他美言几句，定能让他官运亨通。要是为难我徐大少爷，他的
饭碗，就打破了。

乔　溪　（背白）他把我乔老爷看扁了！（转身对徐子元）好，你想给通
　　　　判大人带些什么见面礼？

徐子元　（哈哈一笑）单非英，官场的事，你就太生疏了。公开拜见，哪
　　　　能带礼品？这样做只有倒霉。场面上，大家只能说官话，打哈
　　　　哈。到了晚上，悄悄送去，他才会捋着胡子，看着礼单，满意
　　　　地笑着说，嘿，竖子可教，竖子可教……

乔　溪　这些诀窍，你也懂？

徐子元　见多了。我老爸就是这么干的，知道吗？

乔　溪　（讥笑）那好，公爷，我们走。

　　　　〔州衙（梦境）。

　　　　〔车到衙前。乔溪先下车搀扶徐子元。

乔　溪　（唱）堪笑他枉睁双眼，

　　　　　　　　对本官说四道三。

徐子元　（唱）少时间要见通判，

　　　　　　　　嘴虽硬心里犯难。

乔　溪　（唱）严考核将他批贬，（四门卫跪地）

徐子元　（唱）众差役齐跪车前！

　　　　（高兴地）嘿，多礼多礼！免礼免礼！（要上前搀扶，差役不理
　　　　他）

　　　　〔乔溪在他背后挥手，差役自下。

徐子元　（仍觉满意）这州里的差役是不同，很懂礼嘛！

乔　溪　（嘲笑地）是吗？公爷请稍候片刻，待小人进去向通判大人禀报
　　　　后，再来接你进去。

徐子元　要得，单非英呀！

　　　　（唱）见通判把他规劝，

　　　　　　　　放一马大家平安。

乔　溪　（唱）假意儿笑堆满脸，

　　　　　　　　请公爷暂候衙前。

徐子元　好，快去快去！

〔乔溪讥笑着走入州衙。

〔徐子元东张西望，在衙门前徘徊。

〔四差役复上。

差役甲　州衙重地，闲人走开！

〔徐子元以为在驱赶他人，仍在观望。

差役乙　（拉徐子元）喂，就是喊你，你为啥还装疯迷窍地乱晃？

徐子元　咦，刚才很有礼貌，怎么转眼间又凶起来了？

差役丙　你胡说啥？再不滚开，棍子就搁到你身上了！

差役丁　对这种东西，难得费唇舌！（举棍要打）

徐子元　（叫了起来）班头休要动武。下官乃三江县学政，是来拜见通判
　　　　大人的。

差役甲　既来拜见，为何不让我等禀报？

徐子元　下官的书童，已经进衙禀报了。

差役乙　书童？我们怎么没有看见？

徐子元　刚才那位戴方巾，身穿破衣的，就是我的书童！

众差役　霉起你的鬼了，那是通判大人呀！

徐子元　（大惊）通判大人？他……姓啥？

差役甲　他姓乔……

徐子元　不对，不对，他姓单……

差役乙　（冷笑）他姓善，你就姓恶。还不走开，就真的讨打了！

徐子元　哎呀，我明白了！

〔乔溪站在衙门里，哈哈大笑。

〔驿道。

〔轿里，乔溪终于笑醒了。

乔　溪　（唱）适才南柯一梦，

　　　　　　　往事交织其中。

　　　　　　　醒来轿儿摇动，（掀动窗帘）

　　　　　　　窗帘外夜色朦胧。

〔有轿夫的吆喝声：

　　　　　　天上明晃晃，地上水凼凼。

　　　　　　踩左，踩右。

乔　溪　（唱）呀，我已经被人抬送，

　　　　　　这去路难料吉凶！

　　　　　（自语）待我暗暗打听。

　　　　　［他头倚轿窗倾听。

　　　　　［驿道。

　　　　　［夜色朦胧。

　　　　　［蓝木斯骑在马上，催促家丁："快走啊！"

　　　　　［两家丁嘿哟黑哟地抬着小轿飞跑，不提防摔了一跤："哎哟，

　　　　　　脚杆崴倒啰！"

　　　　　［驿道。

　　　　　［轿内。

　　　　　［乔溪惊叫"哎……"（连忙用手捂嘴）

蓝木斯　吼啥子？要是把我的美人摔伤了吗我剥了你们的皮，抽你们

　　　　　的筋！

乔　溪　（惊愕）哟，这么凶！难道是哪里的山大王要抢我去做压寨夫

　　　　　人？这下……惨了……

　　　　　［轿外。皮金的声音："快些抬起走！"

乔　溪　（惶恐地）我这副模样，怎么侍奉大王……

　　　　　［轿子又抬动了，乔溪搔头抓腮，思考对策。

　　　　　［驿道上。

　　　　　［家丁抬着小轿慢走，蓝木斯骑着马，在后面督促。家丁们看不

　　　　　见路，终于停住脚步。

蓝木斯　皮金，能不能叫他们快点？

皮　金　回公爷，刚才还有点影影，这阵啥都看不见了。要是再绊跤，

　　　　　把小姐从轿里摔出来，落在哪个桷桷角角，找不到，那就成竹

　　　　　篮打水一场空了！

蓝木斯　你快些儿找灯笼火把噻！

皮　金　黑黢黢的，到哪去找？

蓝木斯　摸黑也得走！

皮　金　摸黑走，就得慢些。公爷，你也快些下马。

蓝木斯　（不情愿地）这是为啥？

皮　金　公爷，再好的马，也有失蹄的时候。要是把你摔下岩去，那拜堂就搞不成了。

蓝木斯　好，我下来走。（翻身下马）

　　　　〔皮金摸索着接过缰绳。

蓝木斯　走嘛。（踢皮金）走！

众家丁　好，又走嘛！

　　　　〔上山的弯道。他们一个拉一个，摸摸索索，跌跌撞撞，慢慢向前走。

　　　　〔两个抬轿的家丁，踉踉跄跄，摇摇晃晃，抬轿前行。前轿夫失脚，差点把乔溪摔出轿外。

　　　　〔众人吵吵嚷嚷，走到垭口。

蓝木斯　（捂着腰）哎哟，我实在走不动了，歇一下歇一下。

皮　金　（招呼家丁）停轿！

家　丁　（回应）住轿。（放下轿杆）

　　　　〔这时，天空露出一弯细月，地上有了些光亮。

蓝木斯　（张望）这是啥地方？

皮　金　（瞪着眼睛）嗯，是黄桷垭。

蓝木斯　那就歇口气再走。

　　　　〔家丁甲为蓝木斯在树下拴好马。

　　　　〔众家丁用眉眼向皮金示意，皮金点头。

皮　金　公爷，走不得了！

蓝木斯　咋个走不得？

　　　　〔这时，那一弯细月，躲进云里，夜色又变得十分昏黑。

皮　金　你看，月亮钻进云里，天色漆黑。这里往湖口，全是山路。要是娃们摔倒，活该。要是把小姐摔伤，你拿来咋整？

蓝木斯　你说咋办？

皮　金　依娃的主意，先把轿子放在黄桷树下，免得寒露伤着小姐。黄桷树的背后，有个岩洞。公爷，你可以到洞里歇一阵。天一亮，我们再走，就不得拐了。

蓝木斯　（叹气）唉，只好这样。你们要把我的心上人守好啊！

皮　金　公爷，有我们几个看倒，你尽管放心。

蓝木斯　那就听爷吩咐：你眼睛不准眨，瞌睡不准啄，把轿子给我守好！

皮　金　是，是。

　　　　〔蓝木斯摸索着向树后的岩洞走去。

皮　金　（向家丁甲）过来，我跟你说，你眼睛不准眨，瞌睡不准啄，把轿子给我守好。（倒在轿边，睡下）

家丁甲　（向家丁乙）守倒！（说完睡下）

家丁乙　（向家丁丙）守倒！（说完睡下）

家丁丙　（向家丁丁）守倒！（说完睡下）

家丁丁　（望着他们，边躺边说）他妈的，你们睡得，老子为啥要守倒？（他也睡了）

　　　　〔夜，静极了。

　　　　〔乔溪从轿里探出头来。

乔　溪　（唱）今夜晚这遭遇实在不妙，
　　　　　　　　听言语其中蹊跷已明了。
　　　　　　　　主人家在吩咐把轿子围倒，
　　　　　　　　他把我当成了二八女娇。
　　　　　　　　这种事不可留一走为妙，
　　　　　　　　再迟疑走不脱无比糟糕……

　　　　〔乔溪由轿内伸脚欲出，踩着家丁乙。家丁乙惊叫，乔溪急忙退入轿内。

家丁乙　是哪个？

皮　金　（警觉地坐起）做啥？

家丁乙　（似醒非醒）没啥……（又躺下）

　　　　〔皮金有些生疑，站起来，张望四周，扶着轿杆，抬了抬小轿，自语："这么重，还在里头！"又倚着轿门打盹。

　　　　〔除了鼾声，四周异常寂静，

　　［蓝木斯慢慢地从岩洞里走出。

蓝木斯　（兴奋而热切）哎，硬是睡不着哟！

　　　　（唱）抢着了黄小姐实难安寝，

　　　　　　　　想得我心直跳眙起眼睛，

　　　　　　　　黑夜里趁家丁们都已睡尽，

　　　　　　　　偷偷地进轿里亲她一亲……

　　　［他喜滋滋地摸到轿前，跨过轿杆……

　　　［轿里，乔溪紧张地倾听轿外的动静。

第十一集

　　　［黄桷垭。

　　　［蓝木斯喜滋滋地摸到轿前，跨过轿杆，喃喃自语：黄小姐，我
　　　的美人呀！你母亲骂我："我家龙女，岂能配你这犬子？"可我
　　　蓝木斯，神通广大，怎么会是犬子？丈母娘的眼水也太差了点。
　　　你妈带你逃跑，能跑出我的手板心吗？这就叫缘分！嘻嘻，你
　　　只要与我会会，就晓得我咋样了……"他伸手往轿帘去摸，一
　　　下摸到皮金。他以为是黄丽娟站在帘外，乐得心花怒放，忙去
　　　拥抱……

皮　金　（高叫）是哪个？做啥？

蓝木斯　（捂着他的嘴，低声地）是我。你……站在这里做啥？

皮　金　（掀开蓝木斯的手，小声地）守黄小姐噻！公爷，你这是干啥？

蓝木斯　（支支吾吾）我……呀，皮金，你怎么连这个也不懂？

皮　金　（把蓝木斯拉离小轿，规劝地）公爷，我皮金啥事不懂？但你想
　　　　的事，千万做不得！

蓝木斯　（不悦地）有啥做不得？

皮　金　公爷呀公爷，人家黄小姐乃富家千金，知书识礼。公爷又是天
　　　　官之子，读书之人。这种事，要是别人晓得了，实在不雅……

蓝木斯　不准胡说，我不过是太喜欢她的缘故。

皮　金　既然你爱黄小姐爱得钻了心，就该等明天抬回湖口，见了老夫
　　　　人，把诸亲百客一请，再请湖口知州为媒，先拜天地，后入洞

房。这样明媒正娶，将来，就是她母亲要告你，你有媒有证，也说得起硬话呀！公爷，你又何必急这一时半刻呢？

蓝木斯　（假绷正经地）放屁，公爷岂是偷偷摸摸的人？只怕冻着黄小姐，才来看看。

皮　金　轿有暖帘，不会冻着。

蓝木斯　也要看看你们是不是偷懒呀！

皮　金　公爷，这里荒无人烟，谁能把黄小姐背走？你就放心睡一会儿吧。

蓝木斯　嗯！（望天长叹）天哪，你咋个还不天亮呀！（懊丧地往岩洞走去）

皮　金　公爷！

蓝木斯　啥事？（不想搭理，径自走开）

皮　金　黄小姐抢是抢到了，为了这件事，我皮金的心都操烂了……（他想向蓝木斯讨赏）

［黄桷垭。

［轿内。

［乔溪听到皮金的姓名，不觉一愣："皮金？难道就是迎贤店的那个无赖？"

［驿道。

［黄桷垭。

［皮金还在述说："当初找到她们母女俩，是我皮金。后来说媒，是我皮金。他们逃走，报信的是我皮金。今夜抢亲，出好主意的又是我皮金。这件事成功了，你要重重犒劳我才对啊……公爷，公爷，娃在给你说话，你……你咋不开腔？"用手往前摸，空空的，失望地，"哎，你走，也不打声招呼？哼，既然如此，我又何必这么忠心！睡他一觉再说！"

［皮金坐在轿边，渐渐入睡。

［山林寂静，万籁无声。

［乔溪终于走出轿来。

乔　溪　（唱）静悄悄在轿内暗暗偷听，

蓝木斯和皮金道出实情。

黄小姐为躲他离乡背井，

蓝木斯暗跟踪客店抢亲。

只因我图安眠误入陷阱，

天一亮我乔溪显露原形。

那时节蓝木斯会找我拼命，

定说我又一次坏他的婚姻。

我还须找公文万分要紧，

趁众人睡意浓正好抽身。

（乔溪左右打量，打算上路，忽又迟疑）哎，我才走不得啊！我若一走，恶少发觉轿内无人，定会回黄界驿追抢。此时天色未明，黄家母女，一定尚未起程，岂不又落他手？嗯，我走不得，走不得！

（转身想留下，却又十分矛盾）不走，我的事又咋办？

乔　溪　（唱）若不走任由他不闻不问，

定耽误我自己寻找公文。

倘若是通判之职被坏人冒顶，

我的过错说不清。

我若一走离险境，

黄小姐定要落火炕。

寻找公文可稍等，

错过此刻难救人……

我越思越想越镇定，

乔老爷要打这抱不平。

哎，难就难在我与他怎把喜堂进？

又怎么与他洞房成姻亲？

左思……唉，

右想……唉，

这才难坏人！

唉，心绪烦乱无计定。

〔入轿，顿脚，轿内落下一物，打着乔溪的头。

　　　　是什么打着我的脑门心？

（拾起一看，大为惊喜）哈哈，原来是衣裙一套，酥饼一盒。这些东西，从何而来？……啊，想必是黄小姐出走是为路上备办的。（闻酥饼）嘿，好香啊，乔老爷饥肠辘辘，正需此物，真是老天怜我，我乔溪只要有酥饼吃，随你把我抬到哪里都要得！

〔乔溪拿起酥饼，吃得津津有味。

（自言自语）吃倒吃饱了，我还是要打个主意才好啊！

（看着放在膝上的衣裙嘲弄地笑了起来）有了有了，我且把这衣裙穿起，盖头搭起，使他皂白难分。纵然恶少发现是我，黄家母女已经逃出虎口！（开始穿衣裙）哎呀，要是真的抬进府，我又如何脱身呢？这……（把心一横）哼，他总不能跟我拜堂嘛！

〔驿道上。

〔黄桷垭。

〔东方发白，山雀噪林，蓝木斯揉着眼，从岩洞钻出来，走到黄桷树下。

蓝木斯　喂，天都亮了，你们还在挺尸呀！

　　　　〔众家丁和皮金急忙翻身爬起。

蓝木斯　（向皮金）看一下，人在里头没有？

皮　金　（用手往轿里一摸）在里头。

蓝木斯　那就抬起走嘛！

　　　　〔家丁甲、乙抬起小轿往前走。

　　　　〔皮金牵马过来。蓝木斯接过缰绳，翻身上马。

　　　　（挥鞭驰马）东方发白天已亮，

众　　　这下该公爷去拜堂。

〔湖口蓝府佛堂。

〔蓝夫人敲着木鱼诵经。

蓝夫人　观自在菩萨，行深般若波罗蜜多时，照见五蕴皆空，度一切苦厄。舍利子，色不异空，空不异色，色即是空，空即是色……

波罗僧揭谛，菩提萨婆诃。

〔蓝秀英与秋菊走到佛堂，站在门外。

蓝秀英 妈，你的功课完了没有？

蓝夫人 刚诵完波罗蜜多心经，有什么事吗？

蓝秀英 哥哥已经三天没有回家了，你不担心他又在外面惹事吗？

蓝夫人 （长叹）哎，我天天为他许愿念经，他就是不长进，真是作孽！

蓝秀英 妈，光是许愿念经不行，得多多管教才是。

蓝夫人 他人都不落屋，怎么管教？

蓝秀英 派人把他找回来嘛！

蓝夫人 （摇头）灵醒点的，他全带走了，哪个能找得到他？

蓝秀英 给哥哥上课的两个老师，正闲着没事，不如让他们去找！

蓝夫人 （迟疑）那两个书呆子，行吗？

蓝秀英 俗话说，蜀中无大将，廖化充先行，只好将就了。

蓝夫人 （思忖片刻）好吧，秋菊，请两位老师到客厅，说我有事相告。

秋　菊 是。（应声而下）

蓝夫人 （感慨地）天天念四大皆空，为儿女忧心忡忡。

〔蓝府。

〔一身文士打扮的蓝龙、蓝虎走向客厅。

蓝　龙 一二三四五，

蓝　虎 金木水火土。

蓝　龙 若问名和姓，

蓝　虎 蓝龙和蓝虎。

蓝　龙 名字虽扎劲，

蓝　虎 会文不会武。

蓝　龙 春灯输得苦，

蓝　虎 只好投本家。

蓝　龙 混饭教诗书，

蓝　虎 抬头到客厅。

蓝　龙 进门叫婶母，

蓝 龙 蓝 虎	婶母万福！（下跪行礼）	

蓝夫人　免礼请坐！

蓝 龙 蓝 虎	侄儿谢座！	

蓝 龙　那我就手儿抄之，（坐下）

蓝 虎　脚儿跷之。（坐下）

蓝 龙 蓝 虎	合而问之：婶母呼唤小侄，不知有何训示？	

蓝夫人　木斯出游，婶母我甚是担心。想请贤侄把他找回来，你们办得到吗？

蓝 龙　我们蝇头大的字都认得到，那牛高马大的人怎么会找不到？婶母尽管放心。

蓝夫人　那你们怎么找？

蓝 虎　先查皇历，哪天宜出行，我们就上路。哪边是喜神方，我们就往哪走。我们木斯兄弟，最喜欢耍，是喜神一尊。所以，一去就逮着。

蓝夫人　但愿如此。（翻案头皇历）哟，今天就是宜出行的好日子！

蓝 龙 蓝 虎	那侄儿们就立即上路。	

［蓝府门外。

［身背简单行李的蓝龙、蓝虎在门口争论不休。

蓝 虎　哥，你说今天哪方是喜神方？

蓝 龙　东方。

蓝 虎　对啰，那怎么你要往西边走？

蓝 龙　瓜娃子，为兄走的明明是东方，你为何说是西方？

蓝 虎　你呀，枉读诗书，还学过风水。

蓝 龙　（唱）日出东方谁不知，

　　　　　　　你怎么把东当成西？

蓝 虎　（唱）日出东边是日出时，

　　　　　　　时辰过午当在西，

　　　　　　你酒醉午睡刚刚起，

　　　　　　太阳必定往西移。

蓝　龙　（唱）说什么酒醉午睡刚刚起，

　　　　　　我本身闻鸡起舞在辰时。

　　　　　　你你你夜酒太多失记忆，

　　　　　　误把清晨当暮夕。

蓝　龙　这阵是清晨。

蓝　虎　这阵是黄昏。

蓝　龙　清晨。

蓝　虎　黄昏。

　　　〔蓝秀英生气地走出。

蓝秀英　（唱）争什么东西，喜神！

　　　　　　争什么清晨黄昏！

　　　　　　寻兄长十分要紧，

　　　　　　请你们快快动身。

蓝　龙
蓝　虎　贤妹妹，那我们该往哪走？

蓝秀英　（唱）我哥哥品行不正，

　　　　　　黄界驿花乡赌城。

　　　　　　他常在那里鬼混，

　　　　　　可先去驿上找寻。

蓝　龙
蓝　虎　（唱）贤妹妹，还是你最最聪明！

蓝　龙
蓝　虎　我们快走，不然，太阳就要当顶了！
　　　　　　　　　　　　　　　　　　　落坡

　　　〔蓝秀英摇头苦笑。

　　　〔渡口。

　　　〔蓝龙、蓝虎站在渡口前，等候渡船。

蓝　龙　世风不古真要命，

蓝　虎　弄得先生找学生。

蓝　龙　江风阵阵周身冷，

蓝　虎　渡口无船好急人。

蓝　龙　日头偏西暮色近，

蓝　虎　酒醒后，东西你总算分得清！

蓝　龙　惭愧惭愧。

蓝　虎　知过能改，善莫大焉，愚弟烦你多叫几声艄翁就是。

蓝　龙　好，愚兄来叫。（憋足劲）艄翁，打舟来，打舟来！

［艄翁远处答话："来啰！"

［一叶小舟，飘然而至。

［艄翁愉快地呼唤着："啊嗬，啰啰啰啰啰啰……"

艄　翁　（唱）三江渡口一只舟，

呀么之㰀。

载人载货乐悠悠，

呀么之㰀。

收到船钱沽美酒，

这样的快乐哪里有，

哪里有？（笑）

哈哈哈，我道是什么东西，原来是两个烘笼……

蓝　龙　我们是两位斯文，怎么是烘笼？

艄　翁　你们斯文人，就叫烘笼呀！

蓝　虎　什么烘笼！有人羞我们读书人，叫了我们冬烘，哪是什么烘笼！

艄　翁　哎，年纪大，耳朵背，听错了。失敬，失敬！

蓝　龙　你跑到哪去了，把我们好等！

艄　翁　对不住，对不住，快些上船，我多撑几篙竿，几下就过去了。

［蓝龙、蓝虎上船。

艄　翁　客官坐稳，我打篙了。

艄　翁　（唱）这渡口风大水险，

请客官切莫动弹。

蓝　龙　（唱）这渡口人迹稀罕，

你为何耽搁半天？

艄　翁　（唱）有一棺水打棒下游上岸，

耽误了你二位急行的客官！

蓝　虎　啥叫水打棒？

艄　翁　就是淹死鬼。

蓝　龙　哎呀，坐你的船不吉利。

艄　翁　呸呸呸，客官好无礼。

蓝　虎　算了。

（唱）问艄翁那尸首何等打扮？
　　　为什么要自尽愿遭水淹？

艄　翁　（唱）哪是啥要投江性命自断，
　　　　玩歌妓醉如泥跌下船舷。
　　　　他戴方巾穿锦衣十分体面，
　　　　听说是官家子本家姓蓝……

蓝　龙
蓝　虎　（大叫）姓蓝？

艄　翁　（唱）我也是听人说少问少管，
　　　　送到岸收了钱各走一边。

蓝　龙
蓝　虎　（唱）叫艄翁快把这船头倒转，

艄　翁　（不解地）你们扯啥神经？

蓝　龙
蓝　虎　（唱）休多问，快摇桨不少船钱！

艄　翁　（唱）倒转就倒转，
　　　　〔帮腔：只要肯给钱！
　　　　〔蓝龙、蓝虎站在岸上。

蓝　龙　（唱）快雇马走捷路急忙回返，

蓝　虎　（唱）报噩耗布灵堂哭迎灵棺！

蓝　龙
蓝　虎　（高唱）吆马的，快来！

　　　　〔蓝府。
　　　　〔哀乐声声，大门布上白色孝幛。
　　　　〔蓝龙、蓝虎领着家院在大门口张贴挽联。

［挽联上写"张望曾参养曾皙，谁知颜路哭颜渊"。

　［幕后唱：噩耗传，

　　　　　扬孝幡。

　　　　悲泪如雨洒尘寰，

　　　　张望曾参养曾皙。

　　　　谁知颜路哭颜渊，

　　　　灵堂未就，先贴挽联。

　　　　念经未能祈福，

　　　　定数只好由天。

蓝　龙　挽联贴好，布置灵堂。

蓝　虎　雇好哭娘，准备哭丧！

　［湖口。

　［蓝府外的大道上。

　［蓝木斯骑马，皮金、家丁紧跟，后面的那小轿，已经披红
挂彩。

　［众人喜气洋洋。

蓝木斯　（乐不可支）皮金，快去禀报，说我抬新娘子回来了。

皮　金　是。（向府门飞跑而去）

　［湖口。

　［蓝府大门外。

　［蓝氏兄弟，还在欣赏自己写的对联。

皮　金　（跑来，一看大惊）两位老师，太夫人啥时间过世的？

蓝　龙　你这狗东西，怎么胡说八道？

蓝　虎　公爷的灵柩现在哪里？快快相告！

皮　金　公爷活鲜鲜的，马上就到。他还带回新娘子，坐的是一乘花轿。
　　　　你们这样做，简直开了个天大的玩笑！

蓝　龙
蓝　虎　哎呀，糟糕！

蓝　龙　以为拾得令箭，

蓝　虎	捡的却是鸡毛。
皮　金	快把这挽联撕掉，
蓝　龙 蓝　虎	写喜联赓即就好。
蓝　龙	不布灵堂布喜堂，由我来包！
蓝　龙 蓝　虎	请管家快回去把公爷稳倒，帮此忙我们会大大酬劳！
皮　金	那好！（转身飞跑）

〔湖口。

〔蓝府门外。

〔喜乐声声，大门已布好红色喜幛。

〔蓝龙、蓝虎换了衣衫，带领家丁迎接蓝木斯。

〔大门上贴了一副大红喜联。

〔喜联上写："千里情投连秦晋，双方意合结朱陈。"

〔蓝龙、蓝虎与众家丁迎接蓝木斯。

蓝　龙 蓝　虎	给兄弟贺喜！
众家丁	恭喜老爷，贺喜老爷！
蓝木斯	（下马，乐哈哈地）同喜同喜。
众家丁	恭喜老爷，贺喜老爷。
蓝木斯	嗯，嗯，快来帮着把花轿抬进门去！
皮　金	来，抬进头门！

〔轿内，乔溪微拉轿窗，掀动盖头，小声地口念大门喜联："千里情投连秦晋，双方意合结朱陈。这副喜联，给我和蓝小姐到合适，给他和黄小姐就是屁话了。可我能见到蓝小姐吗？唉……"

〔轿子抬动，乔溪急忙拉好轿窗，顶好盖头。

〔喜乐声声，花轿抬进大门。

皮　金	关了头门，抬进二门。

〔家丁抬着花轿，继续往二门走。

326

〔花轿进了二门。

皮　金　关了二门，抬进三堂。

〔家丁抬着花轿，往三堂走去。

〔蓝府。

〔三堂已布置一新，四处张灯结彩，堂上红烛正亮。

蓝木斯　（好不高兴）哟，这么快，你们就把喜堂布置好了呀！

蓝　龙　当然，当然！

蓝　虎　（小声地）换个颜色，多方便。

蓝木斯　二位兄长辛苦了！

蓝　龙
蓝　虎　自当效劳，自当效劳。

蓝木斯　这下，花轿也拢了，喜堂也好了，该拜堂了。皮金，快去请夫
　　　　人，小姐！

〔皮金站着不动。

蓝木斯　你快去呀！

皮　金　公爷，娃有一言要禀。这新娘子都到手了，难道说煮熟的鸭子
　　　　还会飞吗？你们是官宦之家，还是要讲究个吉庆才对呀！

蓝　龙
蓝　虎　皮管家言之有理。

蓝木斯　那就找本历书看看嘛。

蓝　龙
蓝　虎　我们身上就有。（取出历书）

蓝木斯　就请二位兄长查查。

蓝　龙
蓝　虎　那是自然。（两人同时翻书，同时说话）哎呀，不好，不好！

蓝木斯　咋个不好？

蓝　龙　今天是个黑道日。你看嘛，奎木狼当道，决不能拜堂。若是要
　　　　拜堂，必定死新郎！

蓝木斯　那就明天。

蓝　虎　明天也不好。明天是勾绞日，百事全得忌，若要拜天地，终生
　　　　绝子息。

蓝木斯	唉，美人坐在轿子头，看得见，摸不到，真急得我七窍冒烟。你们快看，最近哪天好？
蓝 龙 蓝 虎	后天就好，大吉大利。
蓝木斯	真要我的命，后天就后天。（忽而又为难起来）今晚拜不成堂，黄小姐又安置何处呢？
皮 金	公爷，最好安置在老夫人的房里……
蓝 龙 蓝 虎	对。
蓝木斯	（摇头）啊，要不得，要不得！（拉过皮金，小声说道）我妈是吃斋念佛的善菩萨。她们住在一起，要是黄小姐对妈讲，她是被我抢来的，妈一起糍粑心，就会把她放走。我蓝木斯再横，也不敢把我妈咋样呀！这美满婚姻，就喊泡汤了！
蓝 龙	都是女眷，贤弟也可把弟媳安置在贤妹妹那里呀！
蓝木斯	（点头）嗯，不错不错。
皮 金	（拉蓝木斯）公爷，你就不怕小姐给你散花儿……
蓝木斯	（笑着说）她若拆我的台，二天，要我当舅老倌，我就不上马，不送亲！她只有包涵，绝不敢说三道四。
众	这倒也是。
蓝木斯	（高喊）秋菊快来。
秋 菊	（急上）少爷有何吩咐？
蓝木斯	（小声地）你先把新奶奶引到小姐房中去……
秋 菊	新奶奶？在哪儿？
蓝木斯	（指堂下）还在花轿里。
秋 菊	那为啥要扶到我们小姐房中？
蓝木斯	（不屑多说）这些事，你懂啥？先挽进去。其余的，我晓得对妹妹讲。
秋 菊	（无可奈何）是。
	［秋菊走下喜堂，从轿里挽出身着衣裙、上顶盖头的乔溪，慢慢走开。
蓝木斯	（伸了伸腰）哎，大家都累了，下去喝酒吃饭！

众　　　谢天谢地。

　　　　（唱）无论婚丧嫁娶，

　　　　　　　管他红白喜事。

　　　　　　　只要有酒有肉，

　　　　　　　你我坐下照吃！

　　　　〔众人嬉笑着散去。

蓝木斯　皮金，你站住！

皮　金　我都饿蔫了。

蓝木斯　饿蔫了也得听我把话说完！

皮　金　是，公爷！

蓝木斯　这喜事你要与我好好操办，客越多越热闹越好！

皮　金　是是是！

蓝木斯　（又兴奋又难过）人逢喜事精神爽，月到十五望光光。

皮　金　公爷，是分外光！

蓝木斯　（自嘲地）堂都没拜成，什么分外光！只能是望光光！

　　　　〔蓝府蓝秀英闺房。

　　　　〔在一片喜乐声中，秋菊挽着乔溪走了进来。

　　　　〔秋菊扶乔溪坐下，然后点亮几上的纱灯。

秋　菊　新奶奶，请你稍坐，奴婢去去就来。（出门背语）我得赶快到老
　　　　夫人那里，把小姐请回。

　　　　〔听见关门声，乔溪慢慢揭开盖头，左右打量，长叹一声："想
　　　　我乔溪，乃堂堂男子，竟在这新房里，做起新妇来，可哀呀
　　　　可叹！"

　　　　〔初更起，乔溪慢慢离开座位。

乔　溪　（唱）耳听谯更鼓响，

　　　　　　　晚风阵阵透纱窗。

　　　　　　　灯月交辉好明亮，

　　　　　　　画屏珠箔甚辉煌。

　　　　　　　蓝木斯呀笨孽障，

　　　　　　　竟把我须眉当红妆。

［打量洞房，布置有古玩、罗帐、象牙床……

乔　溪　（品评）想不到蓝木斯那样的鄙俗之辈，竟会把新房布置得如此清雅！乔某我在轿内颠簸了整整一天，趁此无人之际，待我舒展片刻。（走向牙床）

乔　溪　（唱）就此和衣躺一躺，（揭帐惊）

　　　　　　呀，缘何枕留脂粉香？

　　　　　　是新房为何花枕成单放？

　　　　　　这踏凳为啥绣鞋仅一双？（东看西瞧）

　　　　　　啊，针线篓内有花样，架上还有花衣裳！不像不像太不像，

　　　　　　哎呀呀，不是洞房是闺房！

　　　　　　这……奇哉呀奇哉，

　　　　　　巧哉呀巧哉，

　　　　　　他蓝木斯竟把我请到了小姐房中……

乔　溪　（唱）这真是有缘千里共罗帐，

　　　　　　奇哉巧哉会闺房。

　　　　　　若相见定都会惊喜过望，

　　　　　　要感谢大舅爷糊涂荒唐！

　　　　（忽又迟疑摇头）哎呀，不妥呀不妥！

　　　　（接唱）我这身打扮怪模样，

　　　　　　　既非女来也非郎。

　　　　　　　蓝小姐见我会咋想？

　　　　　　　定误我诈作酸李代桃僵……

　　　　　　　要娶她就得明媒正娶合礼尚，

　　　　　　　怎么能如此孟浪把孔训忘！

　　　　［这时，门外传来秋菊的说话声：“小姐，快走！”

乔　溪　（唱）耳听丫鬟叫声嚷，

　　　　　　小姐立即要进房。

　　　　　　赶快跳窗往外闯，

　　　　　［帮腔：寻得委任状，

　　　　　　　　　再来聘娇娘！

〔乔溪翻窗欲下。

第十二集

〔蓝府蓝秀英闺房。

〔乔溪翻窗欲下，往下一瞧，胆怯起来："啊哟！"

乔　溪　（唱）这绣楼离地五六丈，

　　　　　　　跳下去不死也得受重伤。

　　　　　　　若是死了我认账，

　　　　　　　残废了又让小姐怎主张？

　　　　　　　耳边已听楼梯响，

　　　　　　　没奈何只好又来装新娘。

〔急忙坐下，重新搭上盖头。

〔蓝府蓝秀英闺房外。

〔蓝秀英边爬楼梯边皱眉沉思。

〔秋菊紧跟在后。

蓝秀英　（唱）小秋菊到上房前来报禀，

　　　　　　　不由我蓝秀英疑云顿生。

　　　　　　　姻亲事理应当三媒六证，

　　　　　　　未行聘就接回定有隐情。

　　　　　　　急忙忙回闺房看个究竟，

　　　　　　　明缘由好转去禀告母亲。

〔蓝秀英快步上楼。

〔蓝府蓝秀英闺房。

〔秋菊推门，蓝秀英走入。

〔乔溪一动不动，端坐凳上。

〔蓝秀英仔细打量"新娘子"。

秋　菊　新奶奶，我们小姐看你来了！

〔乔溪起身微微行礼。

［盖头里的他，难堪地："我咋敢答话嘛！"

蓝秀英　不敢当，小妹见过新嫂嫂……（想了想）请问新嫂嫂，家住哪里，姓甚名谁，什么时候和我哥哥联的姻亲，小妹怎么一概不知？

　　　　［乔溪默坐不语。

　　　　［盖头下的他，困惑地："唉，叫我咋说啊！"

秋　菊　新奶奶，我们小姐问你，你怎么不说？快讲嘛！

　　　　［乔溪扭动身子，却不答话。

蓝秀英　新嫂嫂，你是不是有什么难言之隐？请对我讲讲。

乔　溪　（尖着嗓门）奴家是被你哥哥抢来的！

蓝秀英　抢来的？你说说，他怎么抢到的？

　　　　［乔溪不语。

乔　溪　（着急地）这些事，三言两语，怎么说得清楚？

蓝秀英　（鼓励地）你不要害怕。说清楚了，我领你去见母亲，求她老人家放你回去……

　　　　［乔溪摇头。

乔　溪　（痛苦地）不，我这般模样去见老夫人，日后求聘，定会告吹。不，不……这回怎么也不能见老夫人。

秋　菊　（有些发急）你快说呀！

乔　溪　（鼓起勇气）我……我……甘愿……来的。

蓝秀英　（惊诧）你是甘愿来的？

乔　溪　（忙说）是，是，是甘……愿……

蓝秀英　（一怔）啊哟，你的声气怎么如此粗鲁？

乔　溪　（急促地尖起嗓音来掩饰）人家，是，是……是哭嫁哭哑的……

蓝秀英　哭嫁不是有哭娘吗，你怎么自己哭……

乔　溪　（装模作样）人家……舍不得……老娘亲……（他呼哧呼哧地抽泣起来）

秋　菊　（同情地）小姐，我听人说，乡下姑娘出嫁，有哭七天七夜的。不光嘶哑，连声气都没得了。我去找几个通大海给她泡水……（说完径自出门下楼）

蓝秀英　（狐疑地站了起来，一面打量这"新嫂子"，一面在房里徘徊）

她开始说是抢来的，这阵又改口是甘愿来的，这……到底是咋回事？（发现乔溪的衣服在抖动）咦，你的嫁衣怎么如此不合体？

乔　溪　贫家小户。人家是……借来的。

蓝秀英　哦！（突然又觉得他双脚有异）咦，你的这双脚，怎么……

乔　溪　（把脚一跷，又急忙用裙子遮住）人家……的脚……是……大些，可脚大江山稳呀！

蓝秀英　女娃子哪有那么大的脚……你到底是……

乔　溪　（急忙声明）我是州官……

蓝秀英　（惶惑）你是州官？

乔　溪　（急忙改口）不，我……叫秋仙。

蓝秀英　你时而说是州官，时而又说叫秋仙，你……到底是啥子人，赶快实说。如若不然，我就大声喊叫。

乔　溪　（惊吓地）哎呀，蓝小姐，喊不得，喊不得！（他慌乱中揭下盖头，露出了本相。）

蓝秀英　（大惊）呔，胆大狂徒，竟然男扮女装，混进闺房……

乔　溪　（辩解地）不是我混进，是你哥哥估倒把我抬来的……

蓝秀英　哼，你罪责难逃，还敢狡辩！我……这就禀明母亲，拿你问罪。（说着就要往外走。）

乔　溪　（拦住蓝秀英）蓝小姐，你……不要走，学生有下情回禀！

　　　　（唱）蓝小姐休愤怒声张暂缓，

　　　　　　　容学生述详情羞愧汗颜。

　　　　　　　　与小姐也曾经邂逅一面……

蓝秀英　（更为惊诧）在哪里？

乔　溪　（接唱）春天里写团扇就在花田！

蓝秀英　你……你是乔先生？（乔溪点头）我到了湖口，曾派人找你，没有找到，万不料你……竟成了这般模样，这……这是咋回事？

乔　溪　（叹气）一言难尽

　　　　［他向蓝秀英述说……

　　　　［蓝府厨下。

　　　〔秋菊提着水壶，为"新奶奶"泡通大海。

　　　〔蓝府蓝秀英闺房。

　　　〔乔溪说完，望着蓝秀英，难堪地："小姐，你说，这……"

蓝秀英　原来如此！

蓝秀英　（唱）乔先生好品格琴心剑胆，

　　　　　　　行侠义男扮女解人危难。

　　　　　　　都怪我哥哥他跋扈傲慢，

　　　　　　　才惹出这一桩稀奇事端。

　　　　　　　乔先生闯闺房非他所愿，

　　　　　　　传出去我却又无比羞惭。

　　　　　　　想到此我心中万分烦乱……

　　　〔门外传来蓝木斯的声音："楼梯陡，把灯笼给我照好点！"

蓝秀英　（唱）呀，怕只怕哥哥他识破机关！

乔　溪　（一惊）哟，你哥哥来了！我倒不怕他哟，只担心小姐你……

蓝秀英　（略一思忖）不要慌张，我自有主意。

　　　〔蓝秀英先去关好房门，示意乔溪坐好，再把盖头搭上。然
　　　后，与之耳语。

　　　〔蓝府蓝秀英闺房外。

　　　〔楼梯上。

　　　〔皮金高举灯笼，为蓝木斯照路。

　　　〔蓝木斯精神亢奋，心猿意马，呼哧呼哧地爬着楼梯，嘴里
　　　还念叨着："翻来覆去睡不着，一夜都在想老婆。干脆出门
　　　来相会，妹妹房中渡银河。"

皮　金　公爷，拢了。

蓝木斯　（一想）把灯弄熄。

　　　〔皮金吹灯，楼口昏暗。

蓝木斯　（敲门）妹妹……

　　　〔蓝府蓝秀英闺房内外。

蓝秀英　（坐在床边，故作呓语状）什么东西在门外乱打乱叫？

蓝木斯　哪里有啥东西，是我！

蓝秀英　（捂着嘴直笑）你，你是哪个？

蓝木斯　（急了）死女子，连我的声音都听不出啦？我是你哥哥，是哥哥我！

皮　金　（拉他）公爷，你小声点嘛！

蓝秀英　（明知故问）这么晚了，你来做啥？

蓝木斯　（心有所思，又不便明说）我……有事。

蓝秀英　（找借口）我……睡了。

蓝木斯　那……你起来一下嘛！

蓝秀英　人家瞌睡正香，不想起来……

蓝木斯　（火了）不想起来也得起来！

蓝秀英　（故意激他）你凶啥子！我偏不起来！

蓝木斯　（气得咬牙切齿）你起不起来？

蓝秀英　不起来。

蓝木斯　（甚是气恼）你，这……（本要开口责骂，一想不妥，眼珠几转，计上心来）好，好，你不起来就算了，我……走了，皮金，我们走。（拉过皮金耳语）

　　　　〔皮金明白主人的意思，故意放重脚步，走下楼梯。蓝木斯则躲在暗处不动。

　　　　〔蓝府蓝秀英闺房。

　　　　〔蓝秀英听见下楼的脚步声渐渐消失，稍感放心地走到乔溪身边，本打算与他说话。但对兄长是否走远了，还有些担心。就轻轻走到门边，开门觑探。

　　　　〔等在门边的蓝木斯，趁机而入。

蓝秀英　（大吃一惊，退身掩着乔溪，嗔怪地注视蓝木斯）你捣啥子鬼啊！

蓝木斯　（讥笑）我就晓得你没有睡！

蓝秀英　（故作生气）你管我睡不睡，夜半更深，你到小妹房中干什么？

蓝木斯　（嬉皮笑脸）来看你的嫂嫂呀！

蓝秀英　（用手指刮脸）羞不羞啊，堂都还没有拜，什么新嫂嫂！

蓝木斯　虽未拜堂，总有了夫妻的名分呀！

蓝秀英　夫妻名分，拜了堂才算事，你快下楼去。

蓝木斯　我耍会儿就走。

蓝秀英　不。新人进了你的新房，一切由你。这阵，既然交给小妹，就该听我的！

蓝木斯　（又毛了）这才怪啰！她……（指着乔溪）是抬回来和我成亲的，又不是抬回来与你成亲的，你管那么多干啥？

蓝秀英　（羞得满脸飞红）你……你说些啥话啊！（不想与蓝木斯纠缠）可可，她看你这么不规矩，二天会嫌你的……

蓝木斯　（耍笑地）妹妹，你这就不懂了，女人最喜欢不规矩的男人。太规矩，像根木头，有啥味道……

蓝秀英　（柳眉直竖）我不跟你说了，快走，快走……

蓝木斯　（央求）我……的好妹妹，你就让我看一眼你新嫂嫂嘛！（说着，伸手去揭盖头。）

蓝秀英　（挡开蓝木斯的手）不，我今天就不让你看！

蓝木斯　（火了）我今天就偏要看！（又去抢揭盖头）

蓝秀英　（阻挡，大叫）妈，快来！

　　　　〔这时，门外传来一阵上楼的脚步声。

蓝木斯　（惊慌）咦，这么合适？

　　　　〔敲门声。

　　　　〔蓝秀英前去开门，顺势将蓝木斯推出。她关上房门，倚着门边，捂着胸口直喘气。

　　　　〔蓝府蓝秀英闺房外。

　　　　〔出门的蓝木斯与皮金碰了个满怀。

蓝木斯　哎呀，母亲，不是孩儿有意碰你，是妹妹推出的……

皮　金　（捂着头）公爷，是我……

蓝木斯　（大发脾气）你这丧门星，跑来干啥？

皮　金　娃看见上房的灯亮了，又在叫丫头子掌灯，怕老夫人过来。

蓝木斯　人老了，八成是起夜。你没有弄清楚就跑来吓我？

皮　金　（哭丧着脸）公爷，小心为妙。万一老夫人在小姐房里把你堵住，我们这些当下人的咋吃得消？你半年多都等过了，何必在乎这一天半日……

蓝木斯　（失望地）哼，人没有见着，还被那死女子气一顿！

［蓝府蓝秀英闺房里。

［脚步声渐渐远去，蓝秀英长长舒了一口气："这下，他真的走了。"

［听了蓝秀英的话，乔溪揭下盖头，用手擦拭额上脸上的冷汗："哎呀，小姐，刚才硬是把我吓坏了。若不是小姐机智，学生真的无地自容。"

蓝秀英　先生还不是为了救人！

［乔溪结结巴巴，不知如何回答。

［两人不知如何打破这难堪的沉默。

乔　溪　小姐，学生今夜冒闯香闺，已属罪过深重。倘流连过久，日后传扬于外，有碍小姐名声。望小姐去将尊兄请回，由我说个明白……

蓝秀英　这……不成！我哥哥的脾气，你还不知道？

乔　溪　不怕不怕。纵有天大过错，我一身承当，不愿有碍小姐芳名。

蓝秀英　（含混地）不，先生……

乔　溪　那就请小姐帮学生逃出去……

蓝秀英　（羞涩地摇头，最后终于鼓起勇气）乔先生！

蓝秀英　（唱）仲春月与君邂逅在花田，

　　　　　　　幽幽情丝一线牵。

　　　　　　　移湖口，音讯断，

　　　　　　　奴也曾望穿秋水恨绵绵。

　　　　　　　只道是重重关山难相见，

　　　　　　　又谁知乍然相逢在此间。

乔　溪　（唱）离客栈我与卿信断情难断，

叹只叹命运多舛难高攀。

那日受命做通判，

我也曾发誓千里寻婵娟。

只道是青山绿水生死恋，

岂料想乍相见，

行为荒唐好难堪！

蓝秀英　（唱）请君不用愁满面，

自有妙计藏胸间。

旅途劳顿甚疲倦，

绣房牙床暂安眠！

先生休息片刻，奴家去去就回。（边说边前去开门）

乔　溪　（紧张地）小姐，你……上哪去？

蓝秀英　（神秘地）先生不必多问。（关门而去）

乔　溪　（上前拉门）她……怎么把门反锁？要是蓝木斯再来胡
闹，我……该如何是好？

〔蓝府。

〔大门上张灯结彩，两旁彩棚彩幛。

〔婚乐高奏，喜气洋洋。

〔新郎蓝木斯，身披彩红，头戴宫花，由蓝龙、蓝虎陪
同，在大门口迎接贺客，皮金跑前跑后。

〔湖口知州领着抬贺向蓝木斯拱手。

知　州　蓝世兄，恭喜恭喜！

蓝木斯　不敢当，多谢知州大人前来主婚。

知　州　世兄终身大事，下官自当效劳！

（唱）乾坤定，艳阳高照。

钟鼓乐之，百年合好。

蓝木斯　多谢吉言，请入内用茶。

〔蓝龙引知州进门，抬贺随进。

〔徐子元带着家丁，抬着贺礼上。

徐子元	蓝家有喜，奉命贺礼。见到新郎，急忙作揖。蓝世兄，恭喜恭喜！
蓝木斯	啊，徐世兄，这么远你都来啦？多谢多谢，请到内厅用茶。

〔蓝虎引徐子元进门，抬贺随进。

〔众贺客上，他们是蓝木斯的狐朋狗友。

众贺客	啊，蓝公子，你简直是天地间最漂亮的新郎官了！
蓝木斯	（得意地）哈……
贺客甲	（唱）这桩喜事该早通报，
蓝木斯	（唱）美佳人我才刚靠牢。
贺客乙	（唱）新娘子一定很美貌？
蓝木斯	（唱）你碰倒保险也会欲火烧。
贺客丙	（唱）这样的佳人只有你才找得到。
蓝木斯	（唱）老实说，我也差点就放镳。
众	（唱）你真是红鸾星儿高高照。
蓝木斯	（唱）谢吉言。少时刻，我带她来敬酒肴！
众	好久拜堂开席？
蓝木斯	女方没得亲人。家母吩咐，嫁娶得合礼仪。所以，要从后院发轿，转至大门接轿，然后才拜堂开席。
众	那要等好久？
蓝木斯	（望天）快了吧，我比你们还着急。走，到里面等着。

〔蓝木斯与众宾客入内。

〔皮金出来，看热闹的店婆、幺妹、店老板以及讨饭的张三、李四涌了过来。

众	（唱）蓝家喜事有气派， 　　想看热闹四方来。
张三 李四	（唱）我们来讨饭和菜。
众	（唱）免费的好戏看一台。
皮金	（趾高气扬）你们这些要饭的、看巴片的，好好听着：公爷大喜，不准喧哗，不准乱跑。要饭的，不准抢酒

菜；看戏的，不准抢位子。要是不听，休怪我姓皮的不客气！

店　婆　（撅嘴，小声对么妹说）哼，乌龟戴官帽，连王八也神气起来了！

　　　　〔喜乐高奏。

么　妹　听，锣鼓打得好响！花轿怕快来了！

　　　　〔众引颈而望。

　　　　〔蓝府后院。

　　　　〔一乘花轿放在院中。

　　　　〔阶沿上，几个喜娘正在唱《哭嫁歌》。

喜　娘　（唱）黄金台，紫金台，

　　　　　　　众家姐妹请过来。

　　　　　　　扯个圈圈团团坐，

　　　　　　　陪她唱个哭嫁歌。

　　　　〔秋菊跑出跑进。

喜　娘　（唱）花花轿儿放门前，

　　　　　　　众家姐妹泪涟涟。

　　　　　　　心中有话难开口，

　　　　　　　越思越想越惨然。

　　　　　　　妹妹到了别家去，

　　　　　　　姐妹分别相见难。

皮　金　（跑来）老夫人，老夫人！

蓝夫人　（从房内走出）啥事？

皮　金　客人都到了，公爷催促，快把花轿抬到大门口。

蓝夫人　好嘛，让他在大门外等着。

皮　金　是。（飞跑而去）

　　　　〔蓝府。

　　　　〔大门外鞭炮齐鸣，喜乐高奏，一乘花轿抬到门口。

　　　　〔看热闹的人涌来涌去。

〔新郎蓝木斯在傧相蓝龙、蓝虎陪同下，站在轿前。

〔蓝木斯用红绸尺揭开轿帘。

〔二喜娘扶着新娘走入大门。

〔蓝龙、蓝虎大声朗诵："一步一莲花，二步二莲花。三步莲花朵朵放，引导新人到华堂。"

〔大门内放有竹筛、火盆。

〔蓝府喜堂。

〔堂上红烛高烧，正面挂着合和二仙绣像。

〔室外一片喧闹声。蓝龙、蓝虎匆匆走入，转身向外。

蓝　龙　　东方一朵紫云开，
蓝　虎　　西方一朵紫云来。

　　　　　两朵紫云放异彩，

　　　　　华堂引入新人来！

蓝　龙　　男出华堂，女踩花毡，奏乐！

　　　　　〔喜乐声中，蓝木斯牵着红绸，引新娘入堂，秋菊在旁搀扶。

　　　　　〔看热闹的宾客和各色人等，挤满门口。

蓝　龙　　一根红线撒江中，先钓鲤鱼后钓龙。有缘千里来相会，无缘对面不相逢。先拜祖宗！

　　　　　〔蓝木斯向家神牌位叩头。新娘站着不动。

　　　　　〔众人略感惊诧。

蓝　虎　　（急忙念）喜洋洋，笑洋洋，父母恩深不能忘。夫妻今日成婚配，新人转身拜高堂！

蓝　龙　　请老夫人。

　　　　　〔丫鬟搀扶盛装的蓝夫人上。

蓝夫人　　（生气地问蓝木斯）你在做啥？

蓝木斯　　（一惊）儿在拜堂呀！

蓝夫人　　你跟哪个拜堂？

蓝木斯　　哪个？黄小姐嘛！

蓝夫人	黄小姐在哪里？
蓝木斯	就站在你面前呀！
蓝夫人	那你睁眼好生看看！
蓝木斯	（打量）对的嘛，是她。母亲，若是不信，你亲眼看看就明白了。（揭开盖头）

〔站在堂前的竟是蓝秀英。

| 蓝木斯 | （大惊）这…… |

〔贺客们哈哈大笑。

贺客甲	嘿，兄妹拜堂，地久天长！
蓝木斯	（大怒）哪个胡说，给我掌嘴！（质问蓝夫人）母亲，这……咋回事？
蓝夫人	你办的好事，还不知道？
蓝木斯	儿给你抬回来的，是个乖乖巧巧的媳妇呀！
蓝夫人	不是媳妇，是个姑爷！
众惊愕	姑爷？
蓝木斯	（惶惑地）啥姑爷？（望着皮金，狂叫）去把那狗东西抓出来！

〔皮金不知所措。

| 蓝夫人 | 休得无理！秋菊，诸亲百客已到，去把姑爷请出来。知州大人。 |

〔秋菊应声下。

知　州	下官在！
蓝夫人	劳烦你为老身招赘女婿主婚。
知　州	（望着盛怒的蓝木斯，不敢表态）这个，这个……

〔这时，簪花挂红的乔溪，从合和二仙的绣像背后钻了出来。

〔众人更为惊愕，议论纷纷。

蓝木斯	（似曾相识地）怎么是你？
乔　溪	是我。（向蓝木斯作揖）大舅，灯会一别，久违了，哈……
蓝木斯	你……怎么跑到我家来了？

乔　溪　我本打算到了任所，再来求聘。是你估倒把我抬来
　　　　的呀！

蓝木斯　任所？你是什么人？

乔　溪　在下乃玉州通判乔溪。

徐子元　（站了出来）什么桥西桥东，你不是我的书童单非英吗？

乔　溪　是给你当过几天书童，可……

蓝木斯　（这下找到漏眼）好呀，你这骗子，竟敢冒充朝廷命官，
　　　　诱骗宦家小姐！皮金，给我捆起来，听候知州大人
　　　　发落。

蓝秀英　皮金，不准胡来！

皮　金　小姐，我和他是老相识，他是个打滥仗的！
　　　　〔蓝夫人一时没有了主张。
　　　　〔蓝木斯、皮金及家丁等，推推攘攘，把乔溪掀出喜堂，
　　　　来在院子里。
　　　　〔看热闹的人，围了一层又一层。

乔　溪　（申辩地）哎，我真的是玉州通判呀！

知　州　既是玉州通判，请把吏部公文拿出来，让本官验查。

乔　溪　我的公文衣物，全被艄翁偷了。正说到州台前报案，竟
　　　　被抬到这里。

蓝木斯　这家伙一派胡言！

幺　妹
店　婆　大人，他确实叫乔溪。

知　州　你们有凭证吗？

李　四　他确实有吏部公文，小人们都亲眼看过。（张三点头）

蓝木斯　（大怒）你们这些讨口子的话，能作数吗？皮金，快给
　　　　我把他捆起，先痛打一顿再说！

蓝秀英　（阻拦）哥哥休得无礼！
　　　　〔蓝木斯与皮金，不由分说，要用绳索捆绑乔溪。乔溪
　　　　伸出双手，仰天长叹："我的公文，你……你在哪里？？"
　　　　〔这时，一纸公文从天而降，接着，艄翁跑上。

艄　翁　乔老爷，你的公文甩来了！

乔　溪　（接过，放声狂笑）哈哈，来得好！来得巧……艄翁，

　　　　这……是咋回事？

艄　翁　乔老爷，这全都怪你！

艄　翁　（唱）江边等得我发毛，

　　　　　　　大河上下把你找。

　　　　　　　找不着州里把案报，

　　　　　　　听说大人在吃喜肴。

　　　　　　　我拿着公文就开跑，

　　　　　　　正好你把手招……

乔　溪　多谢多谢！（将公文递给知州。）

知　州　（一看）果是通判大人，下官失敬了。

　　　　［徐子元顿感难堪，蓝秀英等却欣喜异常。

　　　　［蓝木斯又羞又气，不知如何是好。

皮　金　（脸色陡变，露出一副奉承相）嘿，乔老爷，我就晓得

　　　　你是贵人样，这绳子咋个也捆不到你身上。（吆喝家丁

　　　　们）看倒干啥？给老爷道喜呀！

众家丁　恭喜乔老爷，贺喜乔老爷！

乔　溪　（不理家丁，指着皮金）嘿，我正四处找你！

皮　金　哦，老爷要我当管家？

乔　溪　不，我要拿你丢监！

皮　金　（惶惑）这……这又从何说起？

乔　溪　自你偷了我的钱财，老爷我受了多少罪呀！

皮　金　（抵赖）小人敢对天赌咒，没有偷……

乔　溪　你不要再装了，你赌麻雀宝的小铜钱，落在我房中，还

　　　　在箱子里。我后来想明白，你狗东西已不知去向。

知　州　来呀，给我拿下候审。

　　　　［侍从押皮金下。皮金边走边说："想不到硬是恶有恶

　　　　报，善有善报。"

蓝夫人　（喜上眉梢）好了，好了。新姑爷，请进去拜堂。

　　　　［徐子元有些无所适从。

乔　溪　徐公子，请进去呀！

徐子元　（一面点头一面说）惭愧，惭愧！

乔　溪　哦，幺妹、店妈、张三哥、李四哥、艄翁，都请，都
　　　　请！拜完堂，我乔溪还要给你们敬酒呢！

众　　　给乔老爷道喜！

乔　溪　同喜，同喜。（微笑地对蓝木斯说）大舅子，得罪了。
　　　　〔众人拥着新郎新娘，重入喜堂。乐声骤起，众宾客在
　　　　喜堂里喧嚷欢笑。
　　　　〔院子里只剩蓝木斯一人，此情此景，气得他摔了官花，
　　　　顿足捶胸。
　　　　〔全剧终。

附记：

创作戏曲电视连续剧《新乔老爷奇遇》，实属偶然。

中央电视台的张华山先生，是我们四川人。每次回川，省市文化方面的领导和剧作家，总会相约与他会面，并提些有四川特色的戏剧影视题材，请他支持。我偶尔敬陪末座。张先生热情表示会愿为振兴家乡的戏剧尽力。这当然是省市文化领导和名家们的事。我等小编剧，等着看热闹就是。

1998年元月1日，我突然接到四川电视台制片主任彭继德先生的电话，说他们有意与中国电视剧制作中心合作，搞一部川剧丑角的系列片，约我做编剧。要我先考虑一个方案，好与台里领导商量。

说实在的，那时，我早已迷上家乡的三星堆文化。戏剧创作，对我已成过去，但是，听到这个约请，我那早已熄灭的创作欲望，似乎又被重新点燃。因为对于川剧，我还有许多设想没有实现，也许这是最后的一次机会！于是没有多想自己是否能胜任，就贸然答应了。

我很快写了一个提纲交给老彭，不久，老彭就骑着摩托到广汉来对我说，制作中心的大明主任对提纲"很是满意"，要我修改后由他们送华山先生……我就这样莽莽撞撞地上马了。

与中央台合作，真是另一番光景。在我草稿写出不久，就与省台商议工作班子，确定由马功伟先生执导，省川剧院为本剧班底，并立即开展前期准备工作。为这个节目，前后开了六次座谈会。参加座谈的，也

都是省市川剧界的名家和老先生。又专门演出八出丑角戏供编导参考。华山先生、中国电视剧制作中心的领导和责任编辑等，还专程到成都观看演出，商议剧本及录制等各项议题。在我写出初稿后，马功伟先生又很快交出"导演阐述"与我商讨。经过近十个月的时间，前期工作顺利完成，以后，又做了大量的筹备工作，才投入录制。导演、演员、美术、照明、后勤等各部门，都全身心投入。我也多次被邀去现场提些建议。我参加过不少电视片和电视剧的录制，这是我所经历的最正规、最严格的一次。成功，是辛勤劳作的结果。

此剧最后获 2002 年中国电视剧飞天奖一等奖，是全体演职人员心血的结晶。我会永远记住一起合作的朋友，以及为本剧剧本创作提过建议的朋友们。

跋

　　1964 年以前，我是否写过什么戏剧，实在是有些记不得了。1958 年到北大荒，在农场和萝北县，我做过文教、文化科员，还兼过几天剧团的支部书记。在记忆中，除写过诗歌，为参加公演，写过《奔月》的舞剧和《夜请肥帅》等话剧，但那些只是应付差事，不仅别人，连自己也忘却了。

　　第一次真的接触戏剧，已是"文化大革命"后期。当时，四川省话剧团（后来的省人艺）的潘虹和陈友发两位先生由我陪同在广汉深入生活之后，潘老弟与我合作，写了个《华英满枝》的小话剧，在省上会演获了奖。这下，才与戏剧沾上边。

　　后来，省上调演，温江地委宣传部和文化局将我从广汉抽去搞剧本。我写了一个发展双季稻的话剧《新苗正绿》，领导认为内容可以。但在温江，川剧比话剧更有实力，领导要我把话剧改成川剧。但是，我对戏曲一窍不通，难以下笔，于是，领导把当时彭县川剧团的团长调来，教我写唱词，我才第一次知道【香罗带】【红衲袄】等曲牌。于是，我成了"易胆大"，在大家的帮助下，完成第一部川剧《新苗颂》的初稿。全团上下努力，终于在舞台上演出了。

　　那时，省上大约在准备全国会演的剧目，于是调自贡市的《炮火连天》和温江地区的《新苗颂》到成都作审查演出。记得那天晚上，省委、省革委许多领导都到场看戏。宣传部传达省委的意见，认为《新苗颂》这个戏颇有基础，让地委派编导人员到江苏华西大队（后来的华西村）学习考察。由宣传部和文化局领导带队，加上地区创作组的成员一起到华西大队学习了近十天。这次学习，大开了我们的眼界。回到温江，领导怕我初涉戏曲，完不成修改任务，决定改为"集体创作"。这是政治任务，我对此哪能有什么意见？但不久，风云突变，我又被送回广汉，批判我的"右倾翻案风"，说我写的《新苗颂》是要打垮老干部。在我有口难辩之际，地委宣传部来电话说："刘少匆有什么问题我们不管。至于《新苗颂》一事，是我们让他做的，你们不必追究。"我才再次脱险。

但是，没有想到，几年以后，我真的成了一名正式的编剧！

"文化大革命"终于宣告结束。我回到广汉工作的七年多时间，多数都在"学习班""工作站""集训队"度过，甚至还在监狱中待了一个月。我既感不平，又觉得对不起家乡父老，于是，离开的想法渐渐占了上风。开始，有单位为我请创作假。后来，我决定另找一个地方落脚谋生，于是我向文教局和宣传部提出。领导们挽留我，部长甚至说，县上的主要负责人要他向我转达，过去的事均无个人恩怨，希望我留下，定会好好安排。但我去心已定，只盼"高抬贵手"。

陈泽远兄是地区创作组组长，我们早成至交。他告诉我说，成都市川剧院想再延聘几位编剧，不妨写个剧本，由他交给罗渊院长。于是，我找了个题材，编写了小戏《秀才判案》，作为试卷，由他转交。

大约过了一个月，罗院长就亲自来到舍下，表示已经市委宣传部同意，调我到市川剧院，条件也十分优惠，既可以在成都住，又可以长住广汉。这最合我的心意。因为，我不想在广汉工作，却又不愿意离开故乡。

我的第一个戏写得并不好，因为，我还没有摸着门道。但这个戏不仅公演了，还是名导演熊正堃老师执导的。剧本发表在《戏剧与电影》1980年第1期上，还得了个创作奖，增加了我当一名编剧的信心。

我因长期在农村生活，正式到市川剧院后，编的第一个戏是《秧苗土地》。我记得当时著名戏剧家张庚老师也在成都。他看了我们剧院编剧的作品，院领导把我们这些编剧通知到会议室听他讲课。他谈了很多，也提到《秧苗土地》，认为是个好题材，希望我们把它在舞台上立起来，将来在北京演出……

我们当然大受鼓舞。院领导也马上作出决定请夏阳老师做导演，嘉惠做音乐创作。三团副团长王志秋还陪同我们一起，到广汉连山镇的小旅店，一面深入农村，一面修改剧本，完成案头工作。这是我第一次正式接受编剧训练。

一个多月后，剧本改好，案头工作也告结束。他们回到成都，我在家中等待剧院召唤。但却音讯杳然。直到1981年春节后，我到成都询问此事，才说，剧团要去广州演出，正忙准备工作，《秧苗土地》要回来再安排，可是，以后再也没有人议论，我至今也不知原委，可能还是剧本不过关吧！一直拖到1981年8月，院长又要我写四川的大洪灾，而且定了还是请熊正堃老师执导。这次学乖了些，拉谭愫老弟与我合作。8月17日开始，23日写完第一稿，26日剧院安排讨论，商量修改方案。30日由谭愫执笔改稿，我再改后定稿，以后交导演付排。戏演出后还颇受欢迎。特别是竞华老师饰老尼姑的一段唱，十分动人。后来省上召开表彰大会，我去参加，还领回奖金六千元交给院部。此后又受峨眉电影制片厂之约加工修改成电影文学剧本……可惜手头已无此稿，暂记一笔了结。

以后的事，就略去不说了，让剧本帮我代言。上述不过一笔时间的流水账而已，但主要说了一点，即我和戏剧的结缘，我和川剧的结缘，这是我忘不了的。所以，今天出这个川剧剧本集子，我非常感慨！

这本由我曾经供职过的剧院为我出的集子，选编了我自己觉得可以留存的剧作。但这只是我为了生存混日子的一个"账单"；填补的，也是自己生活中的空白。若能引起某些同好的兴趣，我将不胜荣幸。

有些与朋友合作的东西，只要不是我主笔，我都没有收录，如川剧连续剧《则天女皇》《何国治》等；也有演出反映还好，也得了奖，如《蜀江潮》，因手头已无原稿，也作罢了。还有些剧作，虽然发表，自认太差，也都略去，但有可探讨的剧本，虽没有演出，我还是保存了下来，因为，它们曾让我快乐，也让我惶恐……

我也写过些戏剧评论和所谓创作琐谈。那都是些肤浅之见，也免了。

我已多年没有到我们剧院去看过戏了，十余年来，唯一一次到锦江剧场，是2005年秋，但目的不是为了看戏，而是为电视片《再说长江》"出镜"。那天晚上，没有看见一出完整的戏，多数都是"特技表演"，我心里充满一阵阵凄凉！

近日听朋友说，川剧演出已十分困难，戏曲恐怕很快将真正变成"非遗"了……其实，如真的那样，也是历史的必然，远者不说，元曲、明清传奇不是也成过去吗？近代的戏曲，也必将成为历史。但人们对文

跋

化娱乐的要求，并不会因某种艺术形式消失而减退。新的演出形式，一定会在戏曲的沃土中生长、壮大、成熟。这就是涅槃！

几十年间，我为完成工作任务，或为讨生活，当然也有为了愉悦快乐而写了不少剧作。有些没与观众见面，有些则发表于期刊，不管美丑，都是我浇灌出的"小花""小草"，现记录于后，也算做个小的了结：

一、《秀才判案》；

二、《秧苗土地》；

三、《假语真情》；

四、《寻春曲》；

五、《春花走雪》；

六、《回旋的恋情》；

七、《丁官保除奸升官记》；

八、《韩信鸣冤》；

九、《梅岑曲》；

十、《刘氏四娘》；

十一、《聂小倩》；

十二、《潘金莲》；

十三、《狗东西》；

十四、《活宝》；

十五、《戴镣行》；

十六、《四川好人》；

十七、《贵妇还乡》；

十八、《钦差大臣》；

十九、《灰阑记》；

二十、《绣襦记》；

二十一、《玉簪记》；

二十二、《蜀王杜宇》；

二十三、《新乔老爷奇遇》，等等。

2017 年 12 月 6 日

于家乡广汉冰玉轩小屋